KB094861

FUSION FANTASTIC STORY
고고33 장편소설

세무사
청신호

세무사 차현호 1

고고33 장편소설

초판 1쇄 찍은 날 § 2016년 6월 16일
초판 1쇄 펴낸 날 § 2016년 6월 23일

지은이 § 고고33
펴낸이 § 서경석

편집책임 § 이지연

펴낸곳 § 도서출판 청어람
등록번호 § 제387-1999-000006호
등록일자 § 1999. 5. 31
어람번호 § 제1-2462호

주소 § 경기도 부천시 원미구 부일로 483번길 40 서경B/D 3F (우) 14640
전화 § 032-656-4452 팩스 § 032-656-4453
http://www.chungeoram.com
E-mail § chungeorambook@daum.net

ⓒ 고고33, 2016

ISBN 979-11-04-90853-8 04810
ISBN 979-11-04-90613-8 (세트)

FUSION FANTASTIC STORY

고고33 장편소설

세무사

차현호

7

[완결]

청어람

세무사
차현호

목차

34장

그 여름, 어느 날

"이게 어떻게 된 겁니까?"

삼현그룹 박인하 회장의 얼굴이 잔뜩 일그러져 있었다.

"곧 소식이 올 겁니다."

"소식이요? 그 소식이 언제 온답니까? 내가 이렇게 양보했는데 지금 꼴이 어떻습니까? 박 상무가, 내 아들이 지금 미국에 잡혀 있어요!"

"허… 그러게 왜 미국을 가서."

"수석님!"

눈을 부릅뜬 박인하 회장의 모습에 청와대 민정수석 권원기는 못마땅한 듯 미간을 찌푸렸다.

두 사람은 서로를 견제하듯 잠시 침묵했다. 그러다가 권원기가 고개를 돌려 열려 있는 문 너머를 바라봤다.

문 앞에는 작은 쪽마루가, 그 위로는 은은한 조명이 달린 단청이 보였다.

"분위기가 참 좋은 곳입니다."

권원기는 고즈넉한 분위기를 담은 너른 마당을 눈에 담으며 말했다.

어딘가에서 풀벌레 소리가 들리는 것 같기도 했다.

하지만 박인하 회장은 이 분위기를 즐길 기분이 아니었다.

"…하."

"각하의 재가(裁可)를 받지 않고 하는 일이지 않습니까? 나도 마음대로 움직이기가 힘들어요."

권원기가 박인하 회장을 달래려는 듯이 나직한 목소리로 지금 상황을 얘기했다.

"박 상무는 어떻게 할 생각입니까?"

"그게… 박태용 상무 짐 가방에서 마약이 나왔어요."

그 말에 박인하 회장의 눈이 커졌다.

"마약이요?"

"대마초 정도면 그리 어렵지 않은 일인데, 이게 참, 필로폰이 나와 가지고."

"…허."

너무 어이가 없으니 헛웃음이 나온다. 박인하 회장이 지금 딱 그 모양이었다.

권원기는 계속 얘기했다.

"그래도 너무 시름할 필요는 없습니다. 다행히 같이 간 사람이 있더만. 박 상무는 왜 남의 짐을 가지고 있었답니까? 하하."

"…그게 가능하겠습니까?"

박인하 회장이 묻자 권원기는 고개를 끄덕였다.

"미국도 일을 그렇게 크게 키우는 것 같지는 않습니다. 마약수사국까지 움직이진 않는 것 같고… 뭐, 이미 국정원에 전화 넣었으니까 곧 소식 올 겁니다."

"하……."

한숨 쉬던 박인하 회장의 얼굴에 이제야 안도의 미소가 걸렸다.

"그런 얘기는 바로바로 해주셔야죠. 사람 놀라게."

"박 회장님이 나를 보자마자 불같이 화를 내는데, 내가 입을 열 수가 있어야죠."

너스레를 떠는 권원기의 모습에 박인하 회장이 평정심을 찾은 얼굴로 얘기를 계속했다.

"그래도 정말 무서운 일이군요. FBI를 움직이다니……. 이게 가능한 겁니까?"

"뭐, 그놈이 혼자서 움직였겠습니까?"

"그러니까 더 무서운 일이죠. 대체 그놈 뒤에 누가 있는 겁니까?"

"짐작 가는 사람은 있습니다."

권원기가 입술의 마른 살점을 뜯어내며 속삭였다.

'이호 의원.'

분명 그놈일터.

'…조만간에 처리해야겠어.'

권원기는 술 주전자를 들어 박인하 회장의 술잔을 채웠다.

쪼르르.

"이번 일 좋게 끝날 겁니다. 계열사 몇 개, 그거 아쉬워하지 마시고… 적당히 넘겨주면 그 뒷일은 내가 처리할 겁니다."

"차현호… 내버려 두면 안 됩니다. 어디까지 갈지 가늠이 안 되는 사람, 나는 처음 봅니다."

삼현그룹의 회장으로서 숱한 인간 군상을 보아온 박인하였다. 차현호를 직접 마주한 적은 없지만 사람의 행적을 보면 그 사람의 얼굴이 보이는 법이다.

살가죽을 걸친 얼굴이 아닌 진짜 얼굴이 말이다.

"근데 박 상무가 차현호를 만났었다는데… 그건 무슨 얘기입니까?"

권원기는 궁금증을 담아 박인하 회장을 바라봤다. 그러자 박인하 회장이 술을 한 잔 마시고 얘기를 꺼냈다.

"얼굴이 궁금해서 한번 봤나 봅니다. 양 비서라는 친구를 대동해서 보고 왔다고 하는데, 자세한 얘기는 못 들었어요. 수석님은 어떻게 그 사실을 압니까?"

"국정원에서 신전그룹을 지켜보고 있습니다. 양 비서라는 친구도 지켜보고 있었고."

"신전을요? 왜요?"

"그거야……."

권원기는 얘기를 잠시 멈췄다. 술 한 모금 넘길 시간이 필요했다.

쭈웁.

"그래도 신전이 신경 쓰이시나 봅니다. 사돈집이라 이겁니까?"

"사돈은 무슨."

웃고 있는 권원기의 모습에 박인하 회장이 못마땅한 얼굴로 입맛을 쩝 다셨다.

현재 신전그룹은 삼현그룹과 모든 연락을 끊었다.

박태용이 미국에서 FBI에 체포됐다는 소식이 나온 그 순간부터였다.

"얘기해 보시죠. 국정원에서 왜 신전그룹을 지켜보고 있는 겁니까?"

박인하 회장이 재차 묻자, 권원기는 그 얼굴을 잠시 보다가 얘기를 이었다.

"좀 복잡한데… 보환철강의 정 회장 아십니까?"

"정 회장이요? 그 양반 요즘 무리하던데……."

보환철강은 최근 사이에만 십여 개의 회사를 인수했다.

"예, 그 정 회장…… 보환철강이 추진하는 제철소 투자비가 벌써 5조가 넘어섰어요. 외화 대출금만 2조가 넘고."

"위험한 겁니까?"

박인하 회장이 눈을 기울이고 물었다. 권원기의 얼굴이 자못 심각하다. 뭔가를 골똘히 생각하더니 이내 고개를 가로저었다.

"아무튼 그 일 때문에 몇몇 기업을 지켜보고 있어요. 도미노라고 아시죠? 그것처럼 될까 봐. 박 회장님은 신경 쓸 것 없습니다. 지금 그거에 신경 쓸 때입니까?"

권원기 말이 맞다. 지금 그 일에 신경 쓸 때가 아니었다.

박인하 회장은 술잔을 향해 손을 가져가다가 손끝을 움츠렸다. 그가 다시 권원기를 바라봤다.

"설마 우리도 지켜보고 있는 겁니까?"

"에이, 그럴 리가요. 내가 이렇게 눈 부릅뜨고 있는데."

권원기가 손사래를 쳤다. 이어 술 한 잔을 들이켜고는 번드르르한 입술을 다시 열었다.

"내가 어떻게 해서든 삼현그룹 건은 매듭지을 겁니다. 그러니 약속한 건 지키셔야 됩니다."

"정말 그만두실 생각인가요?"

권원기는 민정수석 자리에서 물러나겠다고 했다.

이유는 딱히 묻지도, 듣지도 못했다. 그저 물러나기 전에 이번 일을 해결하고 그에 대한 대가를 원한다고 했다.

"만약 차현호가 끝까지 말을 안 들으면 어떻게 할 건가요?"

"허, 박 회장님 참 사람 못 믿으시네."

"수석님, 나는 말을 믿지 않아요. 결과를 믿지."

민정수석 권원기의 제안은 하나의 방안일 뿐이다.

그게 안 된다면 다른 방안이 이어진다. 실패하면, 또 다른 방안이 이어진다.

삼현그룹은 결코 쉽게 무너지지 않을 것이다.

"사흘입니다. 사흘 안에 차현호가 결정을 내리지 않으면 놈을 내가 안고 가겠습니다, 심플하게……. 그럼 됐습니까?"

권원기의 말에 박인하 회장의 미간이 찌푸려졌다.

'안고 간다고?'

그 말이 무슨 의미인지는 길게 생각할 필요가 없었다. 물론 말릴 생각도 없었다. 그 방안은 이미 삼현그룹도 생각해 둔 일 이었으니까.

"그럼 약속한 건 사흘 뒤에 드리겠습니다."

"알겠습니다."

                    *   *   *

3일 후.

상황은 수평을 유지하고 있었다.

언론은 연일 떠들어댔고, 박태용은 여전히 한국에 돌아오지 못하고 있었다.

민정수석 권원기의 약속을 떠나서 삼현그룹은 지난 3일 동 안 분주히 움직였다.

언론에는 언론으로 대응했고, 증권가 찌라시는 찌라시로 대 응했다. 그로 인해 근거 없는 얘기들이 눈덩이처럼 불어나기 시작했지만 상관없었다.

진실인지, 거짓인지 가늠이 되지 않는 얘기들이 떠돌수록 삼 현그룹은 오히려 회심의 미소를 지었다. 이야기의 본질이 흐려 지는 것은 삼현그룹이 원하는 바였다.

그렇지만 낙관적으로만 볼 수는 없었다. 지금의 수평은 시소 같아서 언제 한쪽으로 기울어질지 알 수 없는 법이다.

저들은 박태용이라는 카드를 가지고 있고, 물질적 증거까지 가지고 있다. 그러니 이쯤에서 삼현그룹은 선택을 해야만 했다.

또한 지주회사 체제를 위한 준비는 순탄하게 이뤄지고 있었다. 삼현호텔을 버리는 것은 뉴욕타임스 기사가 나간 시점에 결정된 일이다.

그러니 지금 필요한 것은 시간.

권원기를 통해 차현호 측과 거래하려 했던 것도 시간을 벌기 위한 일이었다.

삼현호텔을 비롯해 그들에게 줄 계열사 몇 개를 빈껍데기로 만들어버릴 시간.

원래의 계획대로라면 종국에 강설희는 빈껍데기만 가져가게 될 것이었다. 하지만 박태용이 FBI에 체포되면서 변수가 생겨버렸다. 그로 인해 넉넉해야 할 시간이 촉박해졌다.

물론 삼현그룹이 그에 관한 방안이 아주 없는 것은 아니었다. 두 가지의 방안이 남아 있었다.

첫 번째는 박태용을 포기하는 것이다. 그럼 당분간 수평은 계속 유지될 것이다.

그리고 두 번째이자 마지막은.

'권원기가 약속을 지키는 거지.'

박인하 회장은 달력을 보다가 자리에서 일어났다.

오늘이 그날 이후 사흘째, 권원기가 약속한 날이다.

여전히 차현호 측에서는 아무런 연락도 없고, 상황은 크게 달라지지 않았다.

똑똑.

"들어와."

잠시 뒤 법무팀 허진이 들어왔다. 그가 박인하 회장에게 다가와 고개를 숙였다.

"알아봤어?"

"예, 알아봤습니다."

지난번 권원기와 만났을 때, 박인하 회장은 권원기에게서 이상한 느낌을 받았다.

'초조함.'

사실 그가 차현호를 직접 처리한다는 얘기를 들었을 때는 내심 놀랐었다.

그렇게 무턱대고 움직일 만큼 여유가 없진 않았다. 하물며 민정수석은 이 일에서 발을 빼면 그만인 것을, 왜 굳이.

"그래, 어때?"

"회장님 생각이 맞았습니다."

허진의 얘기에 박인하 회장이 저도 모르게 낮은 신음을 토했다.

"권원기 민정수석이 보환철강하고 많이 엮인 것 같습니다. 보니까, 대통령… 자제분도 엮인 것 같고… 국정원 쪽도."

"보환철강은?"

"경영 기획 팀의 분석으로는 위험 수준이라고 합니다. 아무래도 보환철강 제철소 사업이 정부에서 밀어주는 사업이라서 대출금 규모도 계속 늘어난 상태고, 그 때문에 은행들이 보환철강에 많이 물려 있습니다. 만약 보환철강이 무너지면 제철소가 있는 충남 일대의 영세업자들은 죄다 무너질 겁니다. 더구나 외환대출금도 있어서… 국가신용도 역시 하락할 것 같고……."

허진은 뒤이은 얘기를 꺼내는 것을 주저했다.

경영 기획 팀도 박인하 회장이 보환철강에 대해서 얘기를 꺼냈을 때까지도 상황을 알지 못했다.

하지만 지난 사흘간의 조사 결과, 문제점을 파악할 수 있었다. 이는 박인하 회장의 사업가적 기질이 아니었다면 일이 벌어지기 전까지는 누구도 몰랐을 것이다.

"그렇게 되면?"

박인하 회장이 다시 묻자, 허진은 짧은 한숨을 쉰 뒤에 대답했다.

"대한민국이… 흔들릴 수도 있습니다."

"나가봐."

"예."

"잠깐."

박인하 회장의 말에 허진이 잠시 멈췄다.

"예?"

"2시간 뒤에 임원진 다 모이게 하고, 홍보실에는 일단 설희와 관련된 대응은 모두 멈추라고 해. 그리고 권원기 연락은 잠시 차단해."

"알겠습니다."

허진이 나가자 박인하 회장은 소파에 앉았다.

'그래, 처음부터 미심쩍었어.'

어떻게 얻은 권력일 터인데, 그걸 놓는다는 게 말이 되나.

'권원기… 이 쥐새끼 같은 자식.'

도무지 생각이 이어지질 않는다. 마치 폭격을 피해 달렸는데 지뢰밭에 도착한 느낌이었다.

그럼, 여기를 어떻게 건너야 하나.

'응?'

생각을 잇던 박인하 회장이 순간 눈을 부릅떴다.

뉴욕타임스 기사 이후, 그는 차현호와 관련된 모든 정보를 수집했다.

그러던 중 애널리스트 이성규라는 정보꾼에게서 차현호에 관한 얘기를 들었다. 차현호라는 놈이 강남 큰손 박거성이라는 자에게 대한민국 경제를 전망했다는 것이다.

달러에 대해서, 대한민국의 위기에 대해서 지껄였다는 그 얘기.

'녀석은… 뭔가를 알고 있었다?'

박인하 회장은 그 생각과 함께 자신의 이마를 쓸어내렸다. 땀 한 방울이 이마를 타고 흘러내렸다.

*   *   *

전지우는 숨 가쁘게 달리고 있었다.

그녀는 지금 차현호에게 향하고 있었다.

1시간 전, 그녀는 받은 돈을 돌려주기 위해서 양 비서를 만났다.

어제 전화로 만나자고 하니 그녀가 일하는 식당까지 양 비서가 직접 찾아왔다.

다만 너무 늦은 시간인 저녁 10시 마감 무렵에야 양 비서가 식당을 찾아왔다.

"이런 곳에서 일하는구나?"

그녀는 제주도에서 올라와 학교를 졸업하고 여러 일을 전전했다.

하지만 몸이 좋지 않아서 그만두고 최근에는 집 근처의 식당에서 아르바이트를 하는 중이었다.

"미안하다. 너한테 그런 일을 시켜서."

양 비서는 차현호를 만나서 설득해 주면 안 되겠냐고 했었다. 그리고 그에 대한 대가로 얼마의 돈을 그녀에게 건넸다.

당장 돈이 궁했으니 받긴 했지만 차현호를 만난 것은 그런 이유 때문이 아니었다.

"이 돈, 돌려드릴게요."

"이건… 그냥 내가 너 안쓰러워서 주는 거야."

"아니요. 받으면 안 되는 돈이었어요."

"하… 미안하다. 괜히 내가 쓸데없는 짓을 했다. 근데 이 돈은……."

전지우는 그저 미소를 띠고 양 비서를 바라봤다.

"전 정말 괜찮아요."

"제주도에 돌아갈래? 가서 요양하면⋯⋯."

고개를 가로젓는 전지우의 모습에 양 비서는 다시 한숨을 내쉬었다.

"부모님 생각도 해야지. 제주도 토박이가 이 먼 타지에서 홀로 있는데 걱정이 안 되겠니. 거기다 네 몸도⋯⋯."

"양 비서님⋯⋯."

따리리.

마침 전화가 울리자 양 비서는 주머니에서 휴대폰을 꺼냈다.

"잠깐만."

그는 자리에서 일어나 식당의 화장실로 향했다.

전지우는 그를 기다리는 동안 서울에서의 시간을 떠올렸다.

홀로 이 타지에 와서 견뎌야 했던 시간들.

외롭고 또 외로웠던 시간들.

그 시간 동안 그녀가 버틸 수 있던 이유는 오직 하나였다.

"지우야, 잠깐 이리로 와볼래?"

주방에서 사장이 손짓을 했다. 전지우는 바로 자리에서 일어나 주방으로 향했다.

주방으로 향하기 위해서는 화장실 길목을 지나야 한다.

예상대로 통화 중인 양비서가 보였다. 전지우는 그를 뒤로하고 주방으로 향했다. 그러던 중에 문득 그녀의 걸음이 멈췄다.

"뭐? 차현호를 죽이려 한다고? 오늘?"

심장이 내려앉는 듯했다.

그 순간, 전지우는 그길로 식당을 나와 택시를 타고 강남으로 넘어왔다.

'말해줘야 해!'

무슨 일이 있어도 그에게 알려줘야 한다. 그가 다치기 전에.

"하… 하……."

쏟아진 숨이 가슴을 조여 왔다. 아랫배에서 통증이 밀려오고 심장이 터질 것 같았다.

차현호의 집 주소는 알고 있다. 강진우의 심부름으로 제주도 비행기 표를 부친 이가 그녀였으니까. 그래, 그 비행기 표가 모든 일의 시작이었다.

'제발! 제발!'

전지우는 정신없이 달렸다. 그 와중에 사람들과 부딪쳐 넘어지기도 했다. 아릿한 통증과 질책 어린 시선을 참고 달렸다.

차현호의 집과 가까워질수록 심장은 더욱 요동쳤다. 넘어져 다친 무릎에서는 피가 났고, 입에서는 쇳소리가 나왔다.

"현호 씨!"

기적이었을까.

전지우는 마침내 차현호를 볼 수 있었다. 그가 신호등을 건너가고 있었다. 한눈에 봐도 그의 등을 알 수 있었다.

그 등이 천천히 뒤돌아섰다. 그러고는 멀리 보이는 그녀에게 화를 내듯 얼굴을 찌푸렸다.

하지만 전지우는 아랑곳하지 않았다.

그를 향해 달려갔다. 그를 살리기 위해서.

"지우 씨, 또 왜……"

현호는 더 이상 얘기를 잇지 못했다. 달려온 그녀가 그를 힘껏 밀쳤기 때문이다.

순간 찌푸려진 그의 시선. 주위의 모든 것이 멈췄다.

하지만 그가 할 수 있는 건 아무것도 없었다.

차라리 그녀가 밀치지만 않았어도, 중심을 잃지만 않았어도.

쿵!

그녀의 뻗은 손이 멀어져 갔다.

그녀의 몸이 저 멀리 멀어져 갔다.

현호의 눈앞에서 그녀의 미소가 사라졌다.

"지우 씨!"

그녀를 치고 간 차는 순식간에 사라졌다. 현호는 도로에 쓰러진 그녀를 향해 다가갔다.

'어떻게 된 일이지?'

현호의 텅 빈 머릿속에는 그 하나의 생각만이 존재했다.

온몸에 떨림이 물들었다.

터벅, 터벅.

그녀에게 향하는 발이 덜덜 떨렸다. 피투성이가 된 그녀가 그를 보고 있었다.

"지우 씨……."

"…현호 씨……."

그녀는 마치 마네킹 같았다. 눈물 한 줄기가 삐딱하게 흘러 그녀의 귓바퀴에 고여 들었다.

"지우 씨… 뭐라고 말 좀… 해봐요."

현호는 그녀를 안을 수가 없었다. 안으면 바스러질까 봐, 뭐가 잘못될까 봐, 그저 떨리는 손을 허공에서 머뭇거릴 뿐이었다.

"미안… 해… 요."

그녀가 겨우 입을 열어 말했다.

그리고 그것이 끝이었다.

*　　　*　　　*

본격적인 장맛비가 시작된 가운데, 제주와 남부에서 시작된 비는 점차 전국으로 확산될 것으로 예측됩니다. 지역에 따라 국지성 호우가 쏟아질 수 있으며, 이번 장맛비는 7월 초순까지 이어질 전망…….

장례식장 어딘가에서 TV 속 아나운서의 또랑또랑한 목소리가 들렸다.

고요해야 할 이곳이 너무 시끄럽다.

뛰노는 아이들도 있었고, 화투판에 흥을 뿌리는 사람도 있었다. 또 어떤 이는 술에 취해 아까부터 계속 흐느끼고 있고.

"현호야."

바닥을 보고 있던 현호는 고개를 들어 눈앞에 서 있는 강태강을 눈에 담았다. 생기를 잃은 그 모습에 강태강은 한숨을 한 번 내쉬고 빈 옆자리에 앉았다.

"하……."

의자 등받이에 등을 깊숙이 묻고, 재차 한숨을 내쉬며 턱 끝을 쓸어내리고 물었다.

"어떻게 할 생각이야?"

"죽이는 건 제가 합니다."

현호는 무표정한 얼굴로 자신에게 되뇌듯 말했다. 눈동자가 약간 흐려져 있지만 그래도 정신은 말짱해 보였다.

"네가 알려준 차 번호는 조회해 봤는데, 대포차다."

"그렇겠죠."

현호는 자리에서 일어났다. 강태강이 그 움직임을 따라 고개를 들었다.

"다른 방향으로 생각하면 안 될까? 그냥 우리한테 패가 하나 더 생겼다고……."

그 말을 꺼내기 무섭게 현호가 시선을 내리고 앉아 있는 강태강을 바라봤다. 입을 더 열면 성한 얼굴로 병원을 나가지 못할 것 같다는 생각이 들 정도로 섬뜩한 시선이다.

"알았다."

강태강은 한숨을 또 내쉬고 자리에서 일어났다. 그러고는 주머니에 손을 꽂은 채 장례식장으로 들어가는 사람들을 돌아보며 말했다.

"창석이 쪽 애들도 찾고 있으니까 곧 꼬리가 잡힐 거다."

"잡으면 움직이지 말고, 건들지도 말라고 하세요. 내가 합니다."

"…알았다."

그 말을 끝으로 현호는 그대로 장례식장을 빠져나갔다. 입구에 누가 서 있는지도 모르고 터벅터벅 걸어 어딘가로 사라졌다.

강태강은 그제야 입맛을 쩝 다시고 걸음을 옮겼다. 장례식장을 나오니 입구에 송만호가 보였다. 그는 강태강이 한때 형님으로 모셨던 남자다.

"형님 쪽도 알아보고 있는 겁니까?"

"차현호는?"

"보셨잖아요, 병원 나가는 거. 후……. 아마 피바람이 불 겁니다."

강태강은 주머니에서 담배를 꺼내 물었다. 담배 연기를 뿜으며 고개를 절레절레 흔들었다.

"병신들. 많고 많은 방법 중에 자동차로 밀어붙일 생각을 했다니, 촌스럽기는."

사람 하나 죽이는 건 일도 아니다.

방법이야 많고 많다.

조용히 남들 시선을 피해서 처리하는 방법이 어디 한두 가지인가. 물론 그런 조용한 접근이 외려 차현호에게는 유리하다. 녀석에게는 남들과 다른 촉이 있으니까.

"계산을 했겠지."

"예?"

송만호의 혼잣말에 강태강이 고개를 돌렸다. 재빨리 담배 연기를 털어내는 그에게 송만호가 말했다.

"아마 차현호를 쳤다면 놈들은 바로 자수했을 거다."

"그게 무슨 말입니까?"

강태강의 눈이 찌푸려진다.

"조용히 처리하면 오히려 화살이 의도하지 않은 곳으로 날아간다는 얘기야. 그러느니 떠들썩하게 한쪽으로 시선을 돌리는 게 좋지. 또 그편이 아마추어같이 보일 테고."

"뭐, 틀린 얘기는 아닌데……. 훗, 꼭 알고 계셨던 것처럼 말씀하십니다."

대수롭지 않게 한 얘기다. 그렇지만 송만호의 표정이 여전히 진중했다.

"설마… 알고 계셨습니까?"

강태강이 담배를 입에 무는 대신에 고개를 돌리자, 송만호는 그의 손끝에서 타고 있는 담배를 가져가 입에 물었다.

"후……."

담배 연기를 길게 내뿜더니,

"너, 차현호 어떻게 생각하나?"

"차현호요?"

강태강은 잠시 송만호를 바라보다가 대답했다.

"형님… 저 국민학생 때 꿈이 뭔지 아십니까?"

"꿈?"

송만호는 이맛살을 찌푸리고 강태강을 쳐다봤다. 왜 갑자기 꿈 타령이냐는 얼굴이다.

"정치인이요."

"정치인?"

"아버지가… 오래전에 사고를 당했는데, 가해자 쪽 부모가 정치인이더라고요. 그런데 그 정치인이 경찰서에 전화 한 통하니까 이게 피해자하고 가해자가 바뀌더라고요. 하하! 기가 막힌 일이죠……. 근데 그게 또 좆나 멋있는 거야. 나도 정치인이 되면 저렇게 전화 한 통으로 사람의 운명을 바꿀 수 있겠구나 싶더라고요."

"그래?"

송만호가 강태강을 바라보는 시선이 부드러웠다. 강태강의 개인사야 알 길이 없지만, 한때 자신이 데리고 있던 부하의 넋두리였으니.

어쩌면 녀석이 정치 깡패 생활한 것도 그 때문일지 모르겠다는 생각이 잠깐 스쳤다.

"근데 보다시피 전 깡패잖습니까? 배운 것도 없고, 가진 것도 없고, 백도 없고……."

"그래서?"

"그런데 희망이 생기더란 말입니다. 아니, 믿음이 생기대? 차현호 곁에 있으면… 내가, 정치인이 될 수 있을 것 같은 믿음. 아니다, 장관이 될지도 모르겠네."

강태강의 얼굴이 상기돼 있었다. 다가올 그날을 떠올리는지도 모른다.

송만호는 말했다.

"사장님은… 알고 있었다."

"예?"

"차현호에게 일어날 일, 알고 있었다고."

긴 한숨과 담배 연기가 뒤섞여 흘러나왔다.

"형님… 진짜예요? 근데 왜……."

"안 알려줬냐고? 사고가 나길 바랐으니까."

"박거성… 그 양반이 현호가 죽기를 바랐다고요?"

"죽는 걸 바랐다는 게 아니야. 사고가 나기를 바랐다는 거지. 그래, 네 말대로 잘못돼 죽었을 수도 있지. 그럼 거기까지인 거야."

"왜요? 왜?"

영문을 알 수 없었다. 지금 잘 굴러가고 있지 않은가. 박거성이 그럴 이유가 뭔가.

"이번 일, 차현호가 삼현과 타협할 생각인 거 너도 알고 있지?"

"예, 애초부터 그놈 계획이었으니까요."

차현호는 법으로는 승산이 없다고 생각했다.

물론 대법까지 가면 승산은 있다. 청렴하다고 소문난 윤승태 현 대법원장의 손자가 고련대 법대생 윤태영이다. 청탁은 못 해도 외압이 닿지 않는 정확한 판결을 기대할 수 있었다.

윤태영 역시 그럴 생각으로 언제든 현호와 할아버지와의 자리를 마련할 생각이었다.

하지만 현호의 생각은 달랐다.

삼현그룹은 만만치 않다는 것이 그의 생각이었다.

무너뜨리는 것과 손에 쥐는 것은 그 방향이 완전히 다르다. 그래서 두드려 때릴 생각은 아예 처음부터 배제를 했다.

검찰을 움직일 생각도, 특무부를 움직일 생각도 하지 않았다. 그저 스탠바이일 뿐이다.

그 같은 상황에서 현호가 최종적으로 결정한 것이 삼현그룹을 쪼개는 것이었다.

그건 일부 알짜배기 계열사만 챙기겠다는 의도였다. 그 일부 역시도 차현호가 이미 선정을 끝낸 상태였다.

또 삼현그룹이 시간을 끌어 계열사를 빈껍데기로 만들 것을 고려해서 박태용을 뉴욕에 붙잡아두기까지 했다.

"현호가 실패할까 봐요? 조금만 더 있었으면……."

"아니, 그저 사장님은 그걸 원치 않았거든."

"원치 않는다니요? 쪼개는 걸 원치 않는다니? 설마…….'"

"그래. 완전한 삼현그룹을 원하시는 거지."

"이런…….'"

강태강은 너무 어이가 없어서 헛숨도 들이켜지 못했다.

'판을 뛰는 현호도 가만히 있는데… 구경꾼이 훈수라니.'

문득 강태강은 현호가 그런 부분도 계산을 했을까 싶었다. 원체 녀석이 몇 수 앞을 내다보며 움직이니 혹 그럴지도 모르겠다는 생각이 든 것이다.

"그래서 차현호가 다쳐야 된다?"

"그래야 전면전을 할 수가 있으니까. 애초부터 차현호는 사장님의 손을 잡을 때 선을 그었지. 자신의 일은 자신이 알아서 한다고 말이야. 그래서 사장님도 참견할 수가 없었고, 지난번 화안기업 건도 녀석은 제 뜻을 관철했어. 다만… 사장님이 보기에는 그것이 답답할 수밖에 없지."

차현호는 일을 진행하는 데 있어서 항상 생각이 많았다. 그리고 가능한 적당히 취할 수 있는 부분만을 고려했다.

사실 강태강도 그런 점에서 답답함을 몇 번 느꼈고, 얼마 전 그 이유를 물었던 적이 있었다.

그러자 현호가 하는 말이, 자신이 컨트롤할 수 있는 부분까지만 취해야 그 다음 것을 취하는 데 있어 변수를 줄일 수 있다는 것이다. 그게 무슨 말인지는 모르겠지만……

"사장님은 삼현그룹을 가질 수 있는 기회가 이번밖에 없을 거라고 생각하고 있어. 그 때문에 현호가 이호 의원과 회동했을 때도 내심 기대하고 있었지. 찬대미와 영진회가 동시에 움직이는 진풍경도 기대했을 거야."

송만호는 계단에 엉덩이를 걸치며 담배를 바닥에 짓이겼다. 그가 손을 뻗자 강태강이 새 담배를 건네고 불을 붙였다. 그러고는 깊게 빨아들였다.

"후…… 나도 솔직히 기대했어. 경찰이, 검찰이, 특무부가 동시에 삼현그룹을 두드리면 어떻게 될까…… 대한민국이 떠들썩해지겠지. 아마 숨어 있는 실세들은 다 튀어나왔을 거야. 그래, 누구 말마따나 구조조정 수준이었을 거야."

송만호는 얘기를 끝내고 잠시 담배만 뻐끔거렸다. 강태강이 그를 보며 물었다.

"그래서 형님은 차현호를 어떻게 생각하시는데요?"

그 질문에 송만호는 반쯤 남은 담배를 툭 던지고 일어났다.

"자."

대답은 않고 종이 한 장을 건넸다.

"이게 뭡니까?"

"뺑소니… 설계한 인간."

그 말을 끝으로 송만호는 등을 보이며 멀어졌다.

*　　　*　　　*

"너 뭐야?"

청와대 민정수석 권원기의 날카로운 시선이 문을 열고 들어온 남자에게 닿았다.

"삼현그룹 법무팀 허진 상무입니다."

"허진? 박 회장은?"

"일이 생겨서 제가 왔습니다."

권원기의 얼굴이 못마땅함으로 찌푸려졌다. 그 찌푸림을 달래고자 허진이 자리에 마주 앉아 술 주전자를 들었다.

"한잔 받으시죠."

쪼르르.

"그래. 뭐, 밥상 받는데 주인이 들고 오든, 그 집 머슴이 들고 오든 밥맛이야 똑같지."

"하하, 지당하신 말씀입니다."

허진은 머쓱한 웃음을 보이며 가방에서 통장을 건넸다.

"뭐야?"

통장에 찍힌 돈은 고작 1억밖에 되질 않았다.

"나머지는 출국하시면 그때 현지에서 드릴 겁니다."

"지랄도 가지가지구만."

"저희도 입장이라는 게 있는 거니까요."

"하……. 일단은 4억 더 보내. 밖에서 평생 살 거 아니잖아? 좀 있다가 들어와야지. 땅이나 좀 사놓고 가게."

"차현호가 눈에 불을 켜고 찾아다니고 있습니다. 삼현그룹은 지금 모든 언론 대응을 멈춘 상태입니다."

"그래서? 그게 나 혼자 한 짓이야? 그쪽은 눈뜬장님이고 귀머거리라서 내가 했던 얘기 못 들었나? 다 같이 동조한 거 아니야! 에잇! 그 미친년은 거길 왜 튀어나와서……."

"그래서 이렇게 섭섭지 않게……."

"섭섭? 이런, 썅!"

쨍그랑!

권원기가 술잔을 집어 던졌다. 벽에 부딪쳐 산산조각 난 술잔에 허진이 마른침을 꿀꺽 삼켰다.

"좋아, 그럼 이렇게 하자고."

"예?"

"차현호가 안 되면 다른 방법도 있잖아?"

"그게 무슨……."

"강설희."

"예?"

허진이 눈을 크게 떴다. 이 양반, 강설희도 죽이겠다는 얘기인가.

"그거 하나만 처리하면 되는 거 아니야."

"아, 안 됩니다, 그건."

강설희가 죽으면 삼현그룹이 뒤집어쓴다. 그건 절대 안 되는 일이다.

"모로 가도 서울로만 가면 되는 거 아니야!"

권원기도 자신이 하는 말이 무리라는 걸 잘 알고 있었다.

그럼에도 이렇게 배짱을 부리는 것은 오히려 이런 발언으로 지레 겁먹은 삼현그룹이 자신에게 약속한 것을 지키길 바라서 하는 소리였다.

"거참, 고즈넉하고 조용한 집이라더니만, 어째 시장통보다 더 시끄럽네."

순간 권원기가 입술을 아득 깨물었다. 그러고는 고개를 획 돌렸다.

미닫이 출입문 너머에서 소리가 들렸다.

지금 화가 머리끝까지 올라갔건만.

"어떤 미친놈이 누구 앞이라고 감히 이죽거려!"

벌떡 일어난 권원기가 미닫이문을 와락 열어젖혔다. 하지만 열린 문 너머의 모습에 권원기의 얼굴에서 화가 사라지고, 두려움이 치솟더니 얼굴을 바들바들 떨었다.

"저, 정무수석?"

이호 의원과 청와대 정무수석 양도수, 그리고 경호원들이 그 자리에 있었다. 그 옆에는 국정원 운영차장이 얼터진 얼굴로 서 있었다.

정무수석 양도수가 말했다.

"자네, 각하 모르게 다른 일을 준비한다던데?"

"도, 도수!"

권원기가 바로 무릎을 꿇었다. 그 순간 양도수의 얼굴이 번개 치는 장마철의 하늘처럼 사나워졌다.

짝! 짝!

권원기의 따귀를 연거푸 때렸다.

"데려가!"

명령과 동시에 경호원들이 권원기를 붙잡았다.

그때였다.

"어르신들."

불쑥 들려온 소리에 양도수가 고개를 돌렸다. 이호 의원도 고개를 돌리고는 놀란 토끼처럼 눈을 번쩍 떴다. 차현호였다. 녀석이 여길 어떻게.

"권원기… 제가 데려가겠습니다."

"이놈! 여기가 어디라고!"

이호 의원이 나서서 손을 휘저었다. 속마음과 다른 행동을 할 수밖에 없는 자리다.

하지만 차현호는 물러나지 않았다. 서슬 퍼런 얼굴로 우두커니 서 있다. 그 모습이 마치 귀신같아 보였다.

"주십시오. 안 그러면… 힘으로라도 데리고 가겠습니다."

*　　　　*　　　　*

모골이 송연해지게 만드는 시선이다.

'꿀꺽.'

이호 의원은 바싹 타들어간 목을 끌어 올려 마른침을 겨우 삼켰다. 지금 이 상황을 해결할 사람은 아무도 없다. 오직 자신 밖에는.

"이놈아, 어쩌려고?"

좀 전의 강한 제지와 달리 부드럽게 말을 이었다.

그러자 현호의 눈가에 미세한 경련이 스쳐 갔다. 눈동자에 금방이라도 눈물이 찰 듯 촉촉해져 있었다.

"의원님… 그 사람, 좋은 사람이었습니다."

"네가 이런다고 바뀌는 것 없지 않냐?"

그 말에 현호의 눈동자가 또다시 달라졌다. 눈꺼풀은 들썩이고 눈동자에는 짙은 어둠이 출렁였다.

"더 얘기하신들 제 결정은 바뀌지 않습니다."

"차현호!"

이호 의원이 목소리를 높였다. 그러자 정무수석의 뒤에 있던 경호원들이 자세를 바로 취했다.

현호는 다시 걸음을 멈췄다. 그래, 알고 있다. 지금 이 자리에서 일을 저지르면 이호 의원과는 끝이다.

아마 그 윗선도 가만히 있지 않을 것이다.

어쩌면 차현호라는 존재는 매장당할지도 모른다.

하지만 그래서?

어차피 안 되면 그만이다. 죽기밖에 더하겠나.

목표를 이루기 위해 내내 웅크려 온 것이 아쉽다고 생각했으면 차라리 진즉에 미쳐 날뛰었을 것이다.

엎어지고 미끄러지는 것이 두려워서 엉금엉금 기어 온 게 아니다. 그러니 설령 모든 것이 끝날지라도 저놈만큼은 죽여야겠다.

"그놈, 넘겨주십시오."

현호는 다시 한 번 말했다. 얼굴은 찌푸려진 채로 굳어 있었다. 그가 가진 모든 능력이 풀가동되고 있었다.

저들의 숨소리, 솜털이 바싹 치솟는 소리, 공기 중의 냄새, 마룻바닥의 질감, 바람 소리와 문지방 아래 개미의 움직임까지 현호의 시야에 미쳐 날뛰고 있었다.

더 나아가 이제는 상대의 생각까지 알 수 있을 것 같았다. 마주 본 눈동자의 떨림이 그가 원하는 답을 해주고 있었다.

현호는 말했다.

"두 번째 뵙는군요."

"그렇군."

지난날 특무부 인사 발령과 관련해서 면접을 보기 위해 강남세무서에 내려온 이가 있었다. 그때 현호는 그 남자에게서 청와대 명함을 건네받았다.

그리고 그 남자가 바로 지금 눈앞에 있는 정무수석이었다.

"소란스럽게 하고 싶지 않습니다. 넘겨주십시오."

"넘기면 어떻게 할 건데?"

"제가 처리할 겁니다."

"죽이려고?"

"죽이든, 살리든 제가 알아서 합니다."

현호가 크게 한 걸음 내디뎠다. 하지만 정무수석의 한마디에 다시 걸음을 멈췄다.

"자네 가족은?"

현호의 얼굴이 꿈틀거린다. 이마와 턱의 근육들이 제멋대로 움직인다.

'아버지.'

당연히 생각했다. 이런 일을 벌이면 가족은 무사할까.

그리고 계산도 끝냈다. 찬대미가 막아줄 것이다. 최소한 가족의 안전만은 찬대미가 울타리가 돼 지켜줄 것이다.

"자네를 믿고 따르는 사람들은?"

그 말에 기껏 다시 내디디던 현호의 걸음이 또 멈췄다.

"그 사람들은 버리는 건가?"

현호가 대답을 하지 못하자 정무수석이 재차 물었다.

"다시 묻지. 자네를 따르는 사람들은 버리는 건가?"

하고 싶은 대답이 너무 많은데 명확한 답을 얘기할 수가 없었다.

"우리는 동등합니다."

기껏 내뱉은 대답에 정무수석이 피식 웃었다.

"동등하니 따르는 것도 아니고, 버리는 것도 아니다? 훗."

웃음이 고약하다.

현호의 눈은 그 비웃음을 뒤로하고 경호원들이 붙잡고 있는 남자에게 향했다.

'민정수석 권원기.'

인간의 탈을 쓴 버러지가 눈치를 살피고 있었다. 그 눈치의 대상은 의외로 현호가 아닌 정무수석이었다.

"세상에 동등한 것은 없어. 전쟁터에 그 많은 병사가 모두 다 장군이고 지휘자면 전쟁은 시작도 못 해. 어떤 놈은 절벽에서 떨어지고, 어떤 놈은 함정에 빠지고, 어떤 놈은 배탈이 나서 논두렁에 똥이나 싸겠지. 굳이 이런 얘기 안 해도 자네도 알고 있는 사실 아닌가?"

정무수석의 얘기는 틀리지 않았다.

찬대미가 동등을 외치고, 아무리 현호가 상대를 그렇게 대하려고 해도, 이미 찬대미의 구심점은 차현호를 중심으로 돌고 있었다.

그걸 부정한다면 찬대미는 길을 잃은 것이나 마찬가지였다.

'차현호가 벌써 여기까지 올라왔군.'

정무수석은 대답이 없는 현호를 바라보며 생각했다. 그동안 놈을 지켜봤기에 어떤 놈인 줄 잘 알지만, 아직은 그가 차현호보다 위에 있었다.

"절차라는 게 있어. 오늘은 이 친구를 우리가 데려가야 해. 자네 차례는 아직이야."

지금 현호는 갈등하고 있었다.

이들을 제압하는 것은 어렵지 않다. 저들 경호원이 총을 내민다 해도 막아낼 수 있을 만큼 능력이 고조된 상태다.

하지만 정무수석이 찬대미를 거론한 순간부터 그는 주저할 수밖에 없었다.

내내 외면했던 사실을 마주한 것이다.

아이러니하게도 지금 순간 찬대미가 그의 발목을 잡았다. 그만큼 찬대미는 현호에게 하나의 의미가 되어 버렸다.

"현호야."

이호 의원의 손이 현호의 어깨에 올라왔다.

그 순간 현호의 찌푸려진 미간이 풀렸다. 이어서 지독한 두통과 함께 두 눈의 실핏줄이 터졌다.

능력의 범위가 너무 컸다. 이 식당 일대가 현호의 능력이 포착하는 반경 안에 들어 있었다.

스윽.

현호는 걸음을 틀었다. 그리고 한발 옆으로 물러나 길을 내주었다.

그제야 정무수석이 길을 지나쳐 갔다. 그 사이 현호는 고개를 숙이고 있었다. 혹여나 민정수석 권원기를 눈에 담으면 겨우 누른 감정이 다시 터질 것 같아서였다.

"흠, 나중에 보자."

이호 의원이 짧은 신음을 내뱉고는 정무수석의 뒤를 따라갔다. 이제 남은 건 현호와 방 안에 있는 허진뿐이었다.

현호가 다시 시선을 들자 허진이 깜짝 놀라 뒤로 자빠졌다.

시뻘게진 두 눈이 마치 악귀 같았기 때문이다.

현호는 그런 허진을 외면하고 등을 돌렸다. 터벅터벅 걷다가 다리에 힘이 풀려 그대로 주저앉았다.

'허…… 그놈 참.'

이호 의원은 정무수석의 뒤를 부지런히 따르면서 찌푸린 이마를 도통 풀지 못했다.

차현호의 눈빛을 보는 순간, 첫 만남이 떠올랐다.

아마 그놈은 진짜로 민정수석을 죽일 생각이었을 것이다.

그 생각과 함께 이호 의원의 마음에 약간의 갈등이 출렁이기 시작했다. 의구심이 드는 것이다.

'차현호를 통제할 수 없는 날이… 이를지도 모르겠어.'

어차피 부모 밑에서 자란 자식은 떠나게 마련이다. 그런 점을 계산하지 않을 이호가 아니었다.

하지만 차현호의 성장세는 그 계산의 범위를 진즉 넘어선지 오래였다.

다만 그 성장세가 너무 화려하고 아름다워 잠시 취해 있느라 그 같은 가능성을 외면했을 뿐이다.

'흠…… 응?'

깊이 생각하며 바지런히 뒤쫓아 가던 이호 의원이 걸음을 멈췄다. 정무수석과 경호원들이 식당 입구에서 걸음을 멈춘 것이다.

"뭡니까?"

이호 의원이 고개를 갸웃하며 그들 사이를 비집고 앞으로 나아갔다.

"밖에는 제가 데려온 일행들이……."

이호 의원은 입구를 나오자마자 말문이 막혀 버렸다.

넓은 대로변에 사람들이 빼곡히 있었다. 못 해도 수십 명, 아니, 백 명도 훌쩍 넘을 것 같았다.

오토바이 불빛들이 출렁이고, 눈을 부라린 사내들이 주변을 빼곡히 지키고 있었다. 그것도 이 빗속에서.

"대… 대체……."

이호 의원은 비키라는 소리도 내지르지 못할 만큼 당황했다. 그리고 그 곁으로 천천히 다가온 이는 현호였다.

현호는 지친 얼굴로 말했다.

"다들 수고했다. 돌아가라."

그 한 마디가 떨어지자 사내들 누구도 입을 열지 않고 철수했다. 그저 오토바이 배기통 소음이 몇 분간 이어졌을 뿐이다.

현호는 마지막까지 남아 있던 이의 오토바이에 올라탔다. 그리고 뒤돌아 정무수석을 바라봤다.

"제 차례는 마지막이었으면 좋겠습니다."

그 말이 끝이었다.

부르릉.

　　　　*　　　　*　　　　*

　1개월 후.

　신전그룹이 강설희의 유서 내용이 모두 사실이라고 언론에 공표한 지 한 달이 지났다.

　장맛비는 이미 오래전에 그쳤고, 언론은 한층 가라앉았다.

　삼현그룹은 이날을 휴무일로 지정했다.

　하지만 양재동의 삼현그룹 사옥에는 계열사 임원진들이 모인 가운데 엄숙한 분위기가 이어지고 있었다. 주변 일대는 삼현그룹의 계열사 중 하나인 경호업체 유앤비가 철통 경계를 하고 있었다.

　오전 10시가 되자 사옥 앞에 차들이 속속히 도착했다. 그 안에서 내린 이들은 찬대미 집행부와 차현호, 그리고 전직 관료, 교수, 변호사와 회계사, 세무사, 그밖에 다양한 인재들로 이뤄진 찬대미 회원들이었다.

　개중에는 TV에서 한번쯤 얼굴을 비친 이도 있었으며, 전혀 예상치 못한 이도 있었다.

　"저 사람은 화안전자 김석연 사장의 수족 아니야?"

　임원들은 이들 하나하나의 면모에 놀라움을 감추지 못했다.

　"저 사람, 어느 잡지에서 본 것 같은데?"

　"그, 인터넷인가 뭔가… 도움인가?"

　"저 사람은 연예인 아니야? 왜 작년에 SNM인가 하는 회사 차렸다던데……"

"뭐야, 별의별 사람들이 다 있네."

삼현그룹 임직원들이 술렁였다.

차에서 내린 서른 명 가까이 되는 인원은 다들 제각각의 면모를 가지고 있었지만, 확실한 것은 그들 눈에는 자신감이 넘쳤고 그 근원이 선두에 선 차현호라는 것은 누구라도 알 수 있었다.

"삼현전자 사장 황윤……."

"아직 주인공은 안 왔습니다."

현호의 눈빛이 번뜩이자 임원진 대표로 나와 악수를 청하려던 이가 머쓱한 얼굴로 손을 내렸다.

그러거나 말거나, 현호는 멀리서 다가오는 차를 눈에 담았다.

이내 도착한 차 안에서 내린 이가 누구인지는 이 자리에 있는 모두가 알고 있었다.

'강설희.'

*　　　　*　　　　*

양재동 삼현그룹 사옥의 맨 위층에는 회장실이 아닌 대강당이 있다.

그곳은 평소 직원들의 교육이 있거나 혹은 중요한 회의가 있을 때만 사용하는 곳인데, 회장실 바로 위층이다 보니 정숙 그 자체인 곳이라서 웬만해서는 이용을 꺼려하는 곳이었다.

하지만 오늘만은 다들 그곳에 모일 수밖에 없었다.

긴 회의석상의 양 끝에 강설희와 박인하 회장이 앉았다. 서로 인사를 나눌 필요는 없었다. 이 자리는 이미 모든 타협이 끝난 서류에 사인을 하러 온 것뿐이다.

지난 시간, 서류와 현장 실사는 찬대미 회원들이 모두 달라붙어 검토를 끝냈고, 이제 강설희에게 일부 계열사를 넘기면 일 년의 계도 기간을 설정해 양간에 모든 절차를 마무리하기로 했다.

더 나아가 삼현그룹 계열사 분리를 위해 정부와 전경련이 합의하에 특별 위원회까지 구성해 이 일을 지켜보기로 결정했다.

"삼현물산, 삼현화재, 삼현카드, 삼현데이터시스템, 삼현바이오."

정부 소속 특위단 위원이 강설희가 양도받을 계열사 5개의 사명을 읊었다.

삼현그룹은 앞으로 전 계열사 간에 흩어져 있는 5개 계열사의 지분을 모아 계도 기간에 걸쳐 강설희가 세울 지주회사에 완연히 넘길 것이다.

또한 계도 기간 이후에도 파트너십을 유지해 양사의 지속적인 성장을 도모하기로 결정했다. 대신 강설희는 삼현호텔이 보유한 삼현의 계열사 지분 일체의 권리를 포기하기로 합의했다. 물론, 5개 계열사는 제외다.

종국에는 삼현그룹 또한 삼현호텔을 지주회사에서 탈락시키고 새로운 지주회사를 세울 것이다. 이후 새로운 지주회사에 남아 있는 55개 계열사의 지분 이동과 승계 구조가 정리되면,

삼현그룹은 삼현호텔의 비상장 지분을 전량 강설희에게 매도할 것이다.

그 같은 과정을 모두 거치면 삼현과 강설희는 서로 남이 될 것이다.

파트너십이라는 달콤한 말은 주주들을 납득시키기 위한 눈가림일 뿐, 삼현이나 강설희나 계속 서로의 얼굴을 볼 필요는 없었다.

"그럼 양측은 계도 기간 동안 서로에 대한 공격을 자제하는 데 합의했으며, 누구라도 물질적 피해를 고의로 일으킬 경우에는……."

강설희는 5개 계열사의 임직원들을 승계하기로 했다.

물론 직원 일부는 뼛속까지 삼현그룹인 이들도 있기에 그런 자들은 원하면 삼현그룹에 남기로 했다.

그들 임직원으로서는 현재의 자리에 남느냐, 아니면 삼현으로 돌아가 금의환향하느냐가 남았다. 물론 집 나갔다 돌아온 골칫덩이가 될 수도 있었다.

"그럼, 사인해 주십시오."

특위단의 양해각서 공증이 끝나자 강설희와 박인하 회장은 양해각서에 사인을 끝냈고, 비서들이 서류를 바꿔서 한 번 더 사인을 거쳤다.

이렇듯 두 사람이 굳이 떨어져 앉아 있을 필요는 없었지만 이 포지션은 갈라질 삼현그룹이 앞으로 나아갈 방향이었다.

서류가 체결되고 아주 낮고 조용한 박수가 이어졌다. 삼현그

룹은 웃음기 하나 없었고, 현호 일행도 침묵했다. 강설희는 미
소를 보였지만 그 미소도 무거울 따름이었다.

그런 자리였다.

*   *   *

삼현그룹은 60개의 계열사 중 5개의 계열사를 포기했지만, 그 5개
의 계열사가 삼현그룹에서 차지하는 비중은 상당하다. 애초 법적인
공방이 이어질 거라고 전망됐던 이번 사건은 신전그룹의 사실인정과
더불어 박인하 회장의 대국민 사과가⋯⋯.

윤아리는 기사를 쓰는 중에 얼굴을 찌푸렸다. 딱히 그럴듯하
게 쓸 만한 표현이 없었다.

박인하 회장은 막다른 길이었다. 그들이 믿을 것은 시간뿐이
었는데, 차현호의 공격은 똥 눌 여유조차 주지 않았다.

미 국세청(IRS)이 삼현그룹 임직원들의 미국 내 자산을 동결
한 것과 동시에 특무부가 삼현그룹 임직원들에 대한 조사를
시작했다.

재밌는 점은 국세청 역시 별도로 삼현그룹에 대한 대대적인
조사를 시작했다는 것이다.

또한 검찰은 움직이지 않았지만, 검찰 관계자는 언제든 강
설희가 소장을 접수하면 사건 조사에 들어갈 것이라고 언론과
인터뷰를 했다.

기어이 여야 대표까지 삼현그룹 문제로 회동을 갖자 박인하 회장도 결국 두 손을 들었다. 참고로 특무부가 움직인 것은,

'그 여자의 장지(葬地)가 끝나고 나서였지.'

윤아리는 죽은 전지우에 대한 생각을 잇던 중에 자리에서 일어났다.

"선배, 오늘 삼현그룹 박태용 상무가 입국하는 날이죠?"

"김포공항 가지 마라. 삼현그룹이 에워싸고 있다더라."

"그런다고 내가 안 가?"

"그래, 가라."

최복규 기자가 손을 휘휘 내저었다.

윤아리는 가방을 챙겨 사무실을 빠져나왔다. 엘리베이터를 기다리는 동안 그녀는 생각을 다시 이었다.

'정말 신전그룹은 내버려 둘 생각인가?'

신전그룹도 막다른 길이었다.

만약 그때 신전그룹이 현호의 제안을 거절했다면, 현호는 뉴욕에서의 추격전 사건을 국가 간 문제로까지 끌어 올릴 계획이었다. 삼현을 차지하지 못하면 신전이라도 부수겠다는 것이 그의 계획 중 하나였다.

수류탄을 손에 쥐는 것은 간단하다. 하지만 던지고 나면 회수가 불가능하다.

그걸 잘 알기에 현호는 가능한 신전그룹이 자신의 제안을 받아들이기를 원했다. 국가 간 문제로 끌어들이면 찬대미에도 좋을 리 없었기 때문이다.

다행히 현호의 일부 계획들은 실행되지 않았다. 하지만 찬대미 집행부와 회원들은 이 사건을 통해 그 모든 과정을 지켜볼 수 있었다. 그리고 느꼈다.

'두려움.'

이미 FBI와 IRS라는 날개를 등에 업은 순간부터 차현호는 훨훨 날아 저 높이 손닿을 수 없는 곳에 있다.

그리고 또 하나를 느꼈다.

'믿음… 그리고 자부심.'

차현호는 보통의 사람이 아니다. 그와 함께하면 대한민국의 탑이 된다.

이번 일로 대다수의 찬대미 회원은 자신들이 찬대미의 일원이라는 것에 지금까지와는 비교할 수 없는 강한 자부심을 가지게 됐다.

이는 놀라운 일도 아니었다. 당연한 수순일 뿐이었다.

'이제 앞으로 누가 차현호를 건들 수 있을까.'

화안기업에다가 강설희까지 등에 업었다. 게다가 찬대미의 완성형과 다름없는 영진회와도 손을 잡았다.

이제는 불가능하다. 차현호를 건드린다는 것은.

'어찌 됐든… 이번 일은 이렇게 마무리됐네.'

윤아리는 생각을 관두고 엘리베이터에 탔다. 좁은 공간에 혼자 남게 되자 피식 웃으며 고개를 휘휘 저었다.

삼현그룹과 강설희가 양간의 양해각서를 체결한 그날 밤, 차현호를 비롯해 찬대미 회원 전부가 삼현호텔에서 파티를 했다.

중간에 현호는 윗사람들을 만나느라 빠졌지만, 그전에 윤아리는 잠시 그와 얘기를 나눌 수 있었다.

어떻게 하다 보니 인터뷰가 되었지만 마지막에 이르러 물어본 게 있었다.

"그래서 현호 씨는 뭐가 되고 싶은 건데요?"

그 질문에 차현호는 잠시 윤아리를 보다가 한마디를 하고 호텔을 떠났다.

'흠……. 이상한 사람이야. 고작 그거라니.'

*   *   *

김포공항이 박태용의 귀국으로 떠들썩한 사이, 현호는 제주공항에 도착했다.

그는 공항을 나와 택시에 탔고, 그가 향한 목적지는 신전그룹의 별장이었다. 아니, 이제는 그의 별장이었다.

신전그룹은 이번 일에서 비난을 받기는 했지만 타격은 입지 않았다.

딱 하나, 현호는 모든 일이 마무리되자 강성환 회장에게 한 가지 요구를 했다.

바로 제주도 별장 인계였다.

그 안의 고용인은 모두 승계할 것이며, 값도 그대로 치를 것이다. 그러니 양도해라.

요구가 아닌 통보나 다름없었다.

신전그룹으로서는 아쉬울 게 없는 제안이었지만 강성환으로서는 뼈아픈 제안이었을 것이다. 그곳은 강성환에게 애증의 장소였으니까. 그래서 현호는 한마디를 덧붙였다.

　'당신들이 나에게 어떤 감정을 가지고 있는지 잘 압니다. 하지만 그에 못지않게 나 역시 감정을 가지고 있습니다. 그래서 이번 일에서 나는 당신들에게 기회를 줬습니다. 그게 무슨 말인지 아십니까? 나는 내가 가진 감정을 지웠다는 얘기입니다.'

　강성환이 해묵은 감정을 지웠는지는 알 수 없었다. 어찌 됐든 그는 별장을 포기하고 현호에게 넘겼다.

　"기사님, 차창 열어도 됩니까?"

　"안 될 게 뭐 있습니까?"

　현호는 차창을 열었다. 바람이 휘몰아쳐 들어왔다.

　7월이 지나고 8월이 다가오고 있었다.

　바람이 너무 따뜻해서 현호는 눈물이 울컥 나오려는 것을 참기 위해 입술을 꾹 다물었다.

　잠시 눈을 감고 이 바람을 만끽했다.

*　　　　*　　　　*

　"수고하세요."

　택시에서 내린 현호는 별장 앞의 산책길에 발을 들였다.

　오래전 희뿌연 물안개가 피어오르던 그곳이다.

　현호는 잠시 멈춰 서 기억을 떠올렸다. 아니, 기억의 순간에 뛰어 들어갔다.

그날 장지에서 전지우를 보내고 돌아서는 그 순간이었다.

"저기……."

낯선 여자가 현호를 불러 세웠다.

키는 170센티미터 정도에 머리카락이 짙고 풍성한 여자였다. 나이는 많아야 20대 후반.

누구인가 싶어 현호가 미간을 찌푸리며 쳐다보자 그녀가 자신을 소개했다.

"저, 지우 대학 동기예요."

"아……."

현호는 묵직한 탄성을 내뱉은 뒤에 아무 말도 할 수 없었다.

사실 그에게 있어 전지우는 과거의 흔적일 뿐이었다. 그런데 그녀의 죽음 앞에서 눈물을 감출 수가 없었다.

어쩌면 그가 흘린 눈물은 오로지 그녀 때문만은 아니었을 것이다. 복잡한 감정들이 가슴에 산재했고 쏟아졌을 뿐이다.

"차현호 씨죠?"

그녀가 확인을 하듯 물었다.

"절 아세요?"

"저기, 드릴 게 있어요."

그녀는 손에 쥔 쇼핑백을 건넸다. 그 안에는 몇 권의 공책이 있었다.

"지우 일기장이요. 방을 정리하다가 찾은 건데……."

쇼핑백에서는 바스락거리는 소리가 났다.

"꼭 보셔야 될 것 같아서… 여기 오실 것 같아서 가져왔어요."

"이게……."

"지우가… 그쪽 참 많이 좋아했어요."

"예?"

현호는 당황스러웠다. 그 당황스러움이 이해가 간다는 듯 그녀가 미소를 보였다. 눈물에 젖은 미소였다.

*　　　*　　　*

별장 입구에서 보이는 풍경이 눈에 익었다.

기억에서 보는 것과 하등 다르지 않았다. 그렇게 따지면 굳이 별장을 살 필요도 없었다.

1, 2, 3단계를 통해 완성된 기억은 그에게 또 다른 현실이었으며, 그 기억 속은 그만의 세상이었다. 그 세상에서 무얼 하든 그의 자유였고, 그 안의 모든 것을 만지고 느낄 수 있었다.

하지만 기억은 현실을 대체할 수가 없는 법이다.

기억 속의 사람은 그를 돌아보지 않는다. 기억 속의 사람은 그에게 말을 걸지 않는다. 기억 속의 사람은 그에게 미소를 보이지 않는다.

그리고 그것은 언제부터인가 또 다른 아픔이었다.

현호는 별장으로 들어갔다.

그를 본 고용인들이 짧은 묵례를 했다.

현호는 이들에게 내려온다고 미리 알렸고, 오늘은 그 어떤 말도 걸지 말 것을 부탁했다. 그가 무슨 행동을 하든, 설사 밥을 굶더라도 아무 말도 걸지 말아달라고 부탁했다.

현호는 6년 전, 미숙이와 묵었던 방에 짐을 풀었다. 그리고 침대에 걸터앉아서 일기장을 펼쳤다.

그 안에는 그의 사진이 있었다. 신문에서 곱게 오려서 붙인 사진과 기사였다.

대입학력고사 만점을 받았을 때의 기사를 시작으로 어디 일간지의 아주 작은 칸막이 기사까지 공책 한 권이 가득 차 있었다.

"지우… 처음에는 스스로를 이해할 수가 없었대요. 자신보다 10살 가까이 어린 친구에게 마음을 빼앗겼다는 것을."

장지에서 만난 전지우의 대학 동기의 목소리가 현호의 귓가에 아련히 들렸다.

"저 역시도 처음에 그 얘기 듣고 미쳤냐고 했어요. 근데 지금 생각해 보면, 아마 그건 죄책감이 아니었을까 싶어요."

"죄책감이요?"

"네. 그 죄책감이 그리움이 되고, 그리움이 더 큰 그리움을 낳은 거… 아닐까요?"

현호는 스크랩된 기사들을 보며 전지우가 어떤 마음이었을까를 떠올렸다. 사진 속의 그를 보면서 그녀가 무슨 생각을 했을까.

그 삭막한 서울에서, 홀로뿐인 단칸방에서.

'하……'

가슴이 너무 뻐근해서 잠시 침대에 몸을 기댔다. 피곤이 밀려왔다. 지난 몇 달의 피로가 한꺼번에 밀려오는 것 같았다.

현호는 깊은 잠에 빠져들었다.

*　　　*　　　*

현호가 다시 깨어났을 때는 자정에 가까운 시간이었다.

현호는 전지우의 최근 일기장을 들고 별채 밖으로 나왔다. 그리고 오래전 전지우가 끓여준 라면을 먹었던 대리석 테이블 앞에 앉았다.

불어오는 바람을 맞으며 현호는 일기장을 다시 펼쳤다.

"원래부터 몸이 안 좋았어요. 그래서 학교도 휴학하고 제주도로 내려간 건데……. 사고 이후에 다시 올라오고 나서 한동안 괜찮더니 결국 재발했어요."

촤르르.

바닷바람에 전지우의 일기장이 펄럭였다.

이쯤이면 마를 만도 하건만, 현호의 눈가에 또다시 눈물이 맺혔다. 그러고는 일기장 위로 뚝 떨어졌다.

"이런……."

현호는 눈물을 닦으려 펄럭이는 종이를 붙잡았지만 차마 손을 댈 수가 없었다. 눈물에 번지는 글씨에 가슴이 아렸다.

"결핵이 다시 재발하고는 더 집착했던 것 같아요. 나중에는 우리가 그쪽 이름이 신문에 나오면 오려서 주고는 했어요. 한번 찾아가 보라고 했더니… 그래선 안 된다고……. 좋은 기억으로 남고 싶다고……."

그랬으면 나타나질 말지. 왜 그때는.

"아르바이트 그만두고 서울 생활을 정리하려고 했어요. 어쩌면… 느꼈는지도 모르죠. 자신의 몸 상태가… 그리 오래 버티지 못할 거라는 걸. 그래서 찾아갔나 봐요. 마지막으로 한번 보고 싶어서……. 미련한 것."

보고… 싶어서.

현호는 그 말을 되뇌며 일기장 사이에 꽂혀 있는 사진을 손에 집었다. 그 여름, 어느 날, 아침 안개 속을 거니는 그의 뒷모습이 찍혀 있는 사진이었다.

"하아……."

더는 볼 수가 없어서 일기장을 덮었다. 목이 메어서 숨을 들이쉴 수가 없었다. 그저 사진을 붙잡고 가슴에 끌어안았다.

흐느낌을 참고, 흐르는 눈물을 억지로 삼키며 고개를 들었다.

'지우 씨⋯⋯.'

그녀다. 그녀가 보인다.

어린 현호는 그녀가 끓여준 라면을 맛있게 먹고 있었고, 그녀는 곁에서 미소와 함께 지켜보고 있었다.

현호는 손을 뻗었다. 기억 속 그녀의 볼에 손을 얹었다.

촉감도 체온도 느껴졌다. 그것이 경험에 의한 산물일 뿐이란 걸 알고 있다. 그녀의 진짜 체온도, 촉감도 아니란 걸 잘 알고 있다.

그래, 이건 가짜다.

그런데⋯ 그걸 아는데⋯ 눈물을 억누를 수 없었다.

"크윽⋯⋯. 하아⋯⋯."

세상에서 가장 맑게 미소 짓는 그녀와의 작별.

밤이 깊어지고 있었다. 현호의 흐느낌처럼.

*   *   *

드르륵.

냉동 창고의 문이 열리고 의자에 묶여 있는 남자가 보였다. 그 옆에는 한 무리의 남자가 부지런히 시멘트를 개고 있었다.

강태강은 먼저 가죽 장갑을 꼈다.

"시멘트 잘 갰냐?"

그가 묻자 바로 대답이 이어졌다.

"예!"

가죽 장갑을 낀 강태강이 손을 내밀자 옆에 있는 창석이가 깔때기를 건넸다.

"다들 나가."

그 말에 다들 우르르 나갔다.

냉동 창고의 문이 닫히면서 그림자를 만들었다. 그림자로 인해 의자에 묶여 있는 남자의 얼굴이 점차 가려졌다.

강태강이 그를 보며 깔때기를 흔들었다.

"차라리 이게 다행 아니요? 차현호한테 맞아 죽는 것보다는 낫지. 그럼… 시작합시다, 수석님."

쾅!

마침내 문이 완전히 닫혔다.

35장

정신없이 바쁜 사람들

　헌법 제38조 모든 국민은 법률이 정하는 바에 의하여 납세의 의무를 진다.

　2007년 6월, 충남 아산.

　mbs 로고가 박힌 카메라를 든 촬영 스태프와 마이크를 손에 쥔 윤아리가 특무부 조사관들을 뒤따르고 있었다. 그 곁에는 경찰들도 있었다.

　"조사관님, 지금 어디를 가시는 거죠?"

　"체납자의 별장입니다. 오늘부터 전국의 3천만 원 이상, 10억 원 이하의 고액 체납자를 대상으로 특수세무조사부에서 세금 징수에 들어갑니다."

"아, 이전에는 특수세무조사부, 그러니까 특무부의 업무가 아니었죠?"

"특무부는 10억을 초과한 세금 탈세 사건, 혹은 은닉 재산 및 조세 포탈 확인 시에 사건 조사에 들어갑니다. 그밖에 신속 대응이 필요한 사건의 경우, 기관장급의 재량으로 사건을 맡았습니다만… 그래서 10억 원 이하는 특무부 소관이 아니었습니다."

"그런데 작년 정부가 공포한 지방세 기본법 개정안에 의해 시행일인 오늘부터 특무부에서 조사 및 징수를 하게 된 거네요?"

"맞습니다."

윤아리는 현재의 상황을 비교적 상세하게 질문했다.

오늘 촬영은 고액 체납자들의 자진 납세를 유도하기 위해서 정부 주도하에 기획된 프로그램인 만큼 공익적인 성격이 짙었다.

마침내 해당 체납자의 별장 입구에 멈춰선 특무부 징수과 조사관들이 주변을 살폈다. 먼저 우편물을 살펴 안에 사람이 살고 있는지를 확인하고 주변을 천천히 둘러봤다.

"조사관님, 지금 뭐 하시는 건가요?"

"일단 이곳에 사는지를 확인해야 하니까요. 가스비 나오는 것 보니까 살고 계시네요."

그때 또 다른 조사관이 카메라 곁에 다가왔다.

"수도 계량기가 돌아가고 있습니다."

"아, 그럼 안에 있다는 말인가요?"

윤아리가 눈치를 채고 묻자 특무부 조사관들이 고개를 끄덕였다.

그들은 곧바로 별장 문을 두드렸다.

"고정환 씨, 고정환 씨! 특수세무조사부에서 나왔습니다."

그러자 잠시 거실 유리창 쪽 커튼이 들썩였다. 특무부 조사관이 재빨리 눈치를 채고 문을 다시 두드렸다.

"안에 계시잖아요. 어서 나오세요, 고정환 씨!"

하지만 상대도 만만치가 않다. 몇 번을 두드려도 꿈쩍도 하지 않는다.

"이분의 체납액은 어떻게 되나요?"

윤아리의 질문에 조사관이 서류를 들썩였다.

"지방세 체납액이 2억이 조금 넘어요."

"근데 문을 안 열어주시네요?"

이어진 질문에 조사관이 입맛을 쩝 다셨다.

"이렇게 호화로운 별장에 사시면서 2억을 내지 않고 계시는 겁니다. 더구나 이렇게 문을 안 열고 버티시면 지방 세무서에서 나온 조사관들은 참 허탈합니다."

"자주 있는 일인가보죠?"

"자주뿐이겠습니까."

"이렇게 계속 버티면 방법이 없나요?"

"조사관들은 지방세 기본법 136조 4항에 의거해 수색 권한이 있습니다. 그렇지만 쉽지가 않아요. 일단 체납자 명의가 아닌 재산에는 손도 될 수 없거니와, 경찰이 합류하지 않는 한 문을 따거나 하는 강제 행위는 할 수가 없거든요."

"아……."

카메라가 재빨리 윤아리의 안타까워하는 얼굴을 담았다.

"그럼 이제 방법이 없네요?"

"아마 지방 세무서에서 나온 조사관님들은 문을 열어줄 때까지 기다리실 겁니다. 아니면 경찰 입회하에 문을 따거나."

"특무부는 다른가요?"

"저희는 다릅니다. 기본적으로 저희는 수사권을 떠나서 세금 체납자에게 명령하거나 강제할 수 있는 권한을 가지고 있습니다. 또한 기본적으로 저희는 현장 출동 시 경찰 인력을 대동합니다."

"그럼 지금 문을 딸 수 있다는 건가요?"

"박 조사관!"

그가 외치자 조사관 한 사람이 차에서 망치와 쇠막대를 가지고 왔다. 이어 문틈에 가져가더니 가차 없이 내려쳤다.

쾅!

현관문이 열렸다. 그러자 안에 있던 체납자가 눈에 불을 켜고 튀어나와 몸싸움을 벌였다.

"이 개새끼들아! 어딜 들어와!"

"고정환 씨, 맞으세요? 지금부터 지방세 기본법 제91조에 의거, 동산 압류를 진행합니다."

"내가 왜? 내가 왜 그걸 내?!"

"고정환 씨 맞으시죠?"

"가! 가라고!"

조사관들 뒤에서 경찰이 지키고 있음에도 체납자는 거칠게 저항했다. 그럼에도 조사관들은 눈 하나 깜빡하지 않았다.

조사관들은 먼저 체납 내역을 읊었다.

하지만 체납자가 눈에 살기를 띠며 고래고래 소리를 지르고 있었기에 제대로 들릴 리가 없었다.

"특무부 조사관에게 소리 지르시면 공무 집행 방해입니다."

"나라가 돈 줬어? 내가 열심히 벌어서 사는 거 아니야!"

"나라가 있어서 선생님이 재산을 모으시고, 대한민국에서 사시는 겁니다."

"됐고! 나 이민 갈 거야! 이만 갈 거라고!"

"가세요, 세금 내시고."

"꺼져! 꺼지라고!"

체납자는 급기야 집 안으로 들어가 골프채를 들고 와서는 힘껏 휘두르기 시작했다. 카메라에는 그 모습이 생생히 잡히고 있었다.

"기자님, 피하세요!"

조사관은 재빨리 윤아리를 뒤로 피신시켰다.

체납자는 카메라를 발견하고 잠깐 움찔했지만 이미 저지른 행동을 멈추질 않았다. 그때였다. 특무부 조사관이 허리춤에서 뭔가를 꺼내들었다.

"조사관 님, 그건 뭔가요?"

"테이저 건(Taser Gun)입니다."

고전류 권총형 진압 장비.

"고정환 씨, 그거 내려놓으세요. 특무부 조사관들은……."

"이야, 꺼져!!"

달려드는 체납자.

곧바로 테이저 건이 불을 뿜었다.

이어 바닥에 주저앉아 몸을 바르르 떠는 체납자의 모습이 카메라에 고스란히 잡혔다.

경찰들이 체납자에게 수갑을 채우기 무섭게 특무부 조사관들이 별장 안으로 들어가 닥치는 대로 빨간딱지를 붙이기 시작했다.

그때 마침 방 안에 있던 체납자 부인이 나왔다. 그녀는 잔뜩 흥분했는지 숨을 거칠게 내쉬었지만 남편이 처한 상황을 보았기 때문에 선불리 나서질 않았다.

"사모님 되시나요?"

"네."

조사관이 그녀에게 다가갔다.

"납부할 의향 있으세요?"

"저희 돈 없어요. 가져가실 거 다 가져가세요. 그러려고 오신 거 아네요?"

그녀의 말에 가시가 있었다.

그렇지만 내부에 돈이 될 만한 것은 딱히 없어 보였다. 조사관들이 장롱까지 탈탈 뒤졌지만 통장 하나 나오지 않았다.

물론 특무부 조사관들은 8촌 이내 직계혈족의 자산까지 모든 금융거래가 조회 가능하기 때문에 이미 재산 현황까지도 파악을 하고 온 상태였다.

그 재산 중에서 체납자에게 흘러간 경위가 조금이라도 포착이 되면 해당 재산에 압류가 걸린다.

하지만 이번 체납자의 경우에는 철저하게 그 부분을 분리했는지 찾기가 쉽지 않았다.

"이분 같은 경우에는 제3자의 명의로 재산이 형성돼 있어서 압류가 쉽지 않겠어요."

"아, 대부분의 체납자가 그러겠어요?"

"그렇습니다. 하지만 제3자의 명의라도 실소유라고 판단되면 압류가 가능합니다. 물론 특무부는 검찰을 거치지 않고 바로 압류를 진행할 수 있습니다."

"이분도 그런 경우인가요?"

"아니요. 이분은 좀 철저하시네."

조사관이 피식 웃으며 고개를 내저었다.

"오늘 붙인 거 훼손하면 5년 이하의 징역 또는 700만 원 이하의 벌금에 처해집니다."

조사관은 팔짱을 끼고 상황을 관망하고 있는 체납자의 부인에게 마지막으로 경고를 하고 별장을 빠져나왔다.

골프채를 휘두른 체납자는 공무집행방해죄 혐의로 경찰서에 이송되면서 상황이 마무리되는 듯했다.

"외제 차량에, 별장에, 명품 가방까지 수두룩하게 가지고 계신 분들입니다. 한데 차와 별장은 아내분의 명의라서 당장은 손을 댈 수가 없네요."

한바탕 난리를 친 것과 달리 소득은 그다지 많지 않았다.

"세금은 빚이 아닙니다. 국민의 의무죠."

조사관의 클로징 멘트와 함께 촬영이 종료됐다.

"수고하셨습니다."

윤아리가 그들에게 인사를 하고는 취재 차량을 타고 현장을 떠났다.

그러자 특무부 조사관이 휴대폰을 손에 쥐었다. 곧바로 상대가 전화를 받았다.

"아, 과장님, IRS 조회 한번 부탁드립니다."

IRS 조회는 공식적인 업무 절차가 아니었기에 카메라에 담기면 안 된다.

"예, 고정환이라고… 주민등록번호는……."

*　　　　*　　　　*

"곧 자료 갈 거야. LA에 하나 있네. 압류 걸어."

툭.

현호는 전화를 끊었다.

서울과 달리 경기도에는 비가 쏟아지고 있었다.

그가 서 있는 곳은 분당에 있는 한 추모 공원이었다. 그 앞에는 전지우의 묘비와 주덕환 교수의 묘비가 보였다.

투둑투둑.

우산을 두드리는 세찬 빗방울.

"그날도 이렇게 비가 쏟아졌는데……."

전지우가 그를 찾아왔던 그날이 잠시 떠올랐다. 순간이지만 그때의 미소가 눈앞에 있는 것 같았다.

현호는 주머니에서 담배를 꺼내 물었다. 한때 끊었지만 전지우의 죽음 이후로 비가 오면 이따금 태우고는 했다. 그 나름의 향을 피우는 것이었다.

"여기 있습니다."

곁에 있던 강창석이 쓰고 있던 우산을 팽개치고 그에게 라이터를 건넸다. 그 모습에 현호가 눈을 찌푸렸다.

"적당히 해. 오버하지 말고."

"하하."

멋쩍게 웃는 강창석을 보며 현호 역시 피식 웃고는 담배 연기를 들이마시고 내쉬었다.

"후……."

벌써 10년이 지났다. 그 시간 동안 많은 것이 변했다.

박거성은 IMF 이후 상당한 재산을 축적했다. 그 돈으로 부실기업까지 싸게 거둬들여서 지금은 강남이 아닌 대한민국 큰손이 됐다.

찬대미는 이제 명실상부한 조직이 돼 굳건해졌으며, 이호 의원은 대선을 앞두고 있었다.

모든 것이 순조롭게 흘러왔다.

"오늘 동창회에 참석하실 거죠?"

강창석이 물었다.

"가야지. 오랜만에 얼굴 비춰야지."

"저기, 근데 사무실에 협박 전화가 왔다고 합니다, 훗."

강창석이 얘기와 달리 웃으면서 말했다.

"뭔데?"

"황주혜 씨가, 대표님 동창회 나오면 죽인다고."

"걔 입국했나?"

"예."

"훗."

과거 황주혜는 현호에게 고백을 했었지만 까였다. 그 뒤로 미국으로 가서 예정된 운명대로 살아가고 있었다.

"후……"

현호는 짙은 담배 연기 속에서 빗소리에 귀를 기울이며 묘비를 바라봤다.

전지우가 죽고 나서 많은 생각을 했다. 그녀의 죽음 또한 자신이 낳은 비극이 아닐까 싶어 오랫동안 생각을 지울 수가 없었다.

'주 교수님……'

주 교수가 숨을 거두기 전, 현호는 다시 그를 찾아갔었다. 하지만 더 이상 얼굴을 마주할 수는 없었다. 그저 주 교수가 남겼다는 메모 한 장을 건네받았을 뿐이다.

그 메모에는 사자성어가 적혀 있었다.

一雁高空(일안고공)

높은 하늘에 기러기 한 마리.

떼 지어 나는 기러기 무리에서 빠져 나온 기러기 한 마리가 높고 맑은 가을 하늘을 높이 날아가는 모양을 뜻하는 말로, 고독한 심경과 고고한 경지를 이르는 사자성어다.

'무슨 뜻일까. 정말 주 교수는⋯⋯.'

현호는 떠오른 생각을 한숨과 함께 지워 버렸다. 이제 와 알 수 없는 노릇이다.

띠리리⋯ 띠리리.

비를 바라보며, 현호는 전화를 받았다.

"예, 의원님."

이호 의원이었다.

─현호야, 큰일 났다.

"예, 말씀하세요."

이호 의원의 목소리는 급박해 보였지만 현호는 차분했다.

─검찰에서 수사 들어간단다!

이미 예고된 수순이었다. 현호는 이번 수사가 무엇인지 잘 알고 있었다.

"의원님, 걱정하지 마세요. 제가 처리하겠습니다."

─나, 괜찮은 거지?

"아마 특검까지 갈 것 같은데, 오히려 떠들썩하게 하는 게 좋습니다."

─그래, 난 너만 믿는다.

"예. 걱정하지 마세요."

전화를 끊은 현호는 미소와 함께 담배를 다시 입에 물었다.

*   *   *

청담동 소재의 칵테일 바에 국립세무대학 93학번 내국세학과 동기들이 한 명 한 명 도착하고 있었다.

"요즘 어떻게 지내?"

"정신없다. 연애도 해야 하고, 돈도 벌어야 하고."

"나는 요즘 주말마다 선이야."

다들 칵테일 한 잔을 손에 쥐고 일상의 소소함을 나누고 있었다.

"현호는 언제 오는 거야?"

이야기의 화두는 자연스럽게 아직 도착하지 않은 차현호에게 집중됐다. 지금의 현호는 동창들 사이에서 명실공히 가장 잘나가는 존재이자 든든한 동반자였다.

"지난번에는 현호 덕분에 일이 쉽게 해결됐어. 전화 한 통 하니까 바로 되더라."

"하긴, 현호 때문에 지금 93학번 우리 동기들 잘나가잖아."

"야, 아까 뉴스 봤어? 특무부가 오늘 하루만에 고액 체납자들 대상으로 징수한 돈이 1천억이란다."

"뭐? 그게 벌써 집계가 됐어?"

"허!"

너도나도 특무부와 현호에 대한 얘기였다. 개중에는 찬대미를 거론하는 이들도 있었다.

"아, 나도 찬대미 못 들어가나."

"찬대미? 그게 뭐야? 들어는 본 것 같은데."

"너 찬대미 몰라? 찬란한 대한민국의 미래! 대한민국 중요 인사는 거기 다 있을 걸? 나는 새도 떨어뜨린다더라."

"그런 게 있었어?"

"놀라운 건 그 찬대미를 차현호가 만들었다는 거지."

"캬…… 대단하다."

대화가 무르익고 있었지만, 정작 이 자리의 주제가 된 차현호는 모습을 보이지 않았다. 그가 아직 모임 시간에 늦은 것은 아니었지만 다들 어서 빨리 그가 오기를 기다리고 있었다.

"다들 현호 좀 그만 괴롭혀. 동창이라는 놈들이 도와주지는 않고 허구한 날 부탁이야."

동창회 주선자인 장라희가 그들 사이를 지나며 핀잔을 주자 여기저기서 볼멘소리가 터져 나왔다.

"야, 부탁은 무슨… 우리도 눈치가 있지. 어쩌다 한번 진짜 급할 때나 전화하는 거지."

"정신들 차려. 현호, 여기서 멈출 거 아니야. 더 올라가야 해. 그래야 우리도 격이 올라가는 거야. 다들 부탁할 때가 아니라 밀어줄 때라고."

"그거야 잘 알지."

현호가 위로 올라가면 자신들도 위로 올라간다. 이는 이들 사이의 암묵적인 진리와도 같았다.

"주혜야, 너 거기서 뭐 해?"

구석에서 찌푸린 얼굴로 있는 황주혜의 모습에 장라희가 다가갔다.

"언니, 나 이만 가봐야겠다."

"왜?"

"일이 생겼네."

"그래? 아쉽다. 현호가 너 보면 좋아했을 텐데."

"좋아하긴. 갈게."

"미국가기 전에 연락해."

"어!"

피식 웃으며 황주혜가 칵테일 바를 벗어났다. 미처 동창들과 인사를 나눌 겨를도 없이 바삐 걸음을 뗐다.

그녀가 입구를 빠져 나오는데, 마침 현호가 차에서 내리고 있었다. 그 곁에는 우산을 들고 있는 부하 직원도 함께 있었다.

"야, 차현호……."

황주혜가 다가가려는데, 현호는 직원이 펼친 우산 아래서 전화를 귀에 가져갔다.

*　　　*　　　*

"후……."

전화를 끊은 현호는 한숨을 내쉬었다. 아무래도 오늘 동창들 얼굴은 보지 못할 것 같았다.

현호는 차에 다시 오르기 전 고개를 돌려 황주혜를 바라봤
다. 그녀의 인기척은 전화를 받은 시점부터 느끼고 있었다.

"오랜만이다."

현호는 다가온 그녀의 얼굴을 보며 따뜻한 미소를 보였다.
그녀도 별반 다르지 않은 표정이었다.

"그래, 오랜만이다."

"가끔 네 소식은 들었어."

"혜담이 언니하고 자주 연락하나 봐?"

"응."

최혜담의 인터넷 검색 업체인 벨리스는 빠르게 성장하고 있
었다. 현호는 미국에 있는 그녀와 지속적인 연락을 하면서 가
끔 황주혜의 소식도 전해 듣곤 했다.

"너, 재무부에 들어갔다며?"

현호의 질문에 황주혜가 생긋 미소 지으며 고개를 끄덕였다.

"응."

"잘해봐. 이왕 간 김에 재무장관 정도는 해야지."

"뭐? 하하, 농담도 정도껏 해라."

그 말에 황주혜는 웃으며 손사래를 쳤다. 현호는 베이지색
트렌치코트를 입고 있는 그녀의 모습에서 예전 모습을 얼핏 볼
수 있었다.

"근데 무슨 일 생긴 거야?"

그녀가 현호를 눈에 담고 물었다.

"훗……. 바쁘네."

그렇게 말하는 현호의 미소에는 여유가 있었다. 한층 성숙해졌고, 견고하게 다듬어진 어른의 모습이었다.

"무리하지 마."

"그래, 고맙다."

잠시 대화는 끊겼지만 주변을 채운 빗소리가 마치 잔잔한 음악처럼 들려왔다.

황주혜가 어깨에 둘러맨 가방끈을 힘주어 붙잡고 현호를 바라봤다.

"이제 가야겠다."

"그래, 또 보자."

"현호야."

차에 타려던 그를 그녀가 다시 불렀다.

"왜?"

"행복… 한 거지?"

현호는 잠시 그녀를 보다가 그녀에게 같은 질문을 했다.

"넌? 행복한 거지?"

"응."

"또 보자."

현호는 바로 차에 올라탔다. 멀어져 가는 황주혜의 뒷모습이 차창에 얼룩진 빗방울 사이로 희미하게 보였다.

현호가 잠시 그 모습을 지켜보고 있자 이내 운전석 문이 열리고 강창석이 차에 올라탔다.

"칵테일 바에 얘기해서 회사로 청구서 보내라고 했습니다."

"잘했다, 가자."

현호를 태운 차가 빗속을 뚫고 천천히 움직였다.

*　　　　*　　　　*

"자, 한잔해."

개량 한복 차림의 박거성이 펄럭이는 소매를 걷어 올리고 술 주전자를 기울였다. 그러자 상대가 무릎을 꿇고 두 손으로 쥔 잔을 내밀며 고개를 숙였다.

"감사합니다."

"염 조사관이라고?"

"예."

염 조사관은 박거성이 따라준 술을 서둘러 마시고 대답했다. 번드르르하게 빛나는 입술을 닦고, 눈을 번뜩이며 이어질 박거성의 다음 말에 귀를 기울였다.

"그래, 듣자 하니까… 차현호하고 인연이 있다던데?"

"예. 갚을 게 좀 있습니다."

"그쪽이 차현호에게 갚을 건 둘째 치고, 내가 그쪽을 믿을 만한가 모르겠어."

그 말이 떨어지기 무섭게 염 조사관이 일어나 옷매무새를 고치고 크게 절을 했다. 그는 방바닥에 머리를 박고 목청껏 외쳤다.

"뭐든 맡겨만 주시면 충성을 다하겠습니다!"

"허허, 자세는 돼 있는데… 그 자리가 아무나 오르는 자리는 아니잖아?"

박거성은 현재 국세청장으로 있는 장명준을 끌어내릴 생각이었다. 그리고 그 자리에 넣을 인물로 눈앞의 염 조사관을 점찍었다.

강남세무서에 있던 염 조사관은 비리 사건으로 제주도까지 쫓겨나서는 다시금 서울청(서울지방국세청)에 올라왔다.

좌천이나 다름없는 신세에서 끝내 살아남은 그 모습을 보면 확실히 보통 놈은 아니었다.

게다가 알고 보니 차현호와 인연까지 있더라, 는 얘기.

"저는 이제 욕심이 없습니다. 그 자리만 오르면 어르신께서 시키는 거 다할 겁니다. 어느 놈 봐주라 하면 봐줄 거고, 어느 놈 털라고 하면 털 겁니다."

"허……. 그럼 쓰나. 그 말이 꼭 내가 못된 짓이나 시키는 사람 같잖아?"

"아이고, 죄송합니다. 제가 모자라가지고."

염 조사관은 박거성 앞에서 한없이 자신을 낮출 준비가 돼 있었다. 죽으라면 죽을 시늉도 할 기세였다.

"허허, 괜찮아. 뭐, 그런 자세라 이거 아니야?"

"맞습니다."

"그래, 좋아. 그럼 자네는 또 어떤가."

박거성이 이번에는 옆을 돌아봤다. 그곳에는 얼굴에 핏기가 없는 중년의 여성이 앉아 있었다.

"장선자라고 했지?"

"예."

"자네가 박한원 의원과 금진은행에 관한 자료를 좀 가지고 있다고?"

"원본은 빼앗겼지만 복사본이 있습니다."

"어느 정도인데?"

"이번 대선에서 한누리당에 영향을 미칠 수 있는 자료입니다."

과거 금진은행이 만든 SPC(특수목적회사)를 통해서 빼돌린 돈의 일부가 박한원 의원의 정치자금으로 흘러갔다. 그러니 박한원 의원을 걸고넘어지면 현재 한누리당인 이호 의원까지도 걸고넘어질 수 있는 여지가 생긴다.

더구나 지금 이호 의원은 'BA 실소유주 사건'으로 거동이 불편한 상태 아닌가.

'도하'라는 인터넷 금융회사의 부당 거래와 주가 조작, 그 일에 이호 의원의 관여 여부, 또한 이호 의원이 문제의 투자자문회사인 BA의 실소유자가 맞냐, 아니냐를 두고 시끄러운 상황이다. 이로 인해 여야가 하루가 멀다 하고 공방 중이었다.

"그럼 자네는 뭘 바라는데?"

박거성이 느긋하게 허리를 누이며 물었다. 반면 장선자는 흐트러짐 없이 눈을 반짝이며 대답했다.

"차현호의 몰락입니다."

"허, 그놈이 어떤 놈인지 알고 하는 얘기야? 지금 그놈이 입바람 한번 불면 나조차도 흔들려."

"어차피 어르신도 그럴 생각 아니십니까?"

잠시 두 사람을 바라본 박거성이 고개를 끄덕였다.

"다들 나가봐."

두 사람이 나가자 뒤이어 송만호와 민철식이 들어왔다.

"민 의원."

찬대미 집행부이자 성강대 철학과를 졸업한 민철식은 지난 총선에서 최연소 국회의원이라는 타이틀을 얻었다. 물론 찬대미의 힘이었다.

"그건 어떻게 됐어?"

박거성이 묻자 민철식이 미소를 보이며 CD 한 장을 내밀었다.

"여기 있습니다. 지방대학에서 있었던 강연을 촬영한 동영상인데, 이호 의원이 여기서 자신이 BA의 실소유주라는 것을 떳떳하게 밝히고 있습니다."

"하… 이것 참, 일이 잘 풀리려나 보네."

"그러게 말입니다."

"그럼 서두르자고. 차현호가 움직이기 전에 묶어둬야 해."

송만호와 민철식이 나가자 혼자 남은 박거성은 자신의 술잔을 채웠다.

'현호야……'

처음 녀석을 알고 지낸 지 십수 년이 흘렀다. 녀석과 손을 잡은 지는 벌써 11년이 흘렀고.

긴 시간 함께 웃었고, 함께 달려왔다.

그래서 더욱 지금의 마음이 공허하면서도 씁쓸하여 갈피를 잡을 수가 없었다.

툭.

박거성은 빈 잔을 앞에 두고 그 잔에 술을 채웠다.

차현호는 앞에 없지만 녀석과 마지막 잔을 나누고 싶었다.

'어디서부터 잘못된 걸까……'

녀석이 미국에 갔다 온 뒤였을까. 아니면 전지우라는 여자가 죽고 난 뒤였을까.

확실한 것은 삼현그룹이 강설희에게 계열사 몇 개를 넘기고 나서부터 바람의 방향이 바뀌었다.

강설희는 삼현그룹에게 넘겨받은 계열사를 '소유그룹'이라는 사명으로 바꾸었으며, IMF를 기점을 빠르게 성장했다.

그렇다고 차현호가 박거성에게 협조하지 않은 것은 아니었다. 달러에 관한 녀석의 예견은 정확히 들어맞았고, 부실기업을 싸게 거둬들이라는 조언도 정확했다.

그만큼 소유그룹과 박거성이 걸어온 방식은 별반 다르지 않았지만, 약간의 미묘한 차이는 있었다.

예를 들어 박거성이 시험에 나올 문제지를 들고 있다고 치면, 강설희의 소유그룹은 마치 정답지를 손에 들고 있는 것처럼 움직였다.

그 결과 지금은 삼현그룹이 소유그룹에 흡수합병이 될 위기에 처한 게 아니냐는 소문까지 돌고 있는 지경이었다.

'흠……'

이제 와 어찌 됐든 상관없었다.

박거성은 차현호 덕분에 지금의 자리에 올라왔다. 단지, 그 녀석의 성장세가 이제는 걸림돌이 될 뿐이다.

'두렵지……. 솔직히 두려운 일이야.'

이호 의원이 청와대에 입성하게 된다면 차현호, 그 녀석은 11년 전의 예언을 스스로 지키게 되는 것이다.

'이호는 정말 모르는 건가?'

자신이 곧 잡혀 먹힐 신세라는 것을?

이미 차현호는 독보적인 존재였다.

하지만 대한민국은 어느 한 사람, 어느 한 집단의 독주로 버텨온 나라가 아니다. 서로가 패를 가르고, 적당함 힘의 균형을 이루며 암묵적인 동의와 나눔 끝에 성장해 온 나라다.

그것을 친일이니, 애국이니, 진보니, 보수니 따위로 부르며 나누는지는 모르겠지만… 어찌 됐든 그 둘이 반목하면서도 서로를 구애(拘礙)한다는 점은 이 대한민국이 가져온 불변의 진리다.

그래서 박거성은 본능적으로 느끼고 있었다. 이호 의원이 청와대에 입성하게 되면 차현호는 이제 누구도 막을 수가 없게 될 것이라고.

"하……."

박거성은 자신의 잔을 쥐고 허공을 향해 뻗었다.

"자, 이놈아… 작별주다."

지금 순간, 왠지 들릴 리가 없는 잔 부딪치는 소리가 그의 귓가를 간지럽히는 것 같았다.

　　　　*　　　　*　　　　*

　오늘 브리핑은 대검찰청 중앙수사부 검사 이지환이 맡았다.

　그가 프로젝터 리모컨을 조작해 슬라이드 한 장을 넘기자 회의실을 가득 채운 어둠 속에 차현호의 사진이 떴다.

　"이름 차현호, 올해 나이 32살, 특수세무조사부 징수과 과장입니다."

　어차피 이 자리에 모인 모두가 차현호에 대해서는 잘 알고 있었다. 굳이 설명할 필요가 없는 존재다.

　"바로 다음으로 이어가겠습니다."

　이지환 검사가 다시 리모컨을 조작하자 다음 사진이 이어졌다.

　"이름 강창석, 올해 나이 29살, FU유통의 부장으로 있지만, 실질적으로는 차현호의 측근이자 경호원이라고 보면 됩니다."

　"FU는 찬대미와 무슨 관계지?"

　"찬대미의 활동을 지원하기 위해 설립된 회사라고 보면 됩니다."

　"위장 회사인가?"

　"아닙니다. 실제 매출이 발생하는 회사입니다. 미국, 중국, 일본에 자회사를 두고 있습니다. 주 업무는 물류 유통 부분인데, 국내 주거래 업체로는 화안기업과 소유그룹이 있습니다. 참고로 작년 영업이익이 3조 원에 달하는 걸로 추산됩니다."

회의실 여기저기서 술렁인다.

"그밖에도 차현호와 관련된 회사가 한두 곳이 아닙니다. 미국의 벨리스도 있으며……."

"벨리스? 그 인터넷 검색 업체?"

"예. 차현호가 그곳의 최대 주주입니다."

"허!"

"공식적으로 밝혀진 부분만 그 정도입니다."

다음으로는 찬대미 집행부 인사들의 설명이 이어졌다.

"참고로 집행부 인사는 저희가 내부 제보자를 통해 얻은 정보로 추정한 인물들입니다."

"국정원 일부도 차현호가 장악했다고 하는데… 사실인가?"

"사실입니다. 더 놀라운 것은 국정원뿐 아니라 미국의 수사 기관인 FBI까지도 선이 이어졌다는 겁니다."

"뭐라고?"

다시금 회의실이 술렁인다. 이번에는 술렁임이 좀처럼 멈출 생각을 하지 않았다.

"이어서 다음 인물입니다."

촤락.

"강태강, J 보안 업체의 대표로 있습니다. 차현호의 최측근으로 추정되며, 차현호를 위해서는 살인도 마다하지 않는 충성스러운 인물입니다."

"실제로 살인이 이뤄진 일이 있나?"

바로 사진이 바뀌었다.

"14대 청와대 민정수석 권원기입니다."

"권원기?"

"차현호와 인연이 있었던 전지우라는 여자의 죽음에 권원기 수석이 관련이 있었고, 이에 차현호가 처리한 걸로 보입니다. 공식적으로는 실종 상태입니다."

"미치겠군. 차현호란 놈이 대한민국을 난장판으로 만들고 있어!"

누군가 책상을 쾅, 치며 일갈했다. 그때, 또 누군가는 질문을 이었다.

"그래서 계획은?"

"찬대미 집행부를 잡을 겁니다. 현재 차현호의 움직임은 집행부를 통해 찬대미 전체로 퍼집니다. 집행부가 잡히면 찬대미는 일시적으로 마비됩니다."

"그때 대규모로 제압하겠다는 건가?"

"예. 한날한시, 전국의 검경 인력을 동원해서 잡아들일 계획입니다. 프로젝트 명칭은 여명(黎明)입니다."

"여명이라… 거추장스럽군."

하지만 그만큼 중대한 사안이라고 볼 수 있었다.

"잡아들일 대상은?"

"차현호와 1차적으로 관계가 있는 이들 전부입니다. 찬대미와 특무부가 여기에 포함되며, 2차적으로 관계가 있는 이들은 시일 내에 전원 소환할 계획입니다."

"나라가 들썩이겠군."

"하지만 특검이 움직이는 명분은 이호 의원의 'BA 실소유주' 관련 수사인 만큼, 차현호에 관한 부분은 언론에 비치지 않을 겁니다. 다시 말해, 이번 수사의 최우선 목표는 이호 의원이 아닌 차현호입니다."

"연막이라 이건가……. 하지만 조심해야 해."

군사 정권 이후 최대의 민간 탄압이나 다름없는 수사다.

"청와대는? 그쪽에서 태클을 걸지 않을까? 워낙 이런 지저분한 건 싫어하시는 올바른 양반이잖아."

"어차피 대선이 곧 다가옵니다. 레임덕에 빠진 청와대는 설사 이번 일을 알게 된다 해도 힘을 쓸 수가 없습니다."

임기 내내 시달린 청와대는 이제 와 검찰에 쓸 힘이 남아 있을 리가 없었다.

"자, 이쯤이면 다들 대략적인 맥락은 파악했을 테고……."

늘어진 목소리와 함께 회의실에 불이 켜지자, 이지환 검사의 시선이 목소리의 주인에게 닿았다.

'박거성.'

그가 이번 일의 스폰서나 다름없었다. 또한 그 뒤에는 국내 대기업들이 연관돼 있다.

"한 가지 걱정인 건, 검찰에도 찬대미가 제법 있지 않습니까?"

박거성이 조심스럽게 물었다. 그러자 이번에는 회의석상 맨 끝에 앉아 있는 남자가 입을 열었다.

안석규 검찰총장.

"그날 대검 특수부가 모두 잡아들일 겁니다."

"흠……."

박거성이 신음하며 고개를 끄덕였다.

"이번 일, 검경이 합심해 움직이는 만큼 외부에 알려지면 여론이 들끓을 수 있습니다."

실패하면 검찰과 경찰 조직에 대규모 칼날이 드리워질 것이다.

"하지만 어쩌겠나. 나라를 위한 일인데."

차현호를 이대로 두면 다음 정부에서는 검경까지도 차현호의 수족이 될 것이다. 그러니 여기서 손발을 끊어야 한다.

과거 군부가 쿠데타를 일으켜 역사를 바꿨다면, 이번에는 검경이 합심해 대한민국을 움직여야 할 때다.

물론 잡음이 아주 없지는 않을 것이다.

하지만 누구도 섣불리 나서 입을 열지는 못할 터.

정권이 바뀌는 애매한 시기, 앞날이 풍전등화인 마당에 함부로 운신하는 이들은 많지 않을 것이다.

만일 있다 한들, 검경이 잡는다.

죄목은 뭐든 상관없다. 조세 포탈이든, 선거 기획이든, 방송사 로비든 상관없다.

일단은 잡아들인다. 그리고 어지러워진 난장판은 청와대의 다음 주인이 치울 것이다.

"이상으로 브리핑을 마치겠습니다."

단상에서 내려오면서 이지환 검사는 박거성의 곁에 있는 민정당 원내 대표들을 눈에 담았다. 그들의 얼굴이 자못 심각하다.

                    *   *   *

　"시국이 많이 불안합니다."

　주종일보 편집국장 조정기의 얼굴에 근심이 가득 서렸다. 그
러자 이주헌이 고개를 돌려 상석에 앉은 이호 의원의 눈치를
힐끗 살피고 대꾸했다.

　"불안할 게 뭐 있나. 수순대로 흐르는 거지."

　"차현호는 뭐라고 합니까?"

　조정기는 이번에는 이호 의원을 직접 보고 물었다.

　"언제 녀석이 걱정하는 거 봤나. 너무 신경 쓰지 말게."

　이호 의원의 말에 조정기는 내심 안심이 되는 듯 고개를 끄
덕였다. 그러자 이주헌이 나직이 얘기를 이었다.

　"박거성은 요즘 통 얼굴을 비추지 않습니다."

　"그 양반도 바쁘겠지. 대선 준비하랴, 자금 조달하랴."

　조정기가 박거성을 두둔하자 이호 의원이 얼굴을 찌푸렸다.

　"의원님, 듣자 하니 그 양반이 일본 쪽 인사들과 손을 잡았
다는 얘기가 있던데요?"

　"일본?"

　이주헌의 말에 이호 의원이 미간을 찌푸렸다.

　"예. 아무리 봐도 욕심이 과한 듯해서요."

　"흠……."

　"괜히 쓸데없는 쪽의 자금이 흘러 들어와서 나중에 의원님에

게 문제가 생기진 않을까 해서 말입니다."

"문제가 생길 게 뭐 있나. 그때 가면 세상이 또 바뀌는데…….
자네는 내가 시킨 것만 제대로 하면 돼."

"그래서… 생각해 봤는데, 일단은 내년 자리에 오르시고, 내
후년쯤에 일본 쪽 환율을 조정하면 어떨까 싶습니다."

"엔화를?"

"예. 임기 2년 차니까, 무리가 없을 것 같습니다. 그때 가서
운하 건도 진행하시면 좋을 것 같고. 엔화는 한 1,600원 선까
지 끌어 올릴까 생각하고 있고요."

"고환율 정책이라……. 섣불리 예단하지 말고, 일단 이번 검찰
의 움직임 먼저 마무리하고 구체적인 것은 그 뒤에 논의하자고."

"뭐, 검찰이야 잠깐 들썩이는 건데요."

이주헌은 상황을 낙관적으로 보고 있었다. 물론 검찰의 움
직임도 통제가 가능하다고 여기고 있었다.

그런 이주헌의 모습에서 이호 의원은 왠지 모를 불안을 느끼
며 얘기를 마무리했다.

"앞으로 할 일들 많아. 미리부터 고민하지 말고. 아직 낙관할
때가 아니야."

"예, 알겠습니다."

*　　　　*　　　　*

"어머님, 따님께서 어떤 걸 잡으면 좋으시겠어요?"

한창 돌잡이 행사가 진행 중이었다.

행사 MC가 마이크를 가져가자 고운 한복 차림의 한유라가 미소와 함께 대답했다.

"전 실이요. 아무 탈 없이 잘 자라기만 하면 좋겠어요."

"아버님은요?"

"저는 돈입니다, 하하."

장충도는 딸을 힘껏 끌어안으며 걸걸하게 웃음을 터뜨렸다. 사람들이 박수와 함께 깔깔 웃었다.

앉아 있는 사람들 틈새에 차현호도 있었다.

"자, 그럼, 우리 장예린 양은 뭘 집을지 볼까요?"

오늘은 장충도의 둘째 딸의 돌이었다.

행사장 앞에는 각처에서 온 화환들이 줄을 지어 서 있었다. 그뿐 아니라 오늘 행사에는 얼굴도 모르는 이가 수두룩하게 있었다.

특무부 서장 장충도.

그 이름 앞에 붙은 특무부라는 명칭 하나에 몰려든 사람들이었다.

"아, 따님이 돈을 집으셨습니다!"

앙증맞은 주먹으로 돈을 쥐고 까르르 웃는 아이의 모습에 장충도의 입이 한껏 찢어졌다.

"하하하!"

현호의 곁에서는 강창석이 박수를 쳤다. 누가 보면 그가 돌 잔치를 하는 줄 알 정도로 아까부터 신이 잔뜩 나 있었다.

"예린이는 돈도 많아, 삼촌도 많아, 인생이 쫙쫙 폈네."

"훗, 예린이 인생 걱정하지 말고 네 인생이나 걱정해라, 이놈아."

"저야 형님만 믿고 가는데 무슨 걱정이 있겠습니까."

현호의 농담에 강창석이 피식 웃으며 말했다. 현호는 다시 고개를 돌려 장충도와 한유라를 바라봤다.

두 사람의 얼굴이 어느 때보다도 행복해 보였다.

둘 모두와 인연이 있는 만큼 그들을 보는 현호의 얼굴에 여러 감정이 복잡하게 얽혀 있었다.

'장충도가 벌써 둘째 돌잔치를 하는구나……'

특무부 3인방이던 장충도는 특무부 서장에, 최 조사관은 서울청 조사 4국장에, 성시원 조사관은 재정경제부 조세정책과 과장에 올랐다.

하지만 그들에게 자리는 중요치 않다. 자리는 늘 바뀌는 법이니까.

분명한 것은 그 자리가 아래가 아닌 위로 오른다는 점이며, 차현호와 함께 있다면 그것은 보장된 수순이라는 점이다.

"현호야, 와줘서 고맙다."

장충도가 딸 예린이를 안고 그에게 가까이 다가왔다.

현호가 자리에서 일어나자 강창석이 그의 코트를 챙겨 일어났다.

"장예린, 너 언제 커서 삼촌한테 용돈 달라고 할 거야?"

"그러지 말고 지금 줘요."

"하하."

한유라의 농담에 현호가 크게 웃었다. 그러자 그 웃음을 향해 많은 시선이 쏠렸다.

여기에 온 사람들 중에는 차현호를 아는 이도 제법 있었다.

"전 이만 가보겠습니다. 끝까지 못 있어서 미안해요."

"미안하긴, 바쁜 사람인데."

"형수님… 저 갈게요."

"나중에 집에 놀러 와요."

현호는 두 사람을 눈에 담고 행사장을 빠져나왔다.

밖에는 경호 인력들이 대기하고 있었다. 최근, 느낌이 안 좋다며 강태강이 경호 인력을 늘린 것이다.

물론 경호와 관련된 것은 강태강에게 온전히 맡겼기 때문에 현호는 신경을 쓰지 않았다.

"여기, 태강이 형님이 전화했습니다."

강창석이 전화기를 건네자 현호는 코트를 어깨에 걸치고 전화를 손에 쥐었다. 건물을 나와 차에 오른 그가 전화번호를 누르자 곧이어 강태강의 목소리가 들렸다.

"무슨 일이에요?"

─회장님이 좀 보자고 하네요.

어느 순간부터 강태강은 현호에게 경어를 썼다. 그 나름의 격식이었기에 현호도 더 이상 하라마라 참견하지 않았다.

"회장님이요?"

─예.

현재 강태강은 경호업체도 운영하고 있었기에 소유그룹의 경호 부분도 총괄하고 있었다.

"언제요?"

—오늘 4시에 사장단 회의가 끝나면 시간이 되신다고 합니다.

그 말에 현호가 조수석의 강창석을 쳐다봤다. 강창석이 재빨리 말했다.

"5시에 주한 미 대사 부부와 약속이 있습니다."

지금 시간이 3시.

스케줄을 확인한 현호는 잠시 생각 끝에 고개를 끄덕였다.

"알겠습니다."

전화가 끊어지자 현호를 태운 차는 소유그룹 사옥이 있는 서초동으로 향했다.

"두 분, 서로 오랜만에 얼굴 보시는 거네요."

강창석의 나직한 속삭임을 들으며 현호는 천천히 고개를 끄덕였다.

*   *   *

하염없는 기다림 속에서 현호는 건물 외벽 창을 두드리는 비를 바라보고 있었다. 하늘은 흐렸고, 비는 종일 쏟아지고 있었다.

오늘 내로 그칠 것 같은 비는 아니었다.

왠지 으슬으슬 추위가 느껴져서 소파 앞 테이블에 놓인 찻

잔을 손에 들었다. 몇 모금 마시지 않았지만 차는 이미 식어 있었다.

'흠…….'

한 모금을 삼키고 현호는 식은 찻잔을 내려놓았다.

손목시계를 살폈지만 무의미한 행동이었다. 약속 시간은 이미 오래전에 지나 있었다.

"회의가 아직 끝나지 않았나요?"

"오늘… 회의가 좀 길어지나 봅니다."

비서는 난처한 얼굴을 하며 으레 있는 미소만 덧붙여 대답했다.

"알겠습니다."

현호는 고개를 끄덕였다.

자꾸 묻는다고 회의가 일찍 끝날 리도 없으니 죄 없는 비서는 그만 괴롭히기로 하고 찻잔을 바라봤다.

아직 차는 많이 남아 있었다. 비록 식어 있지만.

*   *   *

"하……."

설희는 망연자실한 표정으로 빈 소파와 테이블을 바라봤다. 찻잔조차 치워져 있어 흔적이란 게 보이지 않았다.

그가 오기는 했었는지, 아니면 기다리다가 떠났는지, 그 어떤 것도 알 수가 없었다.

아쉬움에 아무것도 못 하는 그녀의 곁으로 비서가 눈치를 살피며 다가왔다.

"기다리시다가… 20분 전에 가셨습니다."

설희는 아무 말도 되묻지 않았다. 비서를 돌아보지도 않았다. 떠나기 전 그가 무슨 말을 남겼는지, 어떤 얼굴이었는지, 이곳에서 어떤 모습으로 있었는지……

궁금한 것 천지였지만 이제 와 바뀌는 것은 없었다.

그저 고개를 들어 유리창에 부딪치는 빗방울을 바라볼 뿐이었다.

아무런 소리도 들리지 않았다.

빗소리라도 들려오면 좋으련만, 이곳은 너무도 적막했다.

그래서 문득 두려워졌다.

서로를 향한 그리움도 어느 샌가 이처럼 적막만 남을까 봐.

*　　　　*　　　　*

"찬대미는 어떤 곳인가요?"

인터뷰를 마칠 즘 이어진 여기자의 질문에 강태강은 미간을 살짝 찌푸렸다.

비즈니스 잡지라고 해서 인터뷰를 허락했지, 쓸데없는 구설수에 편승하라고 인터뷰를 허락하진 않았다.

"대답하기 곤란하신가 보네요. 다른 질문을 드릴까요?"

그녀가 눈치를 살피며 묻자 강태강은 고개를 가로저었다. 괜스레 기자의 기분을 언짢게 하고 싶지는 않았다.

오늘 인터뷰 내용의 초안을 받아보기로 했으니 문제될 기사는 거를 수 있겠지만, 기분이 상한 상태로 쓴 기사가 좋을 리가 없었다.

그러니 적당히 기자의 기분을 맞춰주는 편이 좋았다.

"찬대미는 지금으로부터 14년 전, 한뜻을 가진 대학생들이 모여서 만든 모임입니다. 제가 말하는 뜻이란, 좀 더 나은 대한민국의 미래를 만들고 싶다는 의미입니다."

"근데 제가 알기로는 찬대미 회원 대부분이 현재 정부 요직에 있거나 다양한 분야에서 두각을 나타내고 있는 걸로 알고 있습니다."

"예. 아무래도 찬대미 초기에는 행동력이 있는 친구들로 모임이 구성되었고, 그러다 보니 그 당시에도 활발하게 활동하던 이가 다수였습니다. 그 결과 지금은 각자의 위치에서 좋은 성과와 결과를 보이고 있죠."

"그래서 일각에서는 찬대미가 특정 집단의 이익을 위해서 만들어진 모임이 아닌가 하는 시각이 있습니다. 뭐랄까요, '세(勢)'라고 해야 하나요?"

"하하, 글쎄요. 그건 어떻게 생각하든 자유입니다. 찬대미는 그저 서로의 발전을 위한 모임이고, 모임의 목적답게 회원 각자에게 필요한 것들을 아낌없이 지원해 주고 있을 뿐입니다. 물론 그런 시각을 가진 분들에게 이렇게 아니라고 한다고 그 시각이 바뀔 거라고 생각하진 않습니다."

차분한 설명에 이어 강태강이 미소를 보이자 촬영 스태프가 재빨리 카메라 셔터를 눌러 그의 모습을 카메라에 담았다.

그 사이에도 여기자의 질문은 계속 이어졌다.

"그렇다면 보통 어떤 지원이 이뤄지나요?"

"물질적으로 혹은 정신적으로 필요한 부분을 지원해 줍니다."

"예를 들면요?"

"하하, 기자님이 궁금하신 게 많으시네요."

"기자니까요."

강태강이 은근슬쩍 불만을 보였지만 여기자는 웃는 낮으로 대답했다.

'이쯤에서 끝내도 되겠지.'

강태강은 생각과 함께 자세를 바로잡고 그녀에게 말했다.

"인터뷰는 여기까지 하죠. 그리고 마지막 질문에 대한 답은 기자님에게만 알려드리겠습니다."

여기자가 잠시 멍한 얼굴로 강태강을 바라봤다.

촬영 스태프 역시 망설였지만 그가 자리에서 일어나자 그제야 상황을 알고 체념한 듯 카메라를 철수했다.

"기자님, 수고하셨습니다."

"아니요, 대표님이 수고 많으셨죠."

여기자가 손에 쥔 수첩을 덮었다. 그녀의 미소에 불만이 서려 있었지만, 강태강은 그녀를 외면하고 비서를 향해 지시를 내렸다.

"윤 비서, 스태프 분들 식당으로 모시세요."

"예."

여기자만 남고 카메라와 스태프들이 빠져나가자 강태강은 다시 여기자를 바라보고 입을 열었다.

"기자님, 만약 기자님이 찬대미라면 당장 어떤 것을 원하시겠어요?"

강태강의 질문에 기자는 눈만 말똥말똥하게 뜨고 있다가 대답했다.

"글쎄요. 승진할 수 있는 기회? 최신형 컴퓨터?"

여기자는 기분이 상했는지 살짝 빈정거리듯 대답했다.

"하하, 나쁘지는 않네요."

"그럼 뭐가 있죠?"

"저희는 승진이라든지, 낙하산이라든지를 도와주는 게 아닙니다. 그 사람에게 필요한 것을 지원해 줍니다. 당장 연구 자금이 필요한 회원이라면 자금을 지원해 주고, 절차적인 문제로 난관을 겪고 있다면 그 절차를 해결할 수 있도록 도움을 줍니다."

"위급 상황 같은, 그런 건가요?"

"굳이 말하자면 그렇겠네요. 찬대미 회원이 위급 상황에 준한 상황에 처했을 때, 필요한 모든 것을 지원한다고 보면 좋을 것 같습니다."

"흠……. 애매하네요."

"애매한가요? 하긴 당사자가 아니면 납득하기가 어려울 수 있겠네요."

"그럼 찬대미는 어떻게 가입할 수 있는 건가요?"

"그건 말씀드릴 수가 없습니다. 내부 규정이라서. 참고로 기자님은 안 됩니다."

"예에?"

그녀의 눈이 찌푸려지자 강태강은 그 모습에 피식 웃으며 말했다.

"나이 제한이 있거든요."

물론 그런 규정 따위는 없다.

＊　　　　＊　　　　＊

강원도 철원군 근남면 육단리.

"아버지!"

오랜만에 본가에 들린 최인호(찬대미 회원, 화미제약 연구원)는 자가용에서 내리자마자 아버지를 찾았다. 그런데 몇 번을 불러도 아버지는 대답이 없었다.

"아버……."

두리번거리며 아버지를 찾던 그는 비닐하우스에서 나오는 아버지의 모습을 보고서야 잠시 굳어졌던 얼굴을 풀었다.

"왔냐?"

"뭐 하셨어요?"

"뭐 하긴, 정리 좀 했지."

최인호는 아버지의 말에 비닐하우스 안을 힐끗 바라봤다.

시골집은 늘 어지럽게 물건들이 쌓여 있었다.

재작년, 어머니가 돌아가신 이후로는 제대로 정리를 하는 사람이 없으니 한층 더 지저분해졌다. 그랬는데 오늘은 정리를 했는지 조금 깨끗해 보였다.

"이제 그만하시고 같이 서울 가요."

"됐다."

아버지는 듣기 싫은지 대꾸 없이 고개를 돌렸다.

한여름의 더위에 비닐하우스에서 작업을 해서인지 아버지의 흰 머리카락 사이에 멀건 땀이 그득 배여 있었다.

"아버지, 적적하지 않으세요?"

"너는 일은 어때?"

아버지는 말을 돌리며 그늘 아래 놓인 의자에 엉덩이를 걸쳤다. 그 모습에 최인호는 여기 온 목적을 또 달성하지 못할 것이라는 걸 깨달았다.

그는 이제 아버지를 모시고 살 계획이었다. 고맙게도 아내가 먼저 제안을 한데다가 FU에서 무이자로 대출까지 해주니, 이참에 넓은 집으로 옮길 생각도 있었다.

"신약인가, 머시기인가는 개발했어?"

"훗, 신약이 무슨 별똥별인가요. 하늘에서 뚝 떨어지게."

"그거 개발하면 승진하는 거야?"

"연구원이 승진이 어디 있어요."

"왜? 지난번에 그 친구가 그러던데, 너는 큰 사람이 될 거라고."

그 친구라 하면 차현호를 말하는 것이다.

재작년 모친상을 당했을 때, 찬대미 집행부와 찬대미 회원 상당수가 찾아왔었다. 각처에서 조화를 보내온 거야 두말할 필요도 없었다.

그 행렬을 이룬 이들의 면모에 놀라서 뒤늦게 시의원들까지 찾아왔을 정도였다.

비록 슬픈 일이었지만, 그 일 이후 이 근방에서 최인호 하면 모르는 이가 없게 됐다.

사실 찬대미의 일원이 된 지 몇 해 되지 않았고, 거기다가 제약회사 연구원에 불과했기에 찬대미 회원이라는 이름만 가졌지 회원으로서 뭔가 활동을 해본 적도 없었다.

분기마다 있는 정기 모임도 1년에 한 번 참석할까 말까였다.

그럼에도 불구하고 찬대미에서는 분기 모임에 관한 결과를 늘 알려왔으며, 명절 때나 경조사가 있을 때도 찬대미는 늘 그를 신경 써주었다.

"그 친구는 너하고 비슷한 나이던데, 따르는 사람이 아주 많더구나."

그날, 찬대미 회원들이 속속들이 도착했을 때도 차현호가 직접 올 거라고는 생각지 못했다.

하지만 차현호는 왔고, 그가 오자 자리가 한층 묵직해졌다.

차현호는 조문 후 최인호와 잠깐 대화를 나누고 바로 자리를 떴다. 사람들의 시선이 쏠려 시끄러워질 것을 우려해 서둘러 일어난 것이었다.

"예. 그런 사람이에요. 나중에는 이 대한민국에서 없어선 안 되는 인물이 될 거예요."

"그래, 그런 친구와 함께라면 사내 인생 한번 걸어볼 만하지."

"그런가요?"

최인호는 피식 웃으며 아버지를 다시 바라봤다.

여전히 아버지의 이마에 땀이 어려 있었다. 한데 눈가가 유독 침침해 보이고, 눈 밑 기미가 짙었다.

"근데 아버지… 안색이 안 좋네. 어디 안 좋으세요?"

"글쎄다. 어제부터 힘이 없네."

"어디 좀 봐요."

최인호가 고개를 갸웃하며 아버지에게 가까이 다가가려 할 때였다.

"그 집 아들 왔어?"

저 멀리서 옆집 사람이 밭을 가로질러 오고 있었다.

최인호도 그를 익히 알고 있었기에 일어나서 허리 숙여 인사를 하는 때였다.

"으… 으헉!"

갑자기 옆집 사람이 가슴을 부여잡고 쓰러졌다.

놀란 최인호가 다가가 그를 붙잡았다. 그의 몸에 경련이 잠시 이어지더니 이내 팔다리가 빳빳하게 굳기 시작했다.

"어, 어르신!"

최인호는 입술을 바르르 떨었다. 그 역시도 의학을 공부했지만 지금 순간 머리가 새하얗게 변했다.

일단은 옆집 사람을 서늘한 곳에 눕힌 다음, 서둘러 인공호흡과 심장마사지를 시도했다.

"어르신!"

119를 불러야 된다는 생각조차 하지 못하던 최인호가 아버지를 돌아봤다.

"아버지, 119!"

"어, 그래."

아버지에게 자신의 전화기를 넘기려 할 때였다.

따리리, 따리리.

전화가 왔다.

바로 꺼버리고 119를 부르려던 최인호의 눈에 FU 담당자의 전화번호가 선명히 비쳤다.

—최인호 씨, FU…….

"죄송합니다. 지금 사람이 쓰러지셔서……."

—사람이 쓰러졌다고요? 그곳이 어디인가요?

"예?"

—위치 추적 바로 들어가겠습니다. 상태가 어떠신가요? 긴급을 요하시나요?

"예!"

최인호는 바싹 마른 입술을 깨물었다. 지금 이런 통화를 할 때가 아니었지만 실낱같은 기대가 있었다.

만약 119를 부른다면 이 시골구석까지 구급차가 오는 데 시간이 얼마나 소요될지 가늠할 수 없었다. 지난번에 아버지의 갑작스러운 복통에 119를 불렀을 때도 병원까지 왕복 40분이 넘게 걸렸었으니까.

─인근 부대에서 의료진이 긴급 출동했습니다. 10분 내로 도착할 예정입니다.

"10분이요?"

10분.

확언하는 FU 담당자의 목소리에 최인호는 당황스러웠다. 무시하고 119를 불러야 하나 잠시 고민이 이어졌다.

"아버지, 10분입니다. 10분 안에 의료진이 올 거예요."

"의료진? 119?"

"그게… 아무튼 옵니다!"

어떻게 온다는 건지 모르겠다. 그렇지만 FU의 말은 틀린 적이 없다.

따리리, 따리리.

곧바로 전화가 울렸다.

"아버지, 전화기 좀."

아버지는 심장마사지 중인 아들의 귓가에 전화기를 가져갔다.

─사단 의무대 박재호 대위입니다. 지금 환자분 상태가 어떤가요?

'의무장교?'

그제야 부대라는 말이 떠오른 최인호였다. 하지만 지금은 생각을 이을 수가 없었다.

"심장이 약하게 뛰고, 맥박이 거의 없습니다. ARRHYTHMIA(부정맥)으로 보입니다."

─알겠습니다. 5분 내로 도착 예정입니다. 인근에 착륙할 만

한 공간이 있습니까?

"차, 착륙이요?"

―예.

"노, 논이 있긴 한데."

―알겠습니다.

당황해서 대답은 했지만 최인호는 지금 들은 말을 믿을 수가 없었다. FU가 헬기를 보냈단 말인가?

그리고 정확히 5분 뒤에 최인호는 놀라서 벌어진 입을 다물 수가 없었다. 그의 집 상공에 육군 수송 헬기가 도착했기 때문이다.

타다타다타다.

헬기의 로터가 일으킨 바람 속에서 최인호의 머리카락이 나부꼈다.

이 마을에 최인호에 대한 또 하나의 얘깃거리가 탄생하는 순간이었다.

*   *   *

"그러니까 생각을 다시 해보자는 거야. 차현호가 지금까지 해왔던 것을 부정하자는 게 아니잖아? 그저 이 상태가 정상이냐는 거지."

민철식은 차분하게 설득을 이어갔다.

자신을 향한 최강한과 김구운, 두 사람의 시선을 붙잡기 위해 최선을 다하고 있었다.

"그럼, 네 말은 현호가 정상이 아니라고 생각한다는 거냐?"

최강한(찬대미 집행부, 대한은행 국제국 외환시장 팀)이 신중한 눈빛을 담아 물었다.

민철식은 마주 본 그 시선을 향해 고개를 끄덕이고, 어쩔 수 없다는 듯이 한숨을 쉬며 입을 열었다.

"…그래."

"어떤 점이 정상이 아닌데?"

이번에는 김구운(찬대미 집행부, 외교통상부 기획관리실)이 물었다. 그러자 민철식이 눈을 찌푸리고 반문했다.

"몰라서 물어? 차현호, 이제 서른둘이야. 그런데 이건 말이 안 되는 거야. 녀석의 전화 한 통이면 감옥에 있는 살인자도 내일 아침에 출소할 판이야."

"그게 어쨌다는 거야? 그 힘이 처음부터 있었던 건 아니잖아?"

"그렇지. 우리가 함께했으니까. 그런데 차현호는 어떻게 처음부터 우리에게 접근할 생각을 했을까. 대체 어떤 정보와 생각을 갖고 우리들에게 접근해 찬대미를 만들었을까? 그런 생각은 안 해봤어?"

"그건 또 무슨 소리야?"

"만약 특정한 집단이 차현호라는 존재를 통해 자신들의 계획을 실행한 것이라면?"

"특정한 집단? 자신들의 계획? 너 제정신이야?"

"생각해 봐. 차현호는 지금까지 불가능한 일들을 해왔어. 그게 일개 개인이 가진 생각과 추진력이라고 볼 수 있어?"

"나는 그렇게 생각하는데?"

최강한이 반문했다. 그게 어쨌냐는 표정으로 반대의 입장을 얘기한다.

"찬대미 초기를 제외하고는 현호는 지금까지 집행부의 결정을 통해 일을 진행했어. 그러니까 누구보다 그 성장 과정을 유심히 지켜본 게 우리라고."

찬대미는 지금까지 현호가 제시한 로드맵을 집행부의 회의를 거쳐서 실행에 옮겨왔다. 물론 그 같은 과정에서 계획의 변경은 있었어도 실패는 없었다.

그 결과, 찬대미가 어떻게 됐는가.

찬대미 회원들은 대한민국뿐 아니라 세계 각지에서 활약하고 있으며, 현호가 세운 FU를 통해서 다양한 지원을 받고 있다.

물질적인 부분과 인맥적인 부분을 효율적으로 지원받음으로써 찬대미의 결속력은 더욱 강해졌으며 그 힘과 영향력 또한 날이 갈수록 거대해지고 있었다.

이 모든 것의 시작이 차현호였고, 그가 지금까지 이끌어 왔다. 그런데 뭐가 잘못됐다는 건가.

"말했잖아. 이것이 정상이냐고……. 그래, 지금까지 우리들의 눈으로 지켜봤지. 하지만 그 뒤에 뭐가 있을지는 생각해 본 적이 없었어. 심지어 찬대미 운영자금이 어디서 나오는지도 우리는 모르고 있고."

민철식은 테이블을 두드리며 친구이자 동반자인 두 사람을 바라봤다.

잠시 서로의 시선이 오가고, 김구운이 얘기를 정리했다.

"그러니까 민 의원, 너는 현호의 뒤에 누군가 있을 거라 보는 거고… 또한 현호가 지금까지 해온 일이 찬란한 대한민국의 미래를 위한 것이 아닌, 어떤 특정 집단의 계획의 일부였다, 이 말이지?"

정리를 끝내고 다시 되묻는 김구운의 표정이 차갑다. 여전히 믿기 힘들다는 것이다.

"그래, 막연한 추측이라고 생각할 수 있어. 그런 걸로 차현호에 대해 논한다는 것이 너희들이 지금까지 함께하며 믿어온 자에 대한 배신이라고 여길 수도 있다. 하지만 증거가 있다면?"

"증거?"

"아마 강한이, 너는 이름을 들어봤을 거야."

"뭐?"

최강한이 눈을 찌푸리자 민철식은 그 모습을 보며 입을 열었다.

"박거성이라고 들어봤지?"

"…큰손 박거성?"

"그래. 현호가 처음부터 그 사람의 손을 잡았어. 초기 운영 자금 또한 박거성의 돈이 찬대미에 흘러들어 온 거지."

최강한과 김구운의 얼굴이 심각해졌지만 그럼에도 여전히 믿기 힘들다는 표정이 서려 있었다.

"그리고 큰손 박거성이 후원하는 인물이 바로 이호 의원이다."

"이호… 의원?"

"이호 의원이라면… 영진회?"

김구운이 자신의 알고 있는 정보의 선에서 추측을 이었다. 민철식이 고개를 끄덕이자 김구운의 입술에 떨림이 물들었다.

"우리가… 영진회의 아류란 말이야?"

"아류가 아닌, 그들이 뿌린 씨였지."

두 사람의 흔들리는 모습에 민철식은 계속해 얘기했다.

"현호는 찬대미가 해온 일의 과정에서 항상 집행부인 우리에게 모든 사실을 얘기했다고 말했어. 그렇지만 이호 의원이라든지, 박거성에 대한 존재는 알려준 적이 없어. 왜냐하면, 그 둘의 존재가 찬대미의 정통성을 훼손할 수 있기 때문이지."

"난 믿을 수 없다."

최강한이 고개를 가로저었다. 김구운이 잠시 그를 보다가 민철식에게 물었다.

"민 의원, 너는 어떻게 안 거야?"

"박거성이 찾아와 제보했어."

"제보?"

"이호 의원이 이번에 한누리당 대선 후보로 경선에 출마했어. 그러니 현호는 그를 지원할 테고, 그가 대통령이 된다면, 이제는 누구도 막을 수 없는 거대한 힘이 탄생하는 거야. 우리 찬대미 또한 어디로 가는지 모르고 현호와 이호 의원의 계획에 이끌려 가는 거지. 박거성은 그걸 우려했어."

"이게 박거성이라는 자의 시나리오라면? 우리를 혼란에 빠지게 하려는 것이라면?"

그 질문에 민철식은 안타깝다는 표정으로 대답했다.

"구운아… 나도 믿고 싶지 않았다. 하지만 내가 말한 것은 극히 일부분일 뿐이다. 현호는… 괴물의 피를 받아 마신… 괴물이었어."

*   *   *

"어떻게 됐어?"

윤아리는 거울 앞에서 화장을 고치고 있었다. 그녀의 뒷모습에서 모텔에 구비된 싸구려 샴푸 향이 물씬 풍겨왔다.

"글쎄."

민철식은 담배를 입에 물고 라이터를 손에 쥐었다.

"후……. 박거성과 이호 의원, 두 사람에 대해 알려주니까 그제야 어느 정도 수긍하더라고."

"다른 사람들은?"

"아직."

"왜?"

화장을 고친 윤아리는 마지막으로 머리를 정돈하고 민철식에게 다가왔다. 그는 모텔을 나갈 준비를 끝낸 상태였다.

"일단은 최강한과 김구운, 두 사람이면 충분해. 차현호를 제외한 찬대미 집행부가 총 일곱이야. 그중에서 최혜담은 미국에 있으니 실질적으로 영향력이 없어. 그리고 방호식은… 그다지

쓸모가 없고. 그렇다면 나를 포함해 셋만 뭉치면 되지."

"그럼, 수사가 끝나고 찬대미를 다시 뭉치는 데 있어 어려움이 있지 않을까?"

민철식은 윤아리를 다시 바라봤다. 질문에 대한 답을 생각하기 이전에 그녀에 대한 감정이 담긴 시선이었다.

"애초부터 모두가 다시 규합할 수 있을 거라고는 보지 않았어. 그래서 그 둘에게만 접근했던 거고."

"박거성, 그 사람은 뭐라는데?"

"사실 내키지는 않아. 당신 덕에 박거성에 대한 존재를 알았고 손을 잡았지만… 그 남자가 생각하고 지향하는 바는 내 스타일이 아니야."

민철식은 박거성의 생각과 정치적인 견해를 받아들일 수 없었다. 낡은 방식이고 시대착오적인 발상이었다.

그중에서도 최악 중에 최악은 박거성이 영입하려는 인재들이었다. 그저 관리하기 쉬운 존재들일 뿐, 혁신도, 변화도 기대할 수 없는 인사들이었다.

어차피 서로가 공통적으로 원하는 '힘'이라는 요소에 있어 잠시 손을 잡는 것이니만큼 길게 갈 수 있는 인연은 아니었다.

고민이 깊어지는 민철식의 모습에 윤아리는 짧은 한숨을 쉬고 가까이 다가왔다. 그의 볼에 손을 얹고 미소를 보이며 말했다.

"내가 당신을 택한 것을 후회하지 않게 해줘."

"훗, 걱정하지 마. 이번 일은 절대 실패하지 않아."

긴 시간 계획하고 만반의 준비를 거쳤다.

다가올 디데이에 차현호는 무너진다.

그가 쌓아온 모든 것은 한낱 모래성에 불과하니 태풍에 쓸려 흙먼지나 잠시 일으키다가 사라질 것이다.

그런 뒤에 새로운 성을 쌓을 것이다. 단단하고, 견고하고, 완벽한.

'나만의 찬대미를 만들겠어.'

검경의 이번 목표는 차현호지만 수사 범위는 언제든 변할 수 있는 법이다.

민철식은 이번 특검이 찬대미를 잡아들이는 것을 넘어서, 특검 본연의 취지인 이호 의원의 'BA 실소유주' 문제와 더 나아가 영진회까지 특검 수사가 확장되기를 바라고 있었다.

"갈게."

윤아리는 가방을 챙겨 먼저 모텔을 빠져나갔다. 민철식은 또 다른 담배를 입에 물었다.

'차현호……'

생각이 깊어졌다. 녀석과의 만남과 지난 시간들이 스쳐갔다.

희미해진 추억들은 아무런 감흥도 없었다.

그러니 어디서부터 서로의 길이 엇갈렸는지를 떠올리는 것은 의미가 없었다.

'디데이……'

민철식은 벽에 걸린 달력을 바라봤다.

얼마 남지 않은 시간.

디데이는 곧 올 것이다. 그리고 지나갈 것이다.

다시 동이 트면 새로운 나라, 새로운 역사가 시작되는 것이다.

*   *   *

"어린 녀석이야."

박거성은 mbs 사장 윤수만을 바라봤다. 그는 윤아리의 아버지이자 한때는 이호 의원을 지지하던 인물이었다.

그런 윤수만이 박거성을 돕는 이유는 하나였다.

이호 의원의 큰 배에서 차지할 수 있는 면적보다는 박거성이 띄울 새로운 배에서 그에게 보장해 준 면적이 훨씬 크기 때문이었다.

"녀석이 그러더군. 이번 일이 새로운 의미의 민주주의라나? 허허."

박거성은 민철식에 대한 얘기를 하면서 껄껄 웃었다.

술 한 잔을 먼저 입에 머금은 윤수만이 수저를 들며 넌지시 물었다.

"그 정도로 엉망입니까?"

박거성이 코끝을 찌푸린다.

"제 아비인 민정욱 의원에게서 배운 게 없어. 오히려 차현호를 보면서 어설픈 것만 배웠지. 어디서 어린놈이 정치를 논하고, 흑백을 논해."

박거성의 심기가 꼬여도 단단히 꼬인 듯했다.

지난번 작전 회의가 끝나고 민철식은 새로운 찬대미는 시작부터 깨끗해야 하니 박거성은 그 일에 나서지 말라고 선을 그었다.

그 말인즉, 민철식에게 있어 박거성은 더러운 존재라는 뜻이기도 했다.

"그나저나 자네도 참 복잡하겠어."

한 잔을 걸친 박거성이 술 주전자를 손에 쥐며 입을 열었다. 잔을 받은 윤수만이 그에게서 술 주전자를 건네받아 빈 잔을 채워주며 복잡한 심경을 선뜻 비쳤다.

"복잡할 게 뭐 있습니까. 민철식이 그것밖에 안 되는 것을."

"자네 딸이 들으면 참 좋아할 소리겠네."

"…다 이해할 겁니다. 지 잘되라고 하는 일인 거, 머지않아 알게 될 겁니다."

＊　　　＊　　　＊

"아, 이거 영광입니다."

강설희와 악수를 한 남자는 매우 흡족한 모습이었다.

오늘은 소유그룹 분당 신사옥 준공식 행사인 리본 커팅식이 있는 날이었다.

대한민국의 각계 인사들과 소유그룹 임원진 다수가 참여하는 자리였다.

"회장님, 이분은 민정당 이재학 부대변인입니다."

강태강이 안경을 쓴 남자를 강설희에게 소개했다. 현호가 미리 두 사람을 인사 시키라고 지시해 뒀기 때문이다.

"만나서 반갑습니다."

서로가 첫 만남이니만큼 많은 이야기가 이어지지는 않았다. 그저 눈도장만 찍었을 뿐이었다.

강태강은 그 모습을 확인하고 잠시 주위를 살피다가 단상에서 내려왔다.

"그럼, 커팅식을 진행하겠습니다."

장내 아나운서가 행사의 시작을 알리자 경호업체 인력들이 긴장하기 시작했다. 그 사이 강태강은 잠시 전화를 받기 위해 행사장에서 이탈했다.

"예, 강태강입니다."

ㅡ어디세요?

목소리는 차현호였다.

"지금 분당 신사옥 준공식 행사장에 있습니다."

ㅡ행사는 언제 끝나나요?

"이제 막 시작했습니다."

ㅡ그럼 행사가 끝나고 강 회장님에게 알려주세요. 미국이 무너지기 시작했다고.

그 말에 강태강의 얼굴이 굳어졌다. 전화는 더 이상의 대화 없이 끊어졌다.

'또… 차현호가 맞았군.'

강태강의 이마에 식은땀이 흘러내렸다.

수년 전 이미 차현호는 미국에 머지않아 위기가 닥칠 것이라고 내다봤었다.

행사가 끝날 때까지 강태강은 굳은 얼굴로 서 있었다.

리본이 끊어지고, 강설희가 경호들에게 둘러싸여 단상에서 내려왔다. 그녀가 홍보팀 직원들의 안내를 받으며 차로 이동하는 모습을 보고서야 강태강은 그녀의 차로 향했다.

똑똑.

차창을 두드리자 이내 강설희의 옆모습이 보였다. 그녀가 강태강을 향해 고개를 돌렸다.

"무슨 일 있나요?"

"미국 발, 서브프라임… 무너지기 시작했습니다."

강설희의 얼굴이 굳어졌다. 이마는 찌푸려지고 눈동자는 생각에 잠겼다.

미국 발 서브프라임 모기지(주택 담보대출 상품) 사태.

부동산으로 몰린 자금, 이로 인한 주택 가격의 급등.

하지만 미 정부의 초 저금리 정책이 종료되면서 부동산 거품이 꺼졌고, 서브프라임 모기지론 금리가 올려가면서 대출자들이 원리금을 갚지 못하는 초유의 사태가 벌어진다.

그리고 이어진 금융기관들과 기업들의 파산.

물론 소유그룹은 현호가 사전에 위험성을 알렸기에 해외 법인이 입을 수 있는 금융 손실과 피해에 있어 대비책을 마련해 두고 있었다.

아니, 이미 소유그룹은 그 일을 알고 투자를 하고 있었다. 사태를 모르고 있다면 피해를 입지만, 알고 있다면 상황은 달라진다. 또한, 차현호라는 존재는 그런 불확실성에 도전할 수 있는 믿음을 주기 충분했다.

"전화."

강설희가 손을 뻗자 조수석에 타고 있던 그녀의 비서가 휴대폰을 건넸다.

그 모습을 본 강태강은 그녀의 차에서 물러났다. 오늘 그의 역할은 여기까지기 때문이다.

'현호는… 이번에 모든 것을 건다.'

그는 미국의 주택 시장이 무너질 것을 알고 있었고, 월가의 투자와 반대로 움직였다. 이를 위해 자신의 모든 자산을 쏟아부었다.

수학자, 트레이더, 은행 조사관 등 각 분야의 전문가 집단으로 구성된 팀을 미국 현지에 만들고 움직였다.

그들의 일은 두 가지였다.

첫 번째, 주택 시장이 망한다는 가정하에 돈을 벌 수 있는 방법은 무엇인가.

두 번째, 방법을 알았다면 그 방법을 실행하라.

그들의 계획에 주택 시장이 망하지 않는다는 가정은 존재하지 않았다.

찬대미 집행부를 포함 대다수의 사람은 이를 몰랐지만, 월가는 어느 정도 차현호의 움직임을 알고 있었다. 그가 만든 전문가 집단이란 것들이 미친 짓을 하고 있으니까.

주택 시장은 망할 일이 없는데, 이 사람은 망한다는 조건으로 보험을 두고 있었으니까.

현호는 미국의 은행들과 접촉해 새로운 상품을 만들고 계약했다. 계약에 들어가는 보험료만 한해 수백억에 달하는 일종의 선물 옵션이었다.

실패하면 차현호는 끝나는 것이고, 성공하면 말도 안 되는 수익을 올리게 된다.

겨우 그뿐이었고, 차현호는 강태강에게 그런 말을 했었다.

어차피 망하거나 성공하거나⋯ 늘 그렇듯 예상할 수 있는 길은 두 가지라고.

36장

가지치기

서울시 강남, 회원제 식당 교경(皎鏡).

차에서 내린 현호는 고개를 들어 하늘을 바라봤다.

비가 그친 뒤라 맑은 하늘에 밝은 달이 떠 있었다. 불어오는 바람이 시원해서 담배 한 대 피우기 딱 좋은 밤이었다.

"오셨어요?"

지배인이 다가와 인사를 하자 현호 역시도 짧게나마 고갯짓을 했다.

"들어가시죠."

"담배 한 대 피우고."

현호가 담배를 입에 물자 발레파킹 직원에게 차를 내어주고 온 강창석이 곧바로 라이터를 꺼내 불을 붙였다.

"후……."

담배 연기를 깊이 빨아들이며 현호는 잠시 주차장을 거닐었다. 그 곁을 강창석이 천천히 뒤따랐다.

"창석아."

"예, 형님."

"너, 비 오는 날 좋아하냐?"

현호의 질문에 강창석은 피식 웃으며 고개를 가로저었다.

"전 비 오는 날 싫어요. 이런 날은 오토바이 운전하기도 겁나고, 사고도 많이 나고."

한때 강남 일대에서 배달 일을 했던 강창석이었다.

"그래?"

"형님은요?"

식당 한편의 화단에 이름 모를 꽃과 나무가 심어져 있었다. 현호는 그 앞에 멈춰서 담배 연기를 내쉬었다.

"글쎄, 나도 비는 싫은데… 비가 그친 밤은 나쁘지 않더라……."

현호의 목소리가 습기에 잠겨 들었다. 강창석은 상념에 잠긴 그를 뒤로하고 잠시 물러났다.

담배 연기에 휩싸인 현호의 뒷모습에서 손 닿지 않는 외로움이 느껴진다. 그 어떤 말로도, 그 어떤 여자도 저 등이 가진 외로움을 빼앗지 못할 것 같았다.

"창석아, 들어가자."

담배 연기가 그쳤다. 등을 돌린 현호는 그대로 식당으로 향했다.

*　　　*　　　*

"아직 안 오시네?"

얼마 전, 교경의 새로운 얼굴마담이 된 진보라가 이호 의원을 기다리다 못해 현호의 잔에 술을 채웠다.

"요즘 얼굴 보기 힘들더라?"

진보라는 얘기하는 것을 멈추지 않았고, 현호는 옅은 미소만으로 그녀의 얘기에 답을 했다.

결국 그녀는 현호의 목소리를 듣는 것을 포기하고 그의 곁에 있는 것으로 만족해야 했다.

"자기, 나중에 후회할 거야."

제 풀에 지친 진보라가 입술을 내밀고 투덜거렸다.

웬만한 남자들은 자신과 데이트 한번 하고 싶어 난리건만, 이건 뭐 목석도 아니고, 그녀가 달라붙어도 미소만 보일 뿐이니 말이다.

"알았어, 미안."

"또! 이렇게 어중간한 태도, 여자들에게 안 좋거든?"

그녀가 투덜대며 빈 잔에 다시 술을 채웠다. 현호는 피식 웃으며 그녀의 투정을 달랬다.

"사람이 사람 좋아하는데, 거기다 대고 차갑게 밀어붙이는 것도 못 할 짓이야."

"허! 대단하신 착각!"

"훗, 어쩔 수 없는걸. 내가 너무 잘나서 그래."

"헐······."

눈을 동그랗게 뜨고 현호를 바라본 진보라는 이내 붉은 입술을 모아 그에게 다가갔다. 하지만 또 그의 오른손 검지가 그녀의 입술에 먼저 닿았다.

"뭐야? 차갑게 밀어붙이는 건 못할 짓이라며?"

"계속 마음 주지 못할 거면 미연에 조치는 취해야지."

"칫, 자기 오늘 이상하다? 아, 오늘 비 왔지."

비가 오는 날은 평소 현호의 주위를 맴도는 날카로운 기운이 사라지는 날이다.

이런 날은 말도 잘 받아주고, 농담도 잘 해주는 편이었다. 그래서 입술 한번 노려봤건만.

진보라는 현호에게 장난을 치는 것을 그만두고 미닫이문을 잠시 쳐다보다가 속삭여 말했다.

"얼마 전에 검찰의 높은 분들이 왔었어. 그때 재밌는 얘기를 들었어."

술자리 말미에 한 검사가 찬대미를 언급했는데, 디데이가 지나면 찬대미는 사라진다는 얘기였다.

"어떤 얘기를 했냐면······."

그녀가 입을 여는데, 현호가 술잔을 손에 쥐며 그녀를 불렀다.

"보라야."

"응?"

"아무 얘기도 하지 마. 너, 그 얘기하면 나중에 곤란해 질수도 있어."

술 한 모금을 삼킨 현호.

진보라는 그의 옆모습을 잠시 보다가 나직이 물었다.

"아는 거야?"

"가지치기라고 알아?"

대답은 없고 되레 질문이라니.

진보라는 육회 한 점을 집어 현호의 입에 가져가며 물었다.

"가지치기?"

현호는 빈 술잔을 보며 육회를 잘근잘근 씹고는 물 한 모금을 마신 뒤에 입을 열었다.

"좋은 나무로 키우기 위해서 나무 밑동의 가지 일부를 잘라주는 걸 말하지."

"가지를 친다⋯⋯."

현호의 말이 무슨 뜻인지를 깨닫고 진보라는 짧은 한숨과 함께 고개를 끄덕였다.

그녀 역시 이 바닥을 허투루 살아오지 않았기에 상황을 보는 눈은 가지고 있었다.

"이 자리인가?"

현호는 빈 잔을 바라보며 속삭여 물었다. 그러자 진보라가 술 주전자를 향해 손을 뻗으며 물었다.

"뭐가?"

하지만 현호는 술 주전자를 향하는 그녀의 손등을 살포시

눌렀다. 그러고는 직접 술 주전자를 들었다.

쪼르륵.

자신 앞에 놓인 잔에 술을 따르고.

쪼르륵.

새로운 잔을 조금 떨어뜨려 두고 술을 따랐다. 그러고는 술 주전자를 내려놓고 한 잔을 손에 들었다.

고개를 들어 앞을 바라보니 박거성의 실루엣이 특유의 미소를 보이며 앉아 있었다.

현호는 자신의 잔을 쥐고 허공을 향해 뻗었다.

"어르신… 작별주, 이제야 한 잔 올립니다."

*　　　*　　　*

텅 빈 중국집에는 세 명의 손님이 전부였다.

조명도 꺼져 있고, 문도 걸어 잠갔지만, 구석 한 공간에는 낡은 등 하나가 켜져 있었다.

"이제 이틀 남았군. 흠……."

시름을 앓는 안석규 검찰총장의 잔에 민철식이 술을 채웠다. 그런 다음 조무영 경찰청장의 잔에도 술을 채웠다.

"민 의원도 한잔하지?"

"예, 감사합니다."

민철식이 잔을 내밀었다. 하얀 잔에 맑은 술이 가득 채워졌다.

"그래, 리스트는 작성했어?"

조무영 경찰청장이 민철식에게 물었다. 리스트란 디데이에 잡아들일 찬대미 회원 중 다시 빼내줄 민철식의 사람들이 적힌 목록을 뜻하는 것이었다.

"준비는 끝났습니다."

"근데 차현호하고 언제부터 알았어?"

"녀석이 당시 열여덟이었으니까, 벌써 14년이 흘렀네요."

"허, 열여덟?"

조무영이 기가 차서 묻자 안석규 검찰총장이 훈수를 두듯 끼어들었다.

"왜, 차현호가 학력고사 마지막 세대잖아. 그것도 만점자였고."

"아, 그랬지…… 그때 난리도 아니었지?"

"확실히 보통 놈은 아니야."

두 늙은이의 주거니 받거니 하는 모습을 보던 민철식이 조심히 끼어들었다.

"그럼, 두 분께서도 리스트는 준비하셨나요?"

그 질문에 안석규 검찰총장이 입맛을 다시며 고개를 끄덕였다.

민철식이 언급한 리스트는 검경의 수뇌부로 이뤄진 모임을 뜻하는 것이었다. 외부에 알려지지 않은, 정재계 인사들 중에서도 소수의 사람만이 알고 있는 모임이었다.

"근데… 난 아직 찝찝해. 연판장도 아니고, 리스트를 공유한다니."

안석규 총장이 불만 어린 투정을 했다.

물론 얘기는 오래전에 끝난 상황이니 그의 불만은 그저 술주정일 뿐이었다. 이미 서로가 이번 기회를 통해 취할 것은 취하고, 양보할 것은 양보하기로 합의를 마쳤다.

　"또 한잔 받으시죠."

　민철식이 안석규 총장의 불만을 잠재우고자 일어나서 공손히 술잔을 채우며 말했다.

　"새로운 찬대미와 대한민국 최고 기관인 검경이 합치는 일입니다. 리스트라고 해봐야 이 자리의 셋만이 아는 사실입니다."

　신구 세대의 권력이 뭉치는 일이라고 볼 수도 있었다.

　이번 기회에 차현호의 찬대미뿐 아니라 영진회, 더 나아가 정재계와 유착 관계에 있는 공무원 사조직은 모두 다 없애 버릴 것이다.

　그 뒤에 남는 것은 민철식이 만들 새로운 찬대미와 검경의 모임이다. 그들이 앞으로의 대한민국을 이끌 것이다.

　그 정도로 중요한 대업이니만큼 수장이라고 할 수 있는 세 사람이 리스트를 공유하는 것은 매우 지당한 일이었다.

　"이틀이라……"

　조무영 경찰청장이 중국집 달력을 바라보며 속삭였다. 그러자 민철식의 얼굴에 흥분의 그림자가 출렁거렸다.

　'이틀. 이틀 후에 새로운 대한민국이 숨을 내쉰다.'

＊　　　＊　　　＊

자정이 깊어질 즘, 이호 의원이 도착했다.

기다리던 사람이 다른 이였으면 현호는 벌써 일어났을 것이다. 지금의 현호가 누군가를 몇 시간 동안 기다린다는 것은 상상도 못 할 일이었다.

"현호, 네가 올해 벌써 서른둘이라 이거지?"

자리에 앉은 이호 의원이 숨을 크게 고루 내쉬며 물었다.

"예."

현호는 이호 의원이 건넨 잔을 받았다. 둘이 첫 만났을 때 현호의 나이는 열여덟이었다. 햇수로만 14년이 흐른 것이다.

"그래, 참 정신없이 흘렀어."

시간이 흘렀지만 이호 의원의 눈에 현호는 여전히 어리고 똑똑한 녀석이었다.

지금이야 차현호 아래에 머리 수천 개가 모여 있지만, 당시에는 녀석 혼자였고, 아등바등하던 시기였다.

남들 눈에는 그 모습마저도 대단하게 보였을지 몰라도 이호 의원이 녀석에게 관심을 가진 것은 그저 호기심, 그 이상도 이하도 아니었다.

물론 그때나 지금이나 눈빛은 여전하지만.

"그거 생각 나냐?"

"어떤 걸……."

"우리 임진강에 가서 삼겹살 파티 했던 것, 한 7년쯤 전인가?"

"하하, 기억납니다. 의원님, 그때 맨손으로 붕어 잡으시고 좋아서 펄쩍펄쩍 뛰셨지 않습니까?"

당시 이호 의원과 현호, 박거성, 주종일보 조정기, 이주헌, 그리고 교경의 식구들과 함께 강으로 놀러 갔었다.

강태강이 라면을 끓이고, 현호가 낚시를 하고, 창석이와 이호 의원이 강에서 맨손 낚시를 하며 웃고 즐겼던 하루였다.

"요즘 들어 그때 생각이 가끔 난단 말이야."

"의원님은 현풍건설 시절이 가장 행복했다고 하지 않으셨습니까?"

"그러게……. 그런데 너하고 함께한 시간이 참 즐거웠던 것 같아."

좀처럼 과거 얘기를 꺼내지 않는 이호 의원이었다. 그래서 현호는 그의 다음 이어질 말이 묵직할 것이라는 걸 미리 짐작하고 있었다.

"현호야, 네가 전에 그랬지? 내가 자리에 올라도 너는 아무것도 바라지 않는다고."

"예. 그랬습니다."

말끔한 헤어스타일에 단단한 눈빛.

이호 의원은 현호의 그 모습을 눈에 담으며 다시 물었다.

"아직도 그 마음은 변치 않은 거냐?"

"예."

대답을 하고 나서 현호는 고개를 옆으로 돌리고 술 한 모금을 마셨다. 이호 의원이 다시 잔을 채웠다.

언젠가 이호 의원은 현호와의 이별이 그리 멀지 않은 시기에 찾아올 거라고 예측했었다.

다행히도 지금까지 현호는 눈에 띄는 행동을 자제했고, 이호 의원이 녀석을 배척할 만큼 제멋대로인 적도 없었다. 또한 녀석은 그때의 약속을 지키기 위해서 마지막으로 자신의 온 힘을 쏟고 있었다.

그래서 이호 의원은 내심 바라고 있었다.

지금의 시간이 헤어짐과 가까워진 시기가 아니라, 이번 고비를 계기로 다시금 뭉쳐서 앞으로 십 년이고, 이십 년이고 함께 갈 수 있는, 그런 원동력으로 삼을 수 있는 시기이기를 바랐다.

하지만 현호의 생각은 여전한 듯했다.

"왜? 이유가 뭐야?"

이호 의원이 얼굴을 찌푸리고 물었다. 채근하는 질문이 아닌 그저 체념하고 궁금해서 물어본 것이다.

"여기까지 오는 데 여러모로 의원님의 힘이 컸습니다. 그러니 이제는 그 약속한 것을 갚을 때입니다."

현호의 대답은 시원하지가 않았다. 마치 바닥이 깨진 잔으로 술을 마시는 기분이었다.

내키지 않는 듯 이호 의원이 술잔을 빙빙 돌리자 현호는 미소를 보이며 다시 말했다.

"언젠가 의원님이 술에 취해 저한테 말씀하셨습니다."

"뭘?"

"너는 저들을 어떻게 생각하냐? 저들의 말이 옳으니 귀를 기울여야 하냐, 아니면 저들의 말은 틀리니 무시해야 하냐."

이호 의원은 잠시 생각하더니 입술을 빼죽 내밀었다.

"그런 말을 했던 것 같기도 하네. 그래, 그때 뭐라고 대답했냐?"

"대답을 하지 않았습니다."

"왜? 저들이 누군지 몰라서?"

"글쎄요. 저들이라 하면 의원님을 제외한 자들이겠죠. 그게 저일 수도 있고, 혹은 당시의 여당일수도 있고, 혹은… 단지, 저는 뭐가 옳고 그른지를 잘 모르겠어서 대답을 하지 못했습니다."

"…옳고 그른지를 모른다?"

"저들이 바라는 대로 해서 결과가 좋으면 옳은 거고, 결과가 나쁘면 틀린 건가. 아니면 그와 상관없이 시작이 바르면 옳은 거고, 그렇지 않으면 또 틀린 건가. 그렇다면 시작이 불순하고 결과가 좋으면 그건 옳은 건가, 옳지 않은 건가."

그 속삭임에 이호 의원이 피식 웃으며 말했다.

"예나 지금이나 현호 너는 생각이 많아서 탈이야."

"아무튼 거기까지 생각을 하니까 복잡하더라고요. 그래서 답을 못했습니다."

"다 그래. 남들의 생각까지 받아들이고 이해하려는 사람은 그리 많지 않아. 그러다 보니 반목하고, 그러다 보니 싸우고… 그런 거지. 그래, 지금은 어떤데? 지금도 답을 못 하겠냐?"

"모르겠습니다, 지금도……. 대신, 답을 찍을 수는 있을 것 같습니다."

"하하! 그래, 찍어봐."

"그럼 의원님, 질문을 다시 해주시겠습니까?"

"뭐였더라……. 그래, 너는 저들을 어떻게 생각하냐? 저들의 말이 옳으니 귀를 기울여야 하냐, 아니면 저들의 말은 틀리니 무시해야 하냐."

이호는 자세를 고쳐 앉았다. 현호도 자세를 고쳐 앉고 대답했다.

"옳은 건지, 틀린 건지는 모르겠지만… 굳이 맞춰줄 필요는 없을 것 같습니다."

이호 의원의 눈빛이 가늘어졌다. 현호는 계속 말했다.

"저들은 백 번 잘해줘도 난리고, 한 번 못 해줘도 난리입니다. 그런데 백 번 못 해주고 한 번 잘해주면 좋다고 합니다. 그러다 보니 맞춰주는 게 의미가 없어지는 겁니다. 많이 때리고, 조금 쓰다듬어 주면 충분하니까요. 마치 굶주린 돼지에게 먹이를 주는 것처럼, 마치 주인에게 꼬리를 흔드는 개의 머리를 쓰다듬어 주는 것처럼."

"그게 네 답이야?"

"그런데… 또 다르게 생각하니 어쩔 수 없지 않았나 싶습니다. 그렇게 오랜 시간 동안 길들여져 왔으니까, 낯선 것보다는 익숙한 것이 좋으니까."

"그래서?"

"제가 해보려고 합니다. 오른손잡이가 다 늙어서 왼손잡이가 될 수 없듯, 길들여진 것을 바꿀 수 없는 법이라면… 차라리 완전히 뒤집어볼 겁니다. 왼손잡이가 되어야만 밥을 먹고, 옷을 입고, 차를 타고, 출근을 할 수 있는 그런 세상으로 바꿀 겁니다."

잠시 대답이 없던 이호 의원이 미간을 찌푸렸다. 현호가 말하는 '저들'에 대한 생각을 곱씹었다.

"그럼 너의 그 시기가 아직 오지 않은 거야?"

"의원님은 의원님만의 대업을 이루시면 됩니다. 저는 준비를 하고 있을 겁니다. 5년 후든, 혹은 10년 후든 준비가 되면 제가 나서서 바꾸겠습니다. 그러니 그전까지는 저들이 고통 받든, 슬퍼하든, 울고 흐느끼든, 설사 기뻐하든… 상관하지 않을 겁니다."

현호는 이호 의원이 어떤 대통령이 될지 잘 알고 있다.

하지만 그것의 옳고 그름을 정의할 생각도 없고, 그것을 돕거나 바꾸려 할 생각도 없다.

선택은 저들이 했고, 그 저들에 현호 역시 포함되지 않았다고 할 수 없었다.

"근데 현호야, 네가 바꿔볼 세상이 틀렸을 수도 있지 않겠냐?"

이호 의원의 눈동자에 현호가 담겼다. 충분히 신뢰가 담긴 눈이었다.

"아마 누군가는 또 마음에 안 들어 할 테고, 누군가는 또 비난할 겁니다."

"그런데 왜? 왜 그런 일에 쓸데없이 힘을 빼려고 해?"

"한번쯤은 해볼 만한 시도니까요. 길들여진 가축도 초원을 달려봐야죠."

"달리는 맛을 한번 보게 되면 추운 겨울이 오고, 먹을 풀이 얼어붙어도 들어오지 않으려고 한다고… 그렇게 생각하는 거야? 아니다. 길들여지길 원하는 이도 있어. 네가 그렇게 한들, 시간이 지나면 다시 제자리로 돌아올 거야. 그게 저들이야."

"그럴지도요… 근데 모르겠습니다. 이제 저는 생각하는 게 지겹습니다. 그냥 하려고요. 너무 많이 생각했더니 답은 그때그때 바뀌고, 결국에는 제자리걸음입니다."

"풋… 하하하!"

갑자기 터진 이호 의원의 웃음이 방을 넘어가 식당 대들보까지 올라갔다.

"그래, 지겹지… 지겨운 일이야……. 자, 술이나 마시자."

이호 의원이 잔을 치켜들었다. 현호 역시 그 모습을 보며 미소와 함께 잔을 들었다.

＊　　　　＊　　　　＊

검경 합동 작전 프로젝트 여명(黎明), D-2.

"하……. 바람 한번 기가 막히게 부네요."

유리문을 열자 옥상에 불어닥친 바람이 현호의 옷깃을 흩날렸다.

현호는 옥상 난간 앞에서 담배를 태우고 있는 장명준의 곁으로 다가갔다.

한때는 서로의 길이 어긋난 적도 있지만 이제 장명준에게 있어 차현호는 없어서는 안 되는 존재였다.

"담배?"

장명준이 담뱃갑을 내밀었지만 현호는 피식 웃기만 했다.

담뱃갑을 보니 이전 삶의 기억이 새삼 떠올랐다. 세무사 시절, 담뱃갑에 돈 몇 푼 꽂아 넣어 공무원 바지 주머니에 밀어주었던 기억.

"아직 한 분이 안 오셨네요?"

"그 양반이 요즘 느려졌어, 하하."

장명준이 껄껄 웃었다. 그 때문인지, 아니면 바람이 많이 불어와서인지 장명준의 머리카락이 부산하게 흔들린다.

"현호야."

장명준이 현호를 돌아보며 입을 열었다.

"얘기하세요."

"다른 게 아니고… 요사이 분위기가 심상치가 않아."

"무슨 분위기요?"

심각한 얼굴의 장명준과 달리 현호는 가벼운 미소와 함께 되물었다.

"뭔가 일어날 것 같아. 너 혹시, 염동진 조사관이라고 아니?"

"염동진이요?"

현호는 미간을 찌푸렸다. 잠시 기억을 더듬던 그가 이내 피식 웃었다.

"염 조사관……."

참으로 오랜만에 듣는 이름이다.

"그 사람이 왜요?"

"예전에 비리를 저지른 전적이 있어. 그때 제주도로 쫓겨났었는데, 지금 서울청에 있다."

"서울청이요?"

현호는 대수롭지 않게 반문했지만 내심 놀라고 있었다.

끝내 서울에 다시 올라왔단 말인가. 권력에 대한 집념일까, 자리에 대한 집착일까.

"그런데요?"

현호는 물었다.

"근데 소문에 그 친구가 내 자리에 온다는 얘기가 있어."

장명준이 자신의 자리나 안위를 걱정하는 타입은 아니었다. 그저 그런 소문을 들었고, 분위기가 심상치 않으니 하는 소리였다.

"그 소문, 이틀만 더 들으세요."

"이틀?"

"예."

장명준은 무슨 소리를 하나 싶은 얼굴이었다. 하지만 현호는 그 물음에 뚜렷한 답을 주지 않았다. 대신 다른 것을 물었다.

"근데 그건 찾으셨습니까?"

현호는 장명준이 국세청장 자리에 앉았을 때, 그에게 답을 하나 찾아달라고 부탁했었다.

"네가 그때 했던 질문이 뭐였더라?"

장명준이 의미심장한 미소와 함께 묻자 현호는 바지 주머니에 두 손을 꽂고서 옥상 아래 보이는 서울의 풍경을 바라봤다.

"한때… 세금을 쫓다 보면 대한민국의 돈, 그 중심에 설 수 있을 거라고 생각했습니다. 그럼 거기에는 대체 뭐가 있을까, 하는 궁금증이 일었었죠. 그래서 직접 이 자리에 올라와 볼까

했는데… 청장님같이 훌륭하신 분이 있으니 제가 양보해야죠."

"하하, 빈말이라도 듣기는 좋네."

"그래서 답은 찾으셨습니까?"

"그래."

"뭐가 있는데요?"

"눈먼 돈이 있더라."

장명준은 새로운 담배를 입에 물었다. 그 얼굴엔 미소가 사라져 있었다.

"국세청장이 이런 말을 해선 안 되겠지만, 허투루 나가는 돈이 너무 많아. 그나마 지금 정권은 양호한 편인데, 과거 사례를 보면 또 정권이 바뀌었을 때는 어떻게 될지 모르겠다."

"눈먼 돈이라……."

"현호, 너는 나한테 그런 말을 했었다. 내가 국세청장에 오른 이후에는 더 이상 나를 돕지도, 지원하지도 않겠다고."

"예."

"사실 나는 다른 걸 생각했거든. 내가 이 자리 있고 네가 더 높은 자리에 가면, 그때 비로소 내가 할 일이 생길 거라고."

담배 연기가 풀풀 흩날렸다. 현호는 장명준의 눈을 바라봤다. 그 눈에는 마치 차현호란 남자에게 중독이라도 된 것처럼 깊은 신뢰가 있었다.

"다가올 대선이 끝나면 저는 이제 일상으로 돌아갈 겁니다."

"일상?"

현호의 말에 장명준이 눈을 찌푸렸다.

"저는 정치인이 아닙니다. 그런데… 너무 많이, 너무 쉼 없이 왔어요."

"그럼 우리라는 존재는 네가 돌아올 때를 위한 포석이냐?"

"글쎄요. 그런 생각을 해본 적이 없는데… 단지, 흙탕물을 거르는 데 필터 몇 개 정도는 있으면 좋겠다는 생각은 해봤습니다."

"필터?"

"훗."

이제 찬대미를 비롯한 많은 이가 현호가 바라는 자리에 안착했다. 현호는 그들에게 어떤 지시도, 어떤 부탁도 하지 않았다. 그저 그들이 그 자리에서 스스로 해나가는 것을 지켜볼 뿐이었다.

또한 그들이 안심하며 자신의 능력을 발휘할 수 있도록 마지막 작업을 앞두고 있었다.

"저는… 지난 시간 동안 많은 것을 얻었습니다."

누군가는 현호의 지금까지를 성공의 가도를 달려온 인생이라고 말할 것이다. 하지만 현호는 실패도 있었고, 아픔도 있었다. 그 과정에서 배움도 적잖았다.

그리고 가장 큰 배움은 문제가 될 씨를 남겨두면 안 된다는 점이었다.

"처음에는 이 길이 아니었습니다. 제가 원한 것은 그저 소소하게 살아가는 것뿐이었습니다."

"왜 바뀐 건데?"

"글쎄요……. 변덕인가 봅니다. 계속 달리다 보니 여기까지 왔네요."

"어떻게 달려야 너처럼 올 수 있는 거냐? 후훗."

장명준이 현호의 말들을 모두 이해할 수는 없었다. 애초부터 범인(凡人)이 따라잡을 머리가 아니다.

그래서 장명준은 그저 웃었다. 그러자 현호는 그 웃는 얼굴을 뒤로하고 손목시계를 살폈다.

"아직도 늦으시네요."

"글쎄⋯⋯. 하하. 양반은 못 되는구먼."

뒤를 돌아 옥상 입구를 바라본 장명준의 눈에 박한원 의원의 모습이 보였다. 그는 비서이자 혼외 자식인 박승아와 함께 오고 있었다.

"미안, 미안! 늦었다."

그렇게 말하면서 박한원은 손에 쥔 비닐봉지를 흔들었다.

현호는 박승아에게 살짝 눈인사를 하며 박한원에게 다가갔다. 건네받은 봉지에서 소주병을 꺼내 옥상 한편에 마련된 테이블에 올려놨다.

"잔은 바람에 날리니까 각자 쥐시길."

"자, 첫 잔은 내가 따른다."

박한원 의원이 각자의 잔에 술을 따랐다. 그러고는 잔을 높이 치켜들었다.

"건배하자. 현호야, 네가 한번 거창하게 건배 제창해 봐."

"거창할 게 뭐 있습니까, 그저 술 한잔하는데."

"하여간 말이 많아."

"훗, 그럼… 찬란한 대한민국의 미래를 위하여!"

"위하여!"

꿀꺽꿀꺽.

박한원 의원은 가득 따른 술 한 컵을 비우고 휴, 하고 바람을 뿜었다. 그러더니 현호를 돌아보고 말했다.

"너, 우리 진숙이 어떻게 할 거야? 그대로 두면 놓친다?"

박한원 의원의 으름장에 현호는 박승아를 바라봤다. 그녀가 어깨를 들썩이며 모른 체를 하자 현호는 피식 웃으며 고개를 내저었다.

"이 영감님, 노망이 나셨나."

"하하하! 노망난 영감의 잔이나 채워라, 이놈아."

*   *   *

검경 합동 작전 프로젝트 여명(黎明), D—1.

"오래 기다렸습니까?"

감성배 법무부 장관.

"아닙니다. 저도 좀 전에 왔습니다."

14대 청와대 정무수석 양도수.

두 사람이 동그란 테이블을 가운데 두고 마주 앉았다.

"요즘 많이 바쁘시죠?"

양도수가 묻자 감성배 장관이 고개를 빠르게 가로저었다.

"정신없습니다. 아무래도 시기가 시기인 만큼 여러 가지로 정리해야 할 일이 많아요."

"자, 한잔하시죠."

팔을 뻗은 양도수는 술병을 손에 집었다.

서로의 잔에 채워진 고량주를 목으로 넘기고, 찌푸려진 시선들이 마주했다.

양도수가 먼저 입을 열었다.

"큰 결심, 감사드립니다."

"오히려요. 제가 도움이 된다니 다행입니다."

"이번 일, 차현호가 두고두고 기억하고 있을 겁니다."

"그럼, 그 날이 언제쯤이나 올까요?"

감성배 장관이 대가를 바라고 한 행동은 아니었다. 지금 당장 수중에 떨어지는 것도 없었다.

그렇다고 훗날에 대가를 바라기에는 정치에 약속이란 게 어디 있단 말인가.

대가를 바랐다면 하지 못할 일이었다.

"언제라고 말씀은 못 드리겠습니다. 그저 꼭 온다고만 말씀드리겠습니다."

"훗, 꼭 보고 오신 것처럼 말씀하십니다."

그 말에 양도수는 잠시 감성배 장관을 바라보다가 설핏 미소를 보였다. 감성배 장관이 다시 얘기를 이었다.

"그럼 이호 의원은 결국 예정대로 되는 겁니까?"

"예."

"흠……."

생각에 잠긴 감성배 장관을 보며 양도수가 잔을 채웠다. 희미한 숨소리와 쪼르르 술이 채워지는 소리만이 방 안을 채웠다.

"흥진비래(興盡悲來)라 하지 않습니까. 흥이 다하고 나면 슬픔이 찾아오는 법이지요. 단지 사람들은 지금 세상이 흥이라는 것을 모를 뿐입니다."

양도수의 속삭임에 감성배 장관이 잔을 손에 쥐며 얘기를 이어 받았다.

"오래전 작고하신 아버님이 그런 말을 한 적이 있습니다."

"어떤 말씀을."

"꼭 겨울이 끝나갈 즘에 하시는 얘기였는데……. 가으내 부지런히 곡식을 쌓아놨는데, 겨울이 오니 늘 모자라더라… 그런 말씀하시면서 겨울 참새구이에 소주 한잔을 걸치시고는 했습니다."

"아버님이 그립겠습니다."

"그립네요. 늘 아버님 말마따나 노력한다고 했는데……. 이번 겨울에도 또 모자라지는 않을지 걱정입니다."

"이제 걱정은 잠시 접어 두시고, 술 한 잔 드시지요."

두 사람이 다시 한 잔을 걸쳤다. 그때 문이 열리고 눈에 익은 남자가 들어왔다.

"늦어서 죄송합니다."

조무영 경찰청장.

양도수는 자리에 앉은 그에게 깨끗한 잔을 건네고 술을 따랐다. 잔을 받은 조무영이 얼른 일어나 두 사람의 잔에 술병을 기울였다.

채워준 술잔으로 건배를 하기 전, 양도수가 감성배 장관을 바라봤다. 그 시선에 모든 것이 담겨 있었다.

"장관님… 이제 수사지휘권을 발동해 주십시오."

수사지휘권.

검찰청법 제8조에 근거하여 법무부장관은 검찰사무의 최고 감독자로서 일반적 검사를 지휘, 감독하고, 구체적 사건에 대해서는 검찰총장만을 지휘, 감독한다.

"흠……."

감성배 장관이 잠시 잔을 쳐다보다가 휴대폰을 꺼냈다. 그러고는 자리에서 일어났다. 그가 밖으로 나가며 꾹꾹 누른 번호는 청와대 법무 비서관의 전화번호였다.

둘만 남자 양도수가 조무영 경찰청장에게 물었다.

"리스트는?"

"강태강이라는 자에게 넘겼습니다."

"그래, 수고했네."

"근데 윤선기는 준비가 끝난 겁니까? 그 친구가 검찰을 잡지 못하면 반발이 거세질 겁니다. 설혹 안석규 검찰총장이 버티기라도 하면……."

조무영 청장이 보기 드물게 조바심을 드러내자 양도수가 픽 웃었다.

"아무래도 이번 일이 크긴 큰 모양이네. 자네가 그런 걱정을 다하고."

지금에 와서 걱정은 의미가 없는 행동이다.

그리고 저들과 이쪽의 다른 점은 이쪽에는 차현호가 있다는 것이다. 하지만 이는 양도수 개인의 생각이니 조무영 청장을 안심시켜 줘야 했다.

"수용할 수밖에 없을 걸세. 법을 위시하는 검찰총장이 법을 무시할 수는 없을 테니까. 그리고 윤선기 검사는 걱정하지 말게. 이미 바람은 불고 있지 않나."

"알겠습니다."

둘의 대화는 그걸로 끝이었다.

잠시 뒤, 감성배 장관이 들어와 자리에 앉았다. 그는 다시 잔을 들며 나직이 속삭였다.

"지금 검찰총장이 안석규인데… 현직 검찰총장이 재임 중 구속되는 것은 이번이 처음이겠군요."

낮고 짙은 한숨 속에서 잔과 잔이 부딪쳤다.

*　　　*　　　*

mbs 오늘 오전 간추린 뉴스입니다. 감성배 법무부 장관은 지난 21일 이른바 'BA 실소유주' 사건과 관련 특검팀 구성과 수사 방향에 대해서 전면 재검토할 것을 지시하는 검찰총장에 대한 지휘권을 발동했습니다. 또한 안석규 검찰총장의 친인척 비리와 관련한 수사팀을 꾸릴 것을 천명했습니다.

법무부 장관이 수사지휘권을 발동한 것은 헌정 사상 두 번째로, 일선 검사들은 검찰의 수사권 독립에 대한 간섭을 주장하며 강하게 반발하고 있는 가운데, 법무부와 대검의 일부 관계자들은 법률에 의거한 합법적 절차이기에 검찰총장이 거부할 명분이 없어 결국에는 수용할 것으로 전망하고 있습니다. 현재 안석규 검찰총장은 자택에 칩거하고 있으며…….

오랜만에 보도국으로 내려온 최복규는 사무실 중앙에서 넋을 놓고 뉴스를 보고 있는 윤아리의 모습을 바라봤다. 그녀의 얼굴이 많이 지쳐 있었다.

"쯧쯧… 너 뭐 하냐?"

다가간 최복규의 모습을 본 윤아리가 얼굴을 쓸어내리고 고개를 가로저었다.

"아무것도 아네요."

"민 의원하고 연락은 돼?"

진작부터 두 사람의 관계를 알고 있는 최복규였다.

물론 민철식이 무슨 짓을 하고 다니는지는 몰랐지만, 어젯밤 민철식의 아버지인 민정욱 민정당 의원이 검찰에 소환됐다.

정치부 기자들 사이에서는 민철식이 뭔가 일을 벌였고, 그 결과 지금 민정욱 일가에 위기가 처했다는 소문이 돌고 있었다. 그 소문이 돌고 돌아 최복규의 귀에까지 들어왔다.

"대체 니들 무슨 짓을 한 거야?"

최복규는 윤아리가 걱정이 돼 물었다. 한때 그녀의 사수였고, 그녀의 시작부터 지금까지 지켜본 이가 최복규였다.

"아무것도 아니라니까요."

"아무것도 아니긴. 네 얼굴 봐봐, 새까매. 그 하얀 얼굴이 새까맣게 변했다고, 인마."

"선배… 하……. 부장님은 신경 쓰지 말아요."

"그래! 네 맘대로 해라."

최복규가 답답해서 등을 돌렸다. 그렇지만 차마 그녀를 외면하지 못하고 한마디를 덧붙였다.

"너, 당장 차현호한테 가서 도와 달라고 그래라."

"…그럴 수 없어요."

"왜?"

그 질문에 윤아리는 마른침을 삼켰다. 하얀 목울대가 출렁거렸다. 그녀의 옆모습이 위태위태해 보인다고 느껴진 순간, 최복규가 눈을 크게 뜨고 물었다.

"너희 혹시, 차현호와 관련된 일이야?"

윤아리는 아무 대답도 하지 못했다. 최복규는 기가 막혀 혀를 찼다.

"미쳤구나……. 내가 그랬지! 너희 같은 놈들이 고개 들고 눈앞에 빌딩이 몇 층인지 세고 있을 때, 차현호는 빌딩 위에서 풍경을 구경하고 있는 놈이라고 했어, 안 했어?"

"하……."

윤아리가 답답한 얼굴을 찌푸리며 최복규를 지나쳐 갔다.

그때, 사무실 입구에 한 무리 사람이 들어왔다.

"서울지방경찰청에서 나왔습니다. 윤아리 씨가 누구죠?"

한 남자의 외침에 최복규가 당황해서 머뭇거리다가 크게 대답했다.

"윤아리 기자는 왜 찾는 겁니까?"

그와 동시에 윤아리에게는 뒤로 손짓을 해서 도망가라는 몸짓을 취했다.

하지만 윤아리는 넋이 나가 있었다. 경찰이 눈치채고 윤아리에게 다가왔다.

"윤아리 씨 맞으시죠? 국가보안법 위반으로 긴급체포합니다."

"이봐요! 국보법 위반이라니!"

최복규가 큰 소리로 외치고 앞을 막았지만 경찰들을 막아내는 것은 불가능한 일이었다.

윤아리는 손에 채워진 차가운 수갑과 경찰의 미란다 원칙을 귀에 새기며 현기증을 느꼈다. 급기야 그녀의 몸이 흐느적거리며 정신을 잃었다.

"아리야!"

최복규의 외침이 mbs 보도국에 울려 퍼졌다.

*　　　*　　　*

오늘 오전 특무부는 일명 강남 큰손이라 불리는 박태환 씨의 청담동 자택과 사무실을 압수 수색했습니다. 특무부는 박태환 씨의 최근 10년간 탈루, 탈세한 금액이 수조 원에 달할 것으로 보고 있으며, 전국의 박태환 씨의 소유 재산을 파악하는 한편, 차명 계좌 및 조세 포탈 가능성을 고려해 검찰과 합동 수사를 해나갈 방침이라고 밝혔습니다.

"출발하셔야 됩니다."

방문이 열리고 들려온 목소리에 박거성은 부지런히 휘젓던 젓가락질을 멈췄다. 냄비에는 못 다 먹은 라면이 여전히 한 가득이었다.

"하…… 이 박거성이 라면 하나 못 먹고 도망치는구먼, 크…하하."

늙은 입주름 틈에서 타이어 실바람이 빠지듯 웃음소리가 새 나왔다.

젓가락을 테이블에 내려놓고 일어난 박거성에게 그의 오른팔 송만호가 다가와 지팡이와 외투를 건넸다.

"일본으로 밀항한 다음에 그곳에서 홍콩으로 넘어가시면 됩니다."

"만호야."

"예, 사장님."

"나… 아직 안 죽었지?"

"아무리 특무부라도 스위스 은행까지는 건들지 못할 겁니다. 다시 돌아오실 수 있습니다."

"그래, 가자."

둘은 그대로 여관을 나와 곧바로 차에 올라탔다.

차는 부산으로 향했다. 부산 소재 항구에서 브로커를 통해 일본 관동으로 밀입국을 시도하기 위해서였다. 일본에만 가면 도와줄 인사들이 널리고 널렸다.

이런 재수 없는 날을 대비해서 일본 측 인사들과 미리 안면을 터둔 박거성이었다.

"또 비가 오네."

차창을 두드리는 빗줄기에 박거성의 신경이 곤두섰다.

부지런히 와이퍼가 움직였다. 비를 뚫고 운전하는 송만호의 옆모습이 그 어느 때보다도 신중해 보였다.

"역시 범부(凡夫)는 초범(超凡)한 이를 따라잡을 수가 없단 말인가."

박거성의 넋두리조차도 처량했다. 저놈의 비 때문에.

"현호한테 연락 온 것 있냐?"

박거성은 혹여나 기대를 갖고 송만호를 바라봤다.

하지만 송만호는 대답하지 않았다. 못 들은 체를 하는지, 아니면 말하기가 버거워서인지 입을 꾹 다물고 있었다.

"하……."

지금 순간 박거성은 사지가 잘린 기분이었다.

저 비에 쓸려가는 것이 차현호가 될 줄 알았건만, 자신이 될 거라고는 생각하지 못했다.

'아니지……. 생각은 해봤는데, 그래도 이번에는 될 줄 알았지.'

문득 박거성은 현호가 사신을 처음 찾아온 날을 떠올렸다.

떡볶이 모자를 닦달하는 그의 수하 두 놈을 패서 끌고 와서는 한다는 말이 뭐였더라.

"그래서 돈은 받으실 것 같으세요, 라고? 하하하."

박거성은 그때를 회상하며 혼잣말을 되뇌고는 끌끌 숨을 토하며 웃었다.

그때의 어린놈의 눈빛.

어쩌면 지금까지 그 눈빛 속을 헤매다가 정신을 차린 건지도 모른다.

'현호야, 나 아직 안 죽었다.'

기회는 다시 찾아온다.

설사 기회가 오지 않는다 하더라도, 쇠꼬챙이라도 쥐고 너를 찾아가마.

'아니지… 이번에 처리해야 해.'

어금니를 아드득 깨문 박거성이 송만호를 바라봤다.

마침 신호가 바뀌어 차가 멈췄다.

"만호야."

"예, 사장님."

"애들 모아라."

여관방에서와 달리 힘이 넘치는 목소리였다.

"그리고 내가 배를 타면 리스트 터뜨려라. 찬대미가 어떤 놈들인지, 검경이란 놈들이 어떤 음험한 녀석들인지, 또 그 자식들 사이에 어떤 더러운 돈이 오가는지. 이 박거성 건드렸으면… 이 정도 폭죽이 터질 것은 계산을 했어야지!"

신호가 다시 바뀌고 차가 움직였다. 박거성은 콧바람을 쌕쌕 내쉬며 눈을 부릅떴다.

"홍콩 가서 시간 지나면 연락하마. 그때 차현호 처리해."

"처리… 하라고요?"

이는 박거성의 방식이 아니었다. 이 바닥에서 사람 하나 묻는 거야 쉬운 일이지만 박거성은 자신만의 정도(正道)를 지켜왔다. 또 그래서 오래 살았는지도 모른다.

그런 박거성이 궁지에 몰리자 차현호를 죽일 생각을 하고 있는 것이다.

"못 알아들었어?"

박거성의 찌푸려진 눈초리에 송만호가 고개를 끄덕이며 대답했다.

"알겠습니다. 준비하겠습니다."

"차현호… 그놈, 기어이 나를 이렇게까지 만드는구나."

부산에 도착하니 미리 항구에 도착해서 주변을 살피고 있던 부하들의 모습이 보였다.

차가 멈추자 우산이 드리워졌다.

먼저 차에서 내린 송만호는 자신에게 씌워진 우산을 거부했다. 대신 우산을 건네받아서 뒤이어 차에서 내리는 박거성에게 씌웠다.

투둑투둑.

박거성은 송만호와 우산을 잠시 올려다봤다. 우산에 떨어지는 빗소리를 들으니 작금의 현실이 새삼 와 닿는다.

"배는?"

"벌써 준비가 끝났습니다. 15분 뒤에 출항입니다."

"지금 타면 된다, 이거야?"

"예."

"참 내, 이 날 이때껏 배 한번 안 타봤는데……."

박거성은 부하들의 뒤를 따라 밀항선으로 향했다. 하지만 밀항선의 외관을 보고는 눈살을 찌푸렸다. 일명 통통배라고 불리는 흔한 고기잡이배였다.

"이걸 타고 간다는 말이냐?"

"당장 급한 대로 구할 수 있는 배가 이것밖에 없었습니다."

송만호는 무거운 얼굴을 숙였다. 박거성은 그 모습에 차마 화를 낼 수가 없었다.

"그래, 됐다. 뭔 상관이야. 후……. 반나절이면 가려나."

박거성이 부하들의 도움을 받아 배에 올라타자 송만호는 그의 등을 안쓰러운 시선으로 바라봤다.

잠시 멈춰 있던 박거성의 등이 뒤돌았다.

"만호야."

출렁이는 바닷물에 배가 흔들렸다. 그 흔들림 속에서 박거성은 뒷짐을 쥐고 육지에 남은 송만호를 바라봤다.

"예, 사장님."

송만호의 발끝이 바다에 빠질 것처럼 앞으로 나왔다. 오랫동안 모신 이의 눈빛이 착잡함으로 물들어 있으니 그의 얼굴이라고 좋을 리가 없었다.

"너한테 무거운 짐 남기고 간다."

"아닙니다. 먼저… 가 계십시오."

"그래, 나 먼저 가 있을게. 또 보자. 웃으면서. 크하하."

"…예."

밀항선이 출발했다. 그제야 부하가 송만호에게 우산을 씌웠다. 송만호는 오랜만에 담배를 물었다. 또 다른 부하가 라이터를 켜 불을 붙였다.

"후……."

배가 멀어져 간다.

'어르신. 먼저… 가 계십시오.'

투다, 투다다…….

낡은 배는 엔진 소리도 폐급이었다.

박거성은 선원의 안내를 받아 선원들이 쉬는 공간으로 움직였다.

바닥의 판자때기를 들어 올리자 그 아래로 썩은 내가 풀풀 풍기는 공간이 드러났다. 희미한 조명 아래 낡은 옷가지와 쓰레기 거죽 같은 이불들이 수두룩하다.

"염병……."

코가 비틀어지는 냄새에 절로 욕이 나온다.

"들어가서 쉬세요."

선원의 말에 박거성은 한숨과 함께 입을 열었다.

"뭐 먹을 것 없나? 라면 같은 거 없어?"

아까 못 먹은 라면이 못내 아쉬웠다.

"들어가 계시면 라면 하나 끓여서 가져다 드릴게요."

"그려, 그럽시다."

박거성이 안으로 들어갔다.

"어이구, 사내자식들만 있는 곳이라서 그런지 참 거지같네."

삐걱거리는 좁은 나무판 위에 이불이 놓여 있었다.

박거성은 그곳에 엉덩이를 걸쳤다. 고개를 두리번거려 보니 맞은편에 낯선 남자가 등을 돌아누워 자고 있었다. 또 마침 바닥에는 멀쩡한 소주 한 병이 놓여 있었다.

"그래, 이럴 때 술이 있어야지."

손을 뻗어 소주병을 쥐어 바로 뚜껑을 따버렸다.

끼릭끼릭.

콸콸 입에 부어 꿀꺽 삼켰다.

"크으, 술 맛 참 쓰네."

"술이 쓰지, 답니까?"

박거성이 눈을 찌푸렸다. 등을 돌아누운 남자의 목소리였다.

"선원이야, 선장이야?"

"그게 뭔 상관이랍니까."

"하긴, 뭔 상관이 있겠어. 일어났으면 소주 한잔하지."

"그럽시다."

남자가 등을 펴고 일어났다. 모자를 푹 눌러 쓴데다가 천장 조명이 흐릿해서 얼굴이 제대로 보이질 않았다.

그게 뭔 상관이람.

"뭐, 컵 없나?"

"컵이 뭐 필요입니까, 각 병 들면 되지."

남자는 그렇게 말하며 바닥의 소주병을 손에 쥐었다. 그런데 쥐는 모양새가 마치 휘두를 것 같은…….

펙!

갑자기 울리는 둔탁한 소리와 함께 박거성은 그대로 옆으로 쓰러졌다. 이어서 몸이 제멋대로 바들바들 떨렸다.

"…왜?"

겨우 입을 열어 물었다.

그러자 남자가 모자를 벗었다. 눈앞이 흐려지는 박거성의 눈에 새하얀 머리카락이 보인다.

정신을 차리려 용을 쓸수록 몸에 힘이 들어가지 않았다. 겨우 다시 눈을 뜨니 이제야 얼굴이 보였다.

"오랜만일세."

남자가 가까이 왔다.

"너……. 너… 너!"

"이름도 잊었겠지. 그게 언제적일인데……. 그래도 친우의 이름을 잊으면 안 되는 것 아닌가? 나, 노진만일세. 명동 큰손 노진만! 너한테 작업당한 노진만!"

외침과 함께 노진만이 소주병을 높이 치켜들었다.

*   *   *

—예, 지금 어르신 보내드렸습니다.

"어떻게 보내드렸습니까?"

만약 박거성이 곱게 간다면 그냥 보내주라고 했었다. 하지만 다른 생각을 품으면…….

　―아주 멀리… 멀리 보내드렸습니다.

　"…수고하셨습니다."

　끊어진 전화를 강창석에게 넘기고, 현호는 병실로 들어갔다.

　그곳에는 윤아리가 누워 있었다. 초췌한 얼굴인데, 그를 돌아보더니 몸을 일으키려고 했다.

　"현호 씨……."

　"누워 있어요."

　현호는 의자를 옮겨 그녀 앞에 앉았다.

　"현호 씨… 내가 잘못했어."

　벌벌 떠는 그녀의 모습에도 현호는 표정 변화 하나 없이 그녀를 바라봤다.

　"찬대미에 들어오길 바란 것은 윤아리 씨였습니다."

　"그, 그래. 내가 그랬었어. 미안해, 은혜도 모르고."

　"그동안 많이 도와준 거 잊지 않고 있습니다."

　"그래? 그래, 내가 많이 도와줬잖아? 그치?"

　"예. 그런데… 이번 일은 좀 큽니다. 그러니 누군가는 책임을 져야 합니다."

　책임이라는 말에 윤아리의 호흡이 급해졌다.

　꿀꺽.

　침을 삼키는 윤아리의 모습을 보며 현호는 계속 얘기했다.

　"윤아리 씨 아버님, mbs 사장님이 그 책임을 질 겁니다. 물론 민철식도 책임을 피할 수 없을 겁니다. 그리고 윤아리 씨는⋯⋯."

그때, 병실 문이 열렸다.

현호는 굳이 돌아보지 않았다. 누구인지 알고 있으니까.

"현호야, 거기까지만 하자. 윤아리는 나한테 이용당한 거야."

민철식이었다.

*   *   *

"담배 한 대 피우고 가자."

민철식은 한숨조차 내쉴 힘도 없어 보였다. 그로서는 모든 것을 걸었을 테니 그 심정 충분히 이해할 수 있었다.

현호는 터벅터벅 앞서가는 민철식을 뒤따라 병원 휴게실이 있는 3층으로 내려왔다.

외곽에 간이 정원이 있는 층이었다. 그리고 정원 입구에는 찬대미 집행부인 김춘삼이 서 있었다.

의사 가운 차림의 김춘삼은 민철식을 안타깝게 바라봤다.

마치 마지막 가는 길을 배웅하는 듯한 시선이었다. 그 시선에 민철식은 아무런 말도 하지 않았고, 그저 턱을 씰룩이며 정원으로 나가 담배를 입에 물었다.

"너도 한 대 피워라."

"예."

현호는 그가 건넨 담배를 입에 물었다. 비는 오지 않았지만 오랜 시간 함께한 이를 떠나보내는 순간이다. 마지막으로 담배

한 대를 같이 피우는 정도는 해줄 수 있었다.

"후……."

민철식이 담배 연기를 뿜었다. 짙은 연기가 어둠으로 훨훨 날아갔다.

저 연기처럼 지금의 갈등을 날려 버리면 좋으련만, 그러기에는 서로가 짊어진 책임의 무게가 결코 가볍지 않았다.

"어디서부터 알았던 거냐? 훗……. 계획했던 거냐?"

실패한 자들은 늘 후회를 한다.

본인은 아니라고 부정할지라도, 어디서부터 잘못됐는지 그 부분을 꼭 알고 싶어 한다. 지금 민철식이 그 후회를 하고 있었다.

"되돌릴 기회는 있었습니다."

현호는 미소 하나 없이 대답했다. 지금 순간, 미소는 사치였고, 인정은 쓸데없는 감성일 뿐이었다.

"기회?"

"이제 와 그때를 찾아봐서 뭘 합니까. 되돌릴 수도 없는데."

죽어서 과거로 되돌아간다면 가능할지 모르겠다.

하지만 그런 일, 설사 있다 하더라도 그리 유쾌한 것은 아니다.

"그래……. 네 말이 맞다. 이제 와 무슨 소용이 있겠어."

민철식은 담배를 깨물어 힘껏 빨아들였다. 타들어 가는 담배에서 귀에 익숙한 소리가 났다.

치이이.

침묵 속에서 들리는 소리 치고는 제법 나쁘지 않았다.

"현호야."

"얘기하세요."

"아버지는… 아버지는 아무 잘못이 없다."

민철식은 자신의 아버지 민정욱의 안위를 걱정하고 있었다. 하지만 현호는 그것에 대해 대답해 줄 것이 한 가지밖에 없었다.

"그 점은 저도 안타깝게 생각합니다."

애초 민정욱은 현호가 내세울 카드 중 하나였다.

어차피 이전 삶에서도 민정욱은 18대 대선 후보에 오른다. 비록 아쉽게 뜻을 이루지는 못하지만, 이번 삶에서는 현호가 그 결과를 바꿔볼 생각이었다.

이는 애초에 찬대미 결성 시기부터 염두에 둔 바였다. 물론, 이제는 의미 없는 일이 됐지만.

"하……."

민철식은 눈을 질끈 감았다. 자신의 무지와 욕심으로 모든 것을 망쳤음을 이제야 절실히 깨달았다.

"하지만 말이야."

그럼에도 불구하고 민철식이 지금의 모든 상황을 수긍하는 것은 아니었다. 어쩌면 거의 다 왔었다고 생각하고 있는지도 모르겠다.

"현호야, 나 역시 너하고 똑같았다. 나만의 규칙을 갖고 내 길을 가려 했을 뿐이야."

현호는 대답하지 않았다. 대답할 필요조차 없는 넋두리에 불과했다.

민철식이 찬대미 집행부만 아니었다면 이런 넋두리 들어줄 필요도 없었다. 지금은 잠잠히 귀를 열어주는 게, 현호가 민철식에게 해줄 수 있는 최대한의 배려였다.

"그럼, 이만."

현호는 담배를 끄고 뒤돌았다. 철제 쓰레기통에 담배꽁초를 던지고 정원을 벗어나자, 그를 지나쳐 형사들이 민철식에게 향했다.

"민철식 의원님."

등 뒤에서 들린 형사의 목소리에 민철식은 긴 한숨을 끝으로 하늘을 바라봤다. 어둡다. 너무도 어둡다. 노을이라도 짙게 깔려 하늘을 태워 버리면 좋으련만… 타는 건 갈증 어린 마음뿐이다.

"그래……. 어망에 잡힌 멸치도… 꿈틀대기는 하더라, 훗."

민철식은 호흡을 삼키고 달려갔다.

옥상 저 너머로.

그 갑작스러운 행동에 형사들은 미처 손을 뻗지 못했다.

*   *   *

여명은 없었다.

안석규 검찰청장은 결국 법무부 장관의 수사 지휘권을 수렴했다. 그 결과 'BA 실소유주' 조사를 위한 특검이 새로 출범했고, 수사는 곧 종결됐다.

특무부에 대한 조사도, 찬대미에 대한 조사도 이어지지 않았다. 대신, 여명에 관련된 상당수 정부부처 인원에게 완고한 인사 조치가 이어졌다. 전국 팔도로 뿔뿔이 흩어졌고, 대부분이 한직에 자리 잡았다.

분명한 것은, 바람의 방향이 달라졌다는 것이다.

찬대미의 회원 중 민철식의 리스트에 오른 상당수는 정리됐다.

그렇다고 그들 모두에게 냉정한 심판의 잣대가 드리워진 것은 아니었다. 민철식의 투신이 최소한 그들에게는 면죄부가 됐다.

또한 민철식이 꽤 공을 들였던 김구운과 최강한은 애초부터 현호를 배신한 적이 없었다.

사실 현호는 믿음이 충족된 이들에게는 박거성과 이호 의원의 존재에 대해서 알려주었다. 그저 민철식이 끝까지 믿음을 충족해 주지 못했을 뿐이었다.

현호는 민철식을 제외한 집행부 한 사람 한 사람에게 믿음이 충족될 때마다 그 사실을 얘기하면서 분명히 말했었다.

다른 이에게 절대 얘기해서는 안 되며, 혹 이를 빌미로 다른 생각을 품는 이가 있다면 최대한 설득해 달라고……

민철식은 김구운과 최강한을 설득하려 했는지는 모르겠지만, 그 자리는 정반대의 자리였다. 즉, 두 사람이 민철식을 설득하는 자리였던 것이다.

그것이 현호가 민철식에게 준 마지막 기회였다.

실종된 박거성의 자산 대부분은 국가에 환수됐다. 물론 그중 일부는 송만호가 거둬들였다. 또한 송만호는 회사를 설립해 강태강이 운영하는 J 보안 업체의 계열사로 편입했다.

경찰은 박거성이 외국으로 도피했을 것이라고 잠정 결론을 내렸다.

마지막으로 염 조사관과 장선자 세무사는 사실 현호가 신경 쓸 만큼의 존재가 아니었다. 그들은 그저 모든 것을 잃고 법의 심판을 받았을 뿐이다.

힘 있는 자들은 힘없는 자들에게 그 어떤 감투라도 거리낌 없이 씌워줄 수 있는 법이다.

지금은 현호가 힘 있는 자였고, 염 조사관과 장선자에게 감투 대신 죄목 몇 가지를 정해줬을 뿐이었다. 이마저도 현호가 신경 쓸 필요 없이 서울중앙지검 소속 윤선기 검사장이 알아서 처리했다.

그리고 이 모든 건 국민들이 모르는 사이에 흘러갔다.

훗날 민정욱은 아들을 떠나보낸 강가에서 이런 말을 속삭였다.

'어쩌면 여명이 오지 않은 것이 아니라… 너무 빨리 해가 떠서 보지 못했는지도 모르겠구나, 아들아…….'

＊　　　　＊　　　　＊

2007년 12월.

"그러니까 내가 여기 들어가서 뭘 해야 한다는 말입니까?"

부산경찰청 생활안전계 권은혁 경정.

"하하, 뭘 하실 필요는 없습니다. 그저 저희 쪽에서 권은혁 경정님을 앞으로 지원해 주고, 응원해 준다고 보시면 좋을 것 같습니다. 저희는 경정님을 인재라고 생각하고 영입을 하려는 겁니다."

강창석은 지금 권은혁을 찾아와 찬대미에 들어올 것을 제안하고 있었다.

일반적으로 찬대미 회원 영입에 강창석이 움직이는 경우는 드물었지만 이번 일은 현호가 직접 지시를 내렸다.

"왜… 굳이 나를."

권은혁은 강창석의 얘기를 들으면서 긴가민가하고 있었다.

열흘 전 처음 연락이 왔고, 한번 보자고 해서 얼굴을 마주 보고는 있는데, 이런 사조직에 자신이 끼어들 필요가 있나 싶은 것이 그의 솔직한 마음이었다.

"만약 내가 여기 들어간다면 뭐가 어떻게 되는 겁니까?"

"글쎄요. 당장 뭘 해드리는 건 없습니다. 단지 추후에 필요하신 부분을 도와준다고 보시면 좋을 것 같습니다."

"하하, 그럼 내가 총경 달고 싶다면 총경 다는 겁니까?"

피식 웃어넘긴 권은혁의 모습을 강창석이 뚫어지게 바라보다가 미소를 보였다.

"그것이 권은혁 경정님에게 필요하다면요."

"예?"

그냥 농담으로 받아들이기에는 상대방의 표정이 너무 진중했다.

"허… 진심으로 하는 얘기세요?"

"저, 서울에서 부산까지 내려왔습니다."

강창석이라는 남자 키가 크고 마른 체형이다. 보고 있으니 얼굴 살가죽이 뼈에 걸쳐져 있는 느낌이었다.

그 살가죽이 입가에 주름을 만들며 미소를 그리고 있었다.

'농담이나 하려고 이곳까지 오지는 않았다?'

권은혁이 정보에 밝은 이였다면 이 황금 같은 기회를 두고 고민하는 어리석은 짓은 상상도 하지 못했을 것이다.

하지만 그는 넘치는 정의감과 달리 경찰 일 외에는 아둔할 정도로 느린 사람이었다. 세상 돌아가는 물정도 제대로 모르며, 위로 올라가는 줄이 어느 건지 살피지도 못했다. 경찰대 출신이라는 이점이 무색할 정도다.

"그럼 내가 미제 사건을 파헤치고 싶다고 하면 할 수 있는 겁니까?"

이번에는 조금 신중히 생각하고 물었다. 그러자 강창석이 곧이어 같은 대답을 했다.

"말씀드렸잖습니까. 권은혁 경정님에게 필요하다면 그때 지원한다고."

"흠……."

"우리 찬대미는 그 순간이 오면 권은혁 경정님에게 지원을 아끼지 않을 겁니다."

찬대미란 단어가 귀에 익다. 정보에 둔한 그의 귀에까지 흘러왔다면 딱히 그 존재가 가려진 모임은 아니란 얘기인데.

'찬대미……. 그래, 소문은 들어 봤지.'

그런데 소문의 범위가 워낙 뜬금없는 경우가 많았다. 소문만

두고 보면 군부대 헬기도 맘대로 움직인다는데, 그건 대체 누가 지은 소설인지.

"혹시 제가 경찰대 출신이라서 찾아온 겁니까?"

권은혁은 경찰대 출신이다. 또한 경찰대 출신들은 인맥이 두터운 편이었다. 소위 말해 엘리트라는 자부심도 있는데다가 그 선배들이 하나같이 중차대한 자리에 앉아 있다.

그러니 경찰대 출신의 권은혁도 길만 잘 걷는다면 앞으로 성장 가능성은 분명 크다고 볼 수 있었다.

"글쎄요. 그렇게 생각하실 수도 있겠네요. 흠, 원래는 언급해서는 안 되지만… 저희 찬대미에는 경찰 내 고위 간부도 있음을 미리 말씀드리고 싶네요."

권은혁은 눈을 찌푸렸다. 코끝에 싸한 느낌이 내려앉는 것 같았다.

"그럼 찬대미 수장이 누구입니까?"

"훗, 경찰대 모임의 수장은 누구인가요?"

"그건……."

"말씀하시기 곤란하실 겁니다. 그리고 저 역시도 질문하신 그 부분은 대답하기가 곤란합니다."

현호의 지시가 권은혁을 무조건 찬대미에 들이라는 내용은 아니었다. 제안을 하되, 거절하면 그대로 돌아오라고 했다.

"흠……."

권은혁은 생각에 잠겨 눈앞의 커피 잔을 손에 쥐었다. 카페의 전경을 눈에 담으며 잠시 복잡해진 머리를 식히고 대답했다.

"생각할 시간을 주셨으면 좋겠습니다."

"알겠습니다. 그럼 저는 이만 일어나겠습니다."

강창석이 자리에서 일어났다. 권은혁도 잠시 자리에서 일어나 그와 악수를 했다.

"살펴 가십시오."

"좋은 소식 기다리겠습니다. 아……."

뒤돌아서려던 강창석이 다시금 권은혁을 바라봤다.

"왜 그러시죠?"

"투표하셨습니까?"

"이제 해야죠."

"현명한 선택하시길 바랍니다."

"예."

강창석이 카페를 빠져나가자 권은혁은 피식 웃었다.

'현명한 선택? 참 내, 뭐 거기서 거기지.'

남은 커피를 마시면서 권은혁은 생각을 이어갔다.

찬대미에 들어간들 손해 볼 것은 없었다. 그 소문의 찬대미가 저 남자가 말한 찬대미가 맞는지는 확실히 모르겠지만, 만약 맞다 하면 손해 볼 것은 없었다. 아니더라도 관두면 그만인 것이다.

문득 권은혁은 중학교 동창인 차현호를 떠올렸다.

'혹여나, 녀석도 찬대미일까.'

그럴 가능성도 있었다. 찬대미가 인재들을 영입하는 데 주력한다면, 차현호를 놓친다는 건 말이 안 되는 거니까.

'전화 한번 해볼까.'

그러고 보니 중학교 졸업 이후로 본 적이 없었다. 남이나 진 배없는 사이란 얘기였다. 그저 소문으로 대단한 위치에 올랐다는 것 정도만 알고 있었다.

"훗, 내 이름도 기억 못 할 텐데."

권은혁은 차현호를 잊을 수가 없었다.

그때 그 문구점 사건, 시간이 흘러서야 그것이 얼마나 놀라운 일이었는지를 알게 된 권은혁이었다. 그런 일을 차현호는 그 어린 시절에 해냈다.

'그때부터 보통 놈이 아니었지.'

권은혁은 바닥에 고인 커피를 단번에 마셨다.

'미제 사건이라…….'

만약 찬대미에 들어간다면, 또 그들이 앞으로의 일에 지원을 해준다면, 그럴 만큼의 힘이 있다면, 사실 권은혁은 다시 수사하고 싶은 것이 있었다.

'연예인 병역 비리.'

지난 2004년 서울지방경찰청은 대규모 병역 비리를 적발했다.

당시 수십 명의 프로야구 선수가 브로커를 통해 불법 병역 면제를 시도한 것을 잡아냈다.

수사는 일반인, 연예인을 포함해 전국으로 확대하여 진행됐고, 상당수 연예인과 정재계 자제들까지 혐의를 잡아냈다. 그런데 갑자기 위에서 압력이 들어왔다. 프로야구 선수들에서 수사를 끝내라는 압력이었다.

그때의 수사과 일원이 바로 권은혁이었다.

결국 압력으로 인해 수사는 종결했고, 서울지방경찰청 수사과는 뿔뿔이 흩어졌다.

'그 사건……'

엄밀히 따지면 미제는 아니었지만 마무리가 흐지부지했다. 사실 권은혁이 그 일에 미련을 가지고 있는 이유는 한 가지 이유에서 있다.

'그때… 현호 녀석도……'

생각 속에서 커피 잔을 쥐었지만 모두 다 마셔서 텅 비어 있었다.

드르륵.

의자를 밀어내고 일어난 권은혁은 계산대로 향했다.

"계산 이미 하셨는데요."

"그래요?"

강창석이라는 남자가 계산을 하고 간 듯했다.

권은혁은 지갑을 뒷주머니에 넣으며 계산대에서 들려오는 라디오 소리를 설핏 들었다.

오후 1시 현재 투표율은 서울은 38.1%, 인천은 36.6%를 기록했습니다. 가장 높은 곳은 전남으로 51.1%, 경기는 37%로 가장 낮았습니다.

'투표.'

오늘은 17대 대선이 있는 날이다.

대한민국의 과거와 현재, 그리고 미래가 이어지는 날.

* * *

신전그룹 강성환 회장이 차에서 내렸다.

평소 같으면 경호원들을 대동하고 다닐 그가 지금은 양 비서와 단둘뿐이었다.

호텔 로비를 지나 엘리베이터에 오른 그는 마른침을 꿀꺽 삼키며 넥타이를 느슨하게 풀었다가 다시 조였다.

"후……."

긴장으로 고인 숨이 그를 비추고 있는 엘리베이터 문을 향해 날아갔다.

"후……."

연거푸 고인 숨을 내쉬는 그에게 양 비서가 조심스럽게 얘기를 꺼냈다.

"말씀하신 대로 법무팀 허진에게 새로 지시를 내렸습니다."

그 말에 강성환 회장의 낯빛이 변했다. 싸늘하게 식은 얼굴로 그가 말했다.

"시간이 얼마나 걸릴 것 같나?"

"해외에 있는 것까지 움직이는 거라서, 아무래도 시일이 걸릴 것 같습니다. 그래도 최대한 이번 분기 안에 끝내라고 지시했습니다."

"국내의 차명 계좌와 주식부터 정리하라고 해. 그런 뒤에 죄다 무기명채권으로 바꿔."

"시중에 풀린 무기명채권은 최대한 확보할 계획입니다."

"흠……. 아예 불필요한 회원권 같은 것도 정리해 버려. 모두다 싹 바꿔야 해. 특무부가 못 찾을 곳으로, 차현호가 생각도 못 할 곳으로."

엘리베이터가 멈추자 강성환은 어깨를 힘껏 펴고 내렸다. 그가 내린 층에는 수 명의 경호원이 복도 입구에서부터 대기하고 있었다.

강성환은 그들을 지나쳐 복도의 끝에 있는 문 앞에 도착했다.

'흠……'

강성환은 낮은 콧바람을 뿜으며 홀로 안으로 들어갔다.

향초를 피웠는지 알 듯 모를 듯한 향이 방 안을 가득 채우고 있었다. 창은 커튼이 쳐져 실내가 어두웠지만 완전한 어둠은 아니었다.

"처음 뵙겠습니다. 신전그룹 강성환입니다."

강성환 회장은 허리가 꺾어질 정도로 머리를 숙였다. 그리고그 상태로 고개를 들지 않았다.

"고개 들어."

늙은 목소리가 들렸다. 그제야 강성환은 고개를 들어 앞을바라봤다.

네모반듯한 테이블에 네 명의 노인네가 둘러 앉아 마작을두고 있었다.

하지만 노인네라는 단어는 머릿속에만 담아둬야 한다. 입 밖으로 꺼내면 신전그룹은 내일 아침 문을 닫아야 할 것이다.

"흠… 젊네."

노인 하나가 강성환을 힐끗 보며 말했다. 그것이 농담인지, 진담인지를 구분하느라 강성환이 잠시 머뭇거리자 노인이 다시 얘기를 꺼냈다.

"요즘 골치 아프다고?"

"예."

"훗, 그 차현호 때문에?"

"맞습니다."

강성환 회장은 대답을 할 때마다 고개를 숙이고 또 숙였다. 그러자 다른 이가 대화에 끼어들었다.

"왜? 나는 그 녀석 마음에 들던데."

여자 목소리였다.

'노인네만 있는 것이 아니었나?'

그런 생각을 잠시 하는데, 목소리가 계속 이어졌다.

"그래서 뭣 때문에 온 거야?"

"부탁드릴 게… 있어서 왔습니다."

"이번 특검, 신전까지는 안 갈 거야."

"아……."

이미 조치를 취했단 말인가.

"가, 감사합니다."

신전그룹도 여명에 참여했다. 처음에는 삼현그룹 역시 함께

했지만, 삼현그룹 박인하 회장은 중간에 겁을 먹고 발을 뺐다.

지금 대한민국에는 여명에 참여한 모두에게 거침없는 칼바람이 불고 있었다.

신전도 언제 차례가 올지 알 수 없는 상황이었다. 그래서 인맥이란 인맥은 총동원해서 이 자리까지 왔다.

'실수였어.'

박거성이라는 놈을 믿는 게 아니었는데.

촌부의 아들로 태어난 보잘 것 없는 졸부의 말을 들은 것이 실수였다.

"하지만 우리를 찾아온 대가는 알고 있겠지?"

"예."

돈이 아니다. 이들에게는 신전그룹이 가진 현금 따위는 관심도 없었다.

'개.'

그저 이들의 개가 되는 것이 조건이었다. 가끔 먹이를 주면 맛있게 먹고, 주인이 재롱 피우라고 하면 재롱을 피워야 한다.

"야."

갑자기 들린 소리에 강성환은 영문을 몰라 눈을 크게 떴다.

"너 인마!"

그제야 좀 전의 '야'가 자신을 부른 호칭이란 것을 깨달은 강성환 회장이 고개를 번쩍 들고 대답했다.

"예!"

"노래 한번 해봐."

"예, 예?"

"이거 정신 못 차리네. 노래해 보라고."

강성환은 입을 열 수가 없었다. 목구멍에서 말문이 콱 막혔다. 자신이 누구란 말인가. 신전그룹의 회장이다.

신전그룹이 어디인가.

길거리 구멍가게에서 시작해 6.25 난리통에도 꿋꿋이 버티고 버텼고, 심지어 외환 위기까지 넘긴 신전이다.

'나 강성환에게 노래를 부르라고?'

그때였다.

픽!

강성환 회장의 머리가 맥없이 틀어졌다. 이마에 통증이 밀려오고 뒤이어 바닥 카펫에 피가 뚝뚝 떨어졌다. 카펫에는 재떨이가 굴렀다.

"노래할 거야, 말 거야?"

"어, 엄마가… 섬… 그늘……."

"지랄을 하네."

*   *   *

한강 둔치에 차가 멈췄다.

속보입니다. 전국의 투표율이 60%를 넘어선 가운데, 충남 아산에 위치한 소유전자 생산 시설에서 화재가 발생했다는 소식입니다.

탁.

현호는 라디오를 끄고 차에서 내려 코트 깃을 단단히 여미었다. 강바람을 타고 온 찬바람이 그를 반겼다.

바스락.

담배를 꺼내 입에 물었다. 몸에 좋지 않은 놈을 다시 찾으니까 아주 습관이 돼 버렸다.

"후……."

긴 연기가 그의 얼굴을 스쳐 하늘로 흩어졌다.

그는 지금 강설희를 기다리고 있었다. 긴 시간 동안 두 사람은 서로를 그리워했다. 그건 부정할 수가 없는 사실이었고 지나온 과거였다.

"후……."

이제 현호는 이전 삶의 인연들을 떠올리지 않았다. 그저 선명한 기억만이 그때가 있었음을 알려줄 뿐이었다.

기억 속을 거니는 일도 최근 몇 년은 하지 않고 있었다. 특별한 기억도, 특별한 능력도 처음부터 없었던 것처럼 말이다.

"후……."

11년.

강설희라는 여자에게 그가 마음의 위로를 받은 시간이었다.

지금에 와 그 마음과 그 감정이 사라진 것은 아니었다. 그저 서로가 걸어온 길이 점점 차이가 벌어졌을 뿐이었다.

"후……."

사실 처음부터 예견된 일이기도 했다.

현호는 강설희에게 삼현그룹을 되찾아주고 그녀를 떠나보내려고 했었다. 그렇지만 당시의 그는 그녀를 보낼 수가 없었다.

전지우의 죽음은 그의 마음에 균열을 가져왔다. 만약 그때 강설희를 보냈다면 현호는 견디지 못하고 무너졌을 것이다.

"후……."

물론 사람이 사람에게 마음을 기대는 일은 틀린 것이 아니다.

하지만 두 사람의 위치가 문제였다. 강설희는 소유그룹이라는 존재를 이끌어야 했고, 현호는…….

그러니 최측근들이 지켜본 두 사람의 만남은 이미 완성된 드라마의 예고편을 보는 것과 다름없었다.

"후……."

연기와 함께 줄어든 담배는 현호의 손가락 사이에서 마지막을 향해 타들어가고 있었다.

라디오에서 들려온 속보라는 말이 현호의 귓가에서 맴돌았다.

아마 강설희는 오지 않을 것이다.

'마지막으로 만났던 게 언제였더라.'

생각을 떠올리려고 하니 깊이를 모르는 바다에 잠수하는 기분이었다.

툭.

현호는 고개를 숙여 자신의 다리에 부딪친 것을 바라봤다. 그것은 농구공이었다. 멀리 농구 코트에서 대학생 여럿이 농구를 하고 있었다.

저들의 존재야 현호와는 상관없었지만, 지금 순간만은 지독히도 혼자이고 싶었다.

"죄송합니다."

대학생 하나가 다가와 공을 주워 들며 사과를 했다. 그 순간 현호는 그의 눈을 바라봤다. 미간을 찌푸리자 저 멀리 있는 학생들이 갑자기 행동을 멈췄다.

1996년 이후, 11년이라는 시간이 지났다.

현호의 능력은 한층 더 진화했다.

그는 주변의 사람들에게 자신의 생각을 심을 수가 있었다. 매우 큰 체력 소모가 이어지며, 영원한 것은 아니지만, 그가 원하는 생각과 행동을 소수의 사람들에게 일정시간 유지시킬 수 있었다.

"아……. 왠지, 집에 가고 싶네."

대학생의 눈동자가 잠시 머뭇거렸다. 그러더니 고개를 갸우뚱하며 뒤돌아섰다. 이미 코트에 있는 이들은 짐 가방을 챙기고 있었다.

그들이 모두 떠나자 현호는 찌푸린 얼굴을 폈다. 두통을 느끼며 다시 새 담배를 꺼내 물었다.

"후……."

역시, 이별의 시간에는 혼자인 편이 좋다.

'안녕……. 안녕.'

그 소리 없는 속삭임을 되뇌고 피식 웃는 그때, 적막을 깨는 휴대폰 벨 소리가 들렸다.

*   *   *

"하여간… 가만히 두질 않네."

현호는 코트 안주머니에서 휴대폰을 꺼냈다. 발신지가 미국이었다.

─엘린입니다.

전화 상대방은 미 방산 업체 PA의 엘린이었다.

"예. 얘기하세요."

─마지막으로 한 번 더 물어보려고 전화했어요.

"예."

─정말, 이 사람이 맞나요?

"그럼, 저도 마지막으로 말씀드리죠. 그 사람이 맞습니다."

─하지만, 미국에서 흑인이 대통령이 된다는 건 상상도 할 수 없는 일입니다. 흑인에게 슈퍼팩(정치 후원금)이라니.

"엘린… 그냥, 고 하세요."

─뭐라고요?

"고, 못 먹어도 고고."

─하……. 돈이 얼마나 들어갈 줄 알고 하는 얘기입니까? 아무리 당신이라도 이번 건……. 뭐, 현호 당신에게는 별것 아니

겠지만. 훗, 그런데 정말… 우리가 할 수 있을까요?

"예스 위 캔."

—늘 자신만한 것도 병이에요.

"엘린, 나 지금 실연의 아픔을 겪고 있는데, 전화는 이쯤 합시다."

—배부른 소리.

전화는 툭 끊어졌다. 또다시 바람이 불어온다.

'훗, 차갑네.'

2007년 12월의 겨울바람은 너무 쌀쌀맞았다. 아주 오래도록 기억될 바람이었다.

탁.

차 문이 닫히고, 한강둔치를 빠져나간 차는 서울 도심을 가로질렀다.

강남의 한 건물에 들어가 잠시 멈춘 차는 몇 시간 후 다시 출발해 청담대교를 지나 분당으로 향했다.

속도는 적당했고, 바람은 잦아들고 거세지길 반복했다.

분당에 접어들어 현호는 차창을 열고 거리를 지나는 사람들을 보며 야탑역 인근의 건물로 향했다. 지하 주차장에 멈춘 차에서 그가 내리자 곧바로 경비 안 씨가 다가왔다.

"오셨어요, 세무사님?"

"아휴, 이런 거 하지 마시라니까요."

현호가 차를 끌고 나갔다가 들어올 때마다 안 씨는 마른걸레를 들고 와 그의 차 앞 유리를 닦아주고는 했다. 번거로울

만도 한데 도무지 그치질 않았다.

"제가 좋아서 하는 거라니까요."

"이거 참……. 아, 이거 별거 아닌데……."

현호는 트렁크에서 햄과 식용유가 든 선물 상자 여러 개를 꺼냈다.

"새해 선물이라고 드릴 게 없네요. 다섯 개 가져 왔으니까 하나 씩 나눠 가지세요. 그리고 이건."

현호는 가슴에서 하얀 봉투를 꺼냈다.

"항상 수고 많으십니다. 새해도 오는데 식사들 한번 하세요."

"아이고, 해마다 이렇게……."

"그럼, 저 올라가겠습니다. 그리고 이거 하지 마세요."

"좋아서 하는 거라니까요."

"하하."

현호는 너털웃음을 터뜨리고 엘리베이터로 향했다.

그가 남긴 선물과 봉투를 챙기는 안 씨에게 또 다른 경비가 다가왔다.

"참, 저 양반 사람이 됐어."

"그러니까 말이야. 젊은 사람이 보통이 아니야."

"근데 일은 잘 못한다던데? 손님이 없다네?"

"그게 뭔 상관이야. 저런 사람은 언제든 성공할 사람이야. 그리고 저분이 지난번에 날 도와줘서 세무서에 눈뜨고 코 베일 돈 찾아 줬는걸."

"그래?"

"암, 세무서장이 나와서 나한테 허리를 조아리더라니까, 실수해서 미안하다고."

지난번 양도세와 관련해 현호의 도움을 크게 받은 안 씨였다. 아마 그 뒤였을 것이다. 그의 차가 오면 마른걸레를 들고 뛰어나온 것이.

안 씨는 차의 앞 유리를 정성스럽게 닦고 경비실로 돌아왔다. 마른걸레를 내려놓은 그가 벽을 보고는 한숨을 푹 내쉬었다.

"내가 달력 바꾸라고 그랬잖아. 아직도 저거 걸려 있는 거 소장이 보면 난리난다니까."

"새 달력이 어디 있는지 알아야지."

"왜, 여기 있잖아."

안 씨는 책상 아래에 손을 뻗어 달력을 꺼냈다.

펄럭.

돌돌 말린 달력을 꾹꾹 눌러 펴서는 벽에 걸었다. 달력을 보는 안 씨의 얼굴에 흘러가는 시간을 지켜만 봐야 하는 아쉬움이 담겨 있었다.

"하……. 벌써 2017년이여."

"그러게. 2007년이 엊그제 같은데, 벌써 2017년이라니."

누가 그랬더라.

흘러가는 시간 아쉬워하지 말라고.

"아차."

안 씨는 서둘러 마른걸레를 다시 챙기고 입주자 현황판으로 이동했다.

"어디 보자……."

각 층의 입주자 명단을 훑던 그의 손가락이 5층 501호에 멈췄다.

—세무사 차현호.

안 씨는 선명히 적힌 상호 옆의 '입실'이라는 문구에 동그라미를 그렸다. 아주 진하게.

37장

최종장 여명

2007년, 부산 앞바다.

픽!

갑자기 울린 둔탁한 소리와 함께 박거성은 그대로 옆으로 쓰러졌다. 이어서 몸이 제멋대로 바들바들 떨렸다.

"…왜?"

겨우 입을 열어 물었다. 그러자 남자가 모자를 벗었다. 눈앞이 흐려지는 박거성의 눈에 새하얀 머리카락이 보였다.

정신을 차리려 용을 쓸수록 몸에 힘이 들어가지 않았다. 겨우 다시 눈을 뜨니 이제야 얼굴이 보였다.

"오랜만일세."

남자가 가까이 왔다.

"너……. 너… 너!"

"이름도 잊었겠지. 그게 언제적일인데……. 그래도 친우의 이름을 잊으면 안 되는 것 아닌가? 나, 노진만일세. 명동 큰손 노진만! 너한테 작업당한 노진만!"

외침과 함께 노진만이 소주병을 높이 치켜들었다.

"자… 잠깐!"

순간 소주병이 멈칫하자, 박거성은 파르르 떨리는 입술을 간신히 벌리고 말했다.

"다 주지. 다… 줄게. 내 것… 네… 것… 모두 다."

그 말에 소주병을 치켜든 노진만이 숨을 골랐다. 가슴을 들썩이며 숨을 뱉었다.

"제… 제발……. 제발."

물기가 가득한 눈동자에 노진만의 망설이는 모습이 그대로 비쳤다.

"제발."

2017년 1월 1일.

"담배."

"예."

늙은이의 말에 또 다른 늙은이가 벌떡 일어나 담배를 건네고 라이터를 켰다.

"후……."

담배 연기를 뱉은 늙은이는 '환관'이라 불리는 대한민국의 그

림자이며, 라이터를 붙인 늙은이는,

"박거성, 너 인마, 내가 3밀리로 사오라고 그랬잖아!"

늙은이가 얼굴을 찌푸리며 투덜댔다.

"죄송합니다. 1밀리짜리밖에 없어서."

그러자 늙은이가 손을 높이 치켜들었다. 박거성이 미리부터 한쪽 볼을 찡그렸다.

"어이구."

늙은이는 손을 휘두르는 대신에 천천히 내려서 찡그린 박거성의 볼을 툭툭 두드렸다.

"같이 늙어가는 처지에 이걸 때릴 수도 없고."

"그만해. 게임하는 중인데 뭐 하는 짓이야."

"허이고, 지가 데려왔다고 챙기는 거야, 뭐야."

"지랄. 너는 니 개한테나 지랄해! 왜 남의 개한테 심부름을 시키고 지랄이야?"

"염병……. 그러지, 뭐. 야!"

그 외침에 이번에는 구석에서 조용히 앉아 있던 남자가 튀어 왔다. 신전그룹 강성환 회장이었다.

강성환이 앞에 서자 늙은이는 피우던 담배를 강성환의 얼굴에 집어 던졌다.

"가서 3밀리 사와."

"예."

강성환은 허리를 깊이 숙인 다음, 방을 빠져나왔다.

밖에는 경호원들이 줄을 지어 서 있었다. 그들 사이를 가로질러 엘리베이터 앞에 섰다. 버튼을 누르고, 잠시 기다리는 동안 이를 악물었다.

'죽여 버리겠어. 언젠가는 죽여 버릴 거야.'

강성환은 그 어떤 대가를 치르더라도 그렇게 할 수 있을 거라고 자신을 믿고 있었다.

마침 엘리베이터가 도착했다.

"같이 갑시다."

박거성이었다. 엘리베이터 문이 닫히자마자 강성환은 곁에 탄 그의 멱살을 움켜쥐었다.

"개새끼!"

"…쯧쯧."

멱살을 잡힌 상태임에도 박거성은 혀를 찼다. 강성환, 이놈. 요즘 잘 참는 것 같더니 또 이 지랄이었다.

"이런다고 뭐가 바뀌나?"

"너 때문에! 너 때문에!"

강성환에게 있어 박거성은 모든 일의 원흉이었다.

이 졸부의 제안을 받았고, 그 제안에 차현호를 공격하는 데 협조했다. 그 결과 저 환관들의 개가 됐다.

"내가 원흉이 아니지, 더 높은 놈을 봐야지."

그 말에 강성환은 어금니를 딱딱 부딪쳤다.

"차현호!"

그놈만 생각하면 자다가도 벌떡 일어난다. 한때는 몇 날 며칠을 잠 못 이룬 적도 있었다.

"에잇!"

화를 쏟아내듯 박거성의 옷깃에서 손을 뗀 강성환이 가슴에 고인 열을 씩씩 토해냈다. 박거성은 그 모습을 보며 자신의 옷 깃을 정리하고 나직이 속삭였다.

"서투르게 생각하지 마시게. 저 양반들, 우리 머리 위에 있는 사람들이야. 그저 받아들이고, 기다리게."

"…뭐, 생각이 있는 거야?"

"글쎄. 그저 입을 다무시게. 낮말은 새가 듣고, 밤말은… 누 군가는 듣게 마련이니."

아주, 아주 낮은 목소리였다. 흡사 읊조림에 가까웠다. 강성 환은 턱을 씰룩거리며 콧바람을 연거푸 내쉬었다.

'그래, 그때가 오면 저 개새끼들 다 죽이고, 이 졸부 새끼도 죽일 것이다.'

강성환이 그런 생각을 하며 지금의 현실을 버티고 있는 사 이, 박거성의 머릿속 생각도 별반 다르지 않았다.

'차현호… 나는 너만 죽이면 된다. 너 하나만.'

*   *   *

"자, 오늘은 빼지 마!"

쭉정이 조상식.

"그래, 오늘은 무조건 3차까지 간다!"

태권도 권순태.

"아, 자식들…… 니들 집에 들어가기 싫은 걸 왜 나까지 끌어들여. 나 니들 마누라한테 혼난다."

현호는 녀석들의 재촉에 고개를 내저었다.

"이모, 여기 닭발!"

쭉정이가 재촉하자 눈에 익은 포장마차 여주인이 성큼성큼 다가와 닭발이 담긴 접시를 내려놓았다.

"이모는 무슨! 서로 나이 들어가는 처지에."

포장마차 여주인이 눈을 부릅뜨고 쏘아붙이자 쭉정이가 휙 눈을 피했다. 그러자 여주인은 현호를 돌아봤다. 이번에는 미소가 함박 담긴 얼굴이었다.

"우리 현호 씨는 뭐 드시고 싶은 것 없어요?"

"아… 하하, 저는 뭐."

"말해 봐요."

여주인은 눈을 반짝이며 현호의 귓가에 바싹 다가왔다. 이어서 아주 나직이 속삭였다.

"뭐든 줄 테니까, 뭐든."

하마터면 현호는 소주잔을 놓칠 뻔했다.

"예, 필요하면 말씀드릴게요."

"호호!"

그녀가 경쾌한 웃음소리를 뱉으며 자신의 자리로 돌아가자 태권도가 눈치를 살피며 속삭였다.

"저 아줌마, 너 노린다."

"당분간 여기 오지 말자."

"그러자."

소주잔이 채워질수록, 소주병이 늘어날수록, 쭉정이와 태권도 역시도 술에 취하고 있었다.

"하……. 더러워서 못 다니겠다."

쭉정이는 오늘도 회사에서 한 소리를 들은 듯했다.

"내가 과장이면 뭐 하냐? 아래에서는 치고 올라오고, 위에서는 짓누르고, 무슨 샌드위치도 아니고."

그 한숨에 태권도 역시 한숨으로 화답했다.

"야, 너는 그래도 남한테 굽실거리지는 않잖아? 나는 씨발, 휴대폰 하나 팔려고 별의별 비위를 다 맞춰준다."

"웃기고 있네. 너는 인마, 사장이잖아. 나는 잘리면 갈 데도 없어."

"이 자식 보게? 야, 요즘 사장이 사장이냐? 가게 월세 내기도 빠듯해. 농땡이 치는 알바 애들 월급 주고 나면 남는 게 없어. 지난달에는 집에 백만 원 가져갔다. 마누라가 나 죽이려고 노려보더라."

신세를 한탄하며 누가 더 힘든가를 두고 따지는 두 친구의 모습에도 현호는 흐트러짐 없이 술 한 모금을 삼켰다. 그 중후하고 여유 있는 모습에 쭉정이가 갑자기 인상을 팍 썼다.

"어휴, 억울해! 중학교 때는 내가 저놈보다는 잘생겼던 것 같은데. 순태야, 안 그러냐?"

"야, 아무리 취했어도 우리, 말은 바로 하자. 그건 아니지."

"왜? 내가 좀 잘나갔는데? 대학 때도 인기 짱이었어."

"이 자식, 또 구라치네. 너 지방대 나와서 확인 불가능하다고 아무렇게 지껄이면 안 되는 거야, 인마!"

"이 새끼가 나 지방대 나온 얘기는 또 왜 해!"

급기야 두 사람이 서로의 멱살을 쥐었다. 그 모습에 현호는 기가 막혀서 고개를 휘휘 저었다.

하여간 이 녀석들과 술만 마시면 꼭 끝이 좋지가 않았다.

"적당히 좀 해라, 이것들아!"

쪼르르.

현호는 자신의 잔에 직접 술을 따랐다. 쭉정이와 태권도는 또다시 티격태격하고 있었지만 현호는 둘에 대한 생각보다는 다른 생각을 이어가며 소주잔을 매만졌다.

'형님, 이제 움직이셔야 합니다.'

오전에 강창석에게서 연락이 왔다. 하긴, 이쯤에 연락이 올 거라고 생각은 하고 있었다.

현호는 이호 의원이 대통령이 된 이후 모든 자리에서 물러났다. 그저 조용히, 떠오른 해를 피해 기꺼이 달이 됐다.

그 굳은 결심을 누구도 막지 못했다. 이후로 10년에 가까운 세월 동안 그는 찬대미와 특무부에 일절 관여하지 않았다.

'아, 딱 한 번 있었지.'

아무튼 그 한 번을 제외하고는 아버지의 사업과 여동생의 취업에도 힘을 쓰지 않았다. 그의 삶은 소탈했으며, 크게 가지거나 누리기 위해 욕심내지 않았다.

아이러니하게도 정점에서 내려와 비로소 그는 진정으로 원하는 것을 이루었다.

물론 일에 치여 아등바등 살지는 않았다. 그저 작은 사무실을 하나 내고, 오피스텔을 얻어서 살았다.

부모님과 여동생의 결혼하라는 잔소리를 듣는 것으로 새해를 시작하고, 때 되면 몇 안 되는 고객들의 부가세 신고하고, 연말정산 처리하고, 종합소득세 신고하고.

그러다가 여름이 오면 제주도에 내려가 옛 추억을 이야기하며 별장 식구들과 술 한잔하고, 아, 별장은 이제 FU그룹에서 관리한다.

그리고 몇 해 전에는 그곳에서 미숙이가 결혼식을 올렸다. 지금 현호의 눈앞에서 술을 마시고 있는 태권도 녀석과……

인연이란, 참 알 수 없는 것이다.

"이 시간에 누구지?"

현호는 주머니에서 울리는 휴대폰을 꺼내 들고는 마른침을 꿀꺽 삼켰다. 영상통화였다. 얼른 태권도에게 전화를 넘겼다.

"뭐야?"

"미숙이다."

"헐."

"받아."

"현호야, 처남, 아니, 형님, 이러지마."

태권도의 얼굴이 사색이 됐다. 그러자 쭉정이가 냉큼 휴대폰을 받아 화면에 대고 손가락을 슥 그었다.

"어휴, 제수씨!"

―어디 있어요?

"바로 옆에 있습니다!"

쭉정이는 태권도를 가리켰다. 그러자 태권도가 바닥에 등을 기대고 누워버렸다. 영상통화에 포장마차의 전경을 비추느니 차라리 땅을 비추겠다는 심산이었다.

"여, 여보, 왜?"

―일어나. 누운 거 다 알아.

"무, 무슨 소리야!"

―너, 죽을래?

태권도의 눈동자가 이리저리 흔들렸다. 휴대폰 화면을 통해서도 마누라 눈 한번 쳐다보지 못하는 인생이라니. 그 모습에 현호는 혀를 쯧쯧 찼다.

―일어나!!

째진 목소리가 휴대폰을 통해 넘어오자 태권도는 서둘러 일어나 휴대폰을 들고 밖으로 나갔다. 그 모습을 보며 쭉정이가 픽 웃는다.

"짜식, 남자가 쪽팔리게……."

띠리리, 띠리리.

그때 쭉정이의 휴대폰이 울렸다. 녀석도 냉큼 일어나 밖으로 튀어 나갔다.

현호는 끅끅 웃음을 삼키며 소주잔을 홀로 기울였다.

'형님, 모두가 형님을 기다리고 있습니다.'

계획한 시간은 결국 찾아왔다.

시간은 멈출 수가 없는 법이니까.

하지만 이제 와 돌이켜 보면 왜 그때는 그렇게 달렸는지, 그리고 왜 지금은 또 달려야 하는지, 그 이유가 애매해졌다.

그만큼 현호는 지금 삶에 충분히 만족하고 있었다.

월요일이면 조금 늦게 출근해서 바로 점심으로 순댓국을 먹으러 가고, 화요일이면 지루하니 저녁에 여직원과 술 한잔 가볍게 하고, 수요일에는 TV에서 볼 것도 없으니 영화나 보러 가고, 목요일에는 사람들로 조금 북적이는 거리를 걷고, 금요일에는 불금이라지만 왠지 적적해 홀로 조용한 칵테일 바를 찾고, 토요일에는 여유롭게 서점에 들러 하루 종일 책을 보고, 일요일에는 도장에 가서 어린 친구들과 함께 운동을 하고.

'훗.'

현호는 가죽 재킷을 걸치고 자리에서 일어났다. 그러고는 계산을 끝내고 포장마차를 나왔다. 포장마차 여주인이 현호의 뒷모습을 눈에 담았다.

"저 사람은 참 멋있어."

*   *   *

사람들로 북적거리는 인천공항.

10년 만에 한국에 돌아왔지만 반기는 이도, 기다리는 이도 없었다.

"흡… 하……."

박진숙은 숨을 크게 마시고 내쉬었다.

그리운 대한민국의 공기가 그녀의 가슴을 채웠다. 눈앞을 지나는 수많은 사람을 바라보며 그녀는 잠시 상념에 잠겼다.

10년을 미국에서 생활했다. 그 시간 동안 많은 일이 있었다. 마치 인생의 희로애락을 그 사이 모두 겪은 느낌이었다.

"엄마."

허리 아래서 들리는 목소리에 박진숙은 고개를 숙였다. 그녀의 딸이 눈을 크게 뜨고 그녀를 보고 있었다.

"왜?"

"나, 배고파."

"우리 딸, 배고파?"

박진숙은 무릎을 굽혀 딸과 눈높이를 맞췄다. 딸아이의 고운 이마에 흐트러진 머리카락을 살며시 뒤로 넘기며 미소와 함께 딸아이를 바라봤다.

"뭐 먹고 싶어?"

"흠, 뭐 먹을까……. 아, 엄마가 해준 팬케이크!"

"훗."

박진숙은 딸을 품에 안았다.

"엄마, 근데 아빠가 한국에 도착하면 전화하라고 했는데, 나이따 아빠하고 통화해도 돼?"

"미국은 지금 밤이야."

"아, 그래? 그렇구나."

"훗."

딸의 등을 천천히 쓸어내린 박진숙은 일어나 딸의 손을 잡았다.

'일단은 서울로 가서……'

한국에 온다는 것을 아무한테도 알리지 않았다.

이혼 위자료가 있으니 당분간 버티는 데 어려움은 없을 것이다. 거기에 그녀가 가진 경력이라면 피아노 학원 강사 정도는 할 수 있을 것이었다.

"우리 딸, 이제 갈까?"

"어디로?"

"엄마하고 어디든."

"오케이!"

"훗."

하지만 박진숙은 딸의 손을 잡고 한 발자국도 떼지 못했다. 그녀 앞에 한 무리 사람이 다가왔다. 검은 양복 차림의 그들은 누군가를 경호하고 있었다.

다가온 그 누군가는 지팡이를 쥐고 있었다. 머리카락에는 백설이 내려앉았고, 미소 띤 입술은 예전보다 더 주름져 있었다.

"…할아버지."

박진숙은 왈칵 눈물을 흘렸다.

"왔냐."

박한원 의원은 자신의 손녀에게 다가갔다. 그리고 고개를 숙인 손녀를 안고 그 등을 툭툭 두드려 줬다.

"고생 많았다."

"죄송해요."

"죄송할 것도 많다. 뭐가 죄송해? 사람이 살다 보면 그럴 수도 있지. 누군들 원하는 삶만 살겠냐."

10년 만에 안는 손녀였다. 박한원 의원의 얼굴이 착잡함으로 물들었다. 그렇지만 이내 고개를 숙인 그의 얼굴에는 환한 미소가 폈다.

"네가 리틀 박진숙이구나."

"리틀 박진숙?"

"하하!"

사진으로는 이미 봤지만 실제로 보는 것은 처음이었다.

박진숙이 딸에게 말했다.

"아영아, 할아버지에게 인사드려야지."

"할아버지?"

아영이는 외증조부를 처음 봤다. 그래서인지, 아니면 낯선 이에게 호기심을 느낀 건지 눈을 크게 뜨고 고개를 갸우뚱했다.

"하하하!"

박한원 의원은 그 모습에 껄껄 웃었다. 어쩜 이렇게 작고 예쁘단 말인가.

"너 내가 누군지 아니?"

"할아버지."

아영이가 해맑은 미소를 지으며 말했다.

"그래, 내가 네 할아버지야. 이 대한민국에서… 가장 멋있는 할아버지지!"

박한원 의원이 몸을 숙이자 경호원들이 놀라서 머뭇거렸다. 얼마 전 심장마비로 한 번 쓰러진 적이 있었기에 극도로 몸조심해야 했다.

"어이쿠!"

긴 시간이 흘러 처음으로 안아보는 증손녀였다.

박한원 의원이 아무리 대한민국을 움직이는 실세라 한들, 그깟 이국땅 비행기 한번 타면 된다 한들, 그럴 수밖에 없는 사연이 담긴 시간이었다.

"그럼 우리 아영이, 서울 구경시켜 줄까? 하하하!"

박한원 의원의 웃음소리가 그 어느 때보다도 유쾌했다.

＊　　　　＊　　　　＊

"야, 지금 룸에 있는 사람, 송승국이지?"

밖으로 나온 룸 웨이터를 여직원들이 붙잡고 물었다.

"예, 좆나 잘생겼어요."

"옆에 있는 사람은 누구야?"

"몰라요. 그 사람도 연예인 같던데요? 잘생겼더라고요."

"우와… 역시 끼리끼리 노네."

밖에서 일어난 이 작은 소란과 달리 룸 내부는 고요했다.

현호는 송승국이 건넨 잔을 받으며 미소를 띠고 있었고, 송승국 역시도 자신의 잔에 채워지는 주황빛 술을 바라보며 씨익 웃고 있었다.

"시간 참 빠르다."

송승국이 술잔을 입술에 가져가며 푸념을 뱉었다.

"그러게."

현호는 잔을 쭈욱 들이켰다. 그런 뒤 잘게 썬 수박 한 조각을 집으며 넌지시 물었다.

"승국아, 너 그 친구와는 잘 되는 거야?"

송승국은 현재 중국의 유명 여배우와 만나고 있었다. 이제 나이가 있으니 결혼을 해야 하는데, 그가 잘나가는 연예인이라는 점도 있었고, 그 유명 여배우의 나이가 어린 것도 있어 쉽지만은 않아 보였다.

"뭐, 잘 만나고 있다. 그러는 너는?"

"자식, 바로 복수하네……. 훗, 내가 내 무덤을 팠다."

자신에게 향한 질문에 현호는 피식 콧바람을 뱉었다.

"너, 그 사람은 다시 안 만나?"

송승국은 넌지시 강설희에 대해서 물었다. 그녀 역시도 여전히 혼자였기 때문이다.

"그 사람… 좋은 사람 만나야지."

"흠……. 난 모르겠다. 너희 둘의 사랑이 애틋한 건지, 지독한 건지."

송승국은 고개를 가로저으며 짓궂은 미소를 보였다.

현호는 강설희에 대한 생각을 뒤로하고 술 한 모금에 허전한 마음을 채웠다.

서로의 길이 다르다 보니 오늘처럼 송승국과 만나는 일은 그리 잦은 편이 아니었다. 지난 10년 동안 열 손가락 안에 꼽을 횟수였다. 그럼에도 두 사람이 친구라는 사실은 변함이 없었다.

"조세은, 기억하지?"

송승국이 다시 물었다. 배우 조세은.

현호가 고개를 끄덕이자 송승국이 계속해 말했다.

"그 친구가 너하고 자리 좀 마련해 달라고 하더라."

"혹시라도 이 자리에 불렀으면 너 오늘 나한테 죽는다."

"개새끼……. 불렀겠냐? 네놈 성격을 아는데."

"훗."

잔이 다시 채워지고,

"조세은 나쁘지 않잖아? 걔 괜찮은 애야. 이 바닥 있으면서 유혹 다 뿌리치고, 한결같이 좋은 작품만 찾아서 움직이는 애야. 그 때문에 롱런하고 있고……. 물론 네가 도와준 것도 있지만."

일전에 조세은에게 위기가 닥친 적이 있었다.

그녀가 신인 시절, 소속사 매니저와 잠시 만남을 가진 적이 있는데, 그때 매니저가 그녀의 노출 사진을 몇 장 챙겨두었던 모양이었다. 그러다가 조세은이 영화제에서 여우주연상을 받으며 자리를 잡자 그녀에게 자신이 세운 매니지먼트사에 들어오라고 협박을 한 것이다.

그래서 그녀의 소속사 사장이자 배우인 송승국은 그녀와 상담 후, 굳은 의지로 그 제안을 거절했다.

인터넷이 들썩인 것은 그 다음이었다. 조세은의 과거라고 사진이 한 장 올라왔다. 노출 수위는 낮았지만, 그 다음 수위는 높을 것이라는 경고성 게시물이 올라온 것이다.

"그때, 네 도움 덕에 조세은 살았잖아. 나도 살았고."

송승국은 현호에게 도움을 청했고, 현호는 그때 딱 한 번 찬대미의 손을 빌렸다.

거짓말처럼 게시물은 사라졌고, 인터넷에 그와 관련한 기사, 심지어 댓글조차도 흔적 없이 사라졌다.

이후 송승국은 언론을 통해 배우 조세은과 관련한 음해성 기사 및 댓글에는 강력 대응하겠다고 밝혔고, 얼마 안 있어 백여 명의 악성 댓글을 단 네티즌과 4명의 기자를 고소했다. 또한 문제의 매니저에 대한 처분 역시도 가차 없이 처리했다.

이후 여론의 방향은 배우 조세은에 대한 동정론으로 바뀌었고, 소속사의 대처와 그녀의 용기에 아낌없는 박수를 보냈다. 동료 연예인들은 그녀를 응원했으며, 그 일이 전화위복이 되어 배우 조세은의 인생에 새로운 지평이 열렸다.

"한번 만나봐."

"됐어, 인마."

현호는 그때도 조세은을 만나지 않았다.

물론 송승국에게 자신이 나선 일을 함구할 것을 다짐 받은 이유도 있었지만, 그녀라고 현호의 개입을 모르지는 않았을 것이다. 송승국이 기댈 사람이, 또 이런 드라마 같은 반전을 만들 사람이 누가 있었겠는가.

"왜? 너 진짜 혼자 살 거야? 연애도 안 하고?"

"야, 그만 좀 해라. 부모님도 포기한 걸 왜 네가 난리야."

현호가 픽 웃으며 술잔을 기울이자 송승국은 술 한 모금을 입에 담고 이마를 찌푸렸다.

"후……. 현호야."

"또 무슨 얘기를 하려고 그렇게 무게를 잡어."

"진짜 잘 생각해 봐. 조세은, 그 여자 좋은 사람이야. 너한테 내조 잘할 거고, 널 정말 사랑할 여자야."

현호는 이번에는 침묵으로 대답을 대신했다.

송승국의 말에 충분히 공감하고 있었다. 예쁘고, 착하고, 생각이 깊은 여자.

배우 조세은이 그런 사람이다. 과거의 허물은 그녀 탓이 아니었다. 그저 그런 놈을 사랑했을 뿐이다.

"자, 한 잔 더 해."

술병을 집으려고 송승국이 손을 뻗었다. 그때 조심스럽게 룸 안의 공기를 흔들며 문이 열렸다. 송승국의 매니저였다.

"형님, KIS 국장님이 근처에 왔다고 잠깐만 보자는데요?"

"아, 진짜… 나 그 드라마 안 할 거라니까?"

"아는데, 우리 아직 KIS 방송국이랑 계약 남았어요."

"후……."

진득한 한숨을 내쉬는 송승국의 모습에 현호는 피식 웃으며 자리에서 일어났다.

"야, 왜 일어나?"

"가봐, 인마."

"야!"

현호는 송승국의 어깨를 툭 한 번 두드려 주고 룸을 빠져나왔다. 롱 코트 자락을 흩날리며 나오는 그의 모습을 룸 웨이터가 넋 잃고 바라봤다.

"하……."

밖으로 나오니 찬 공기에 입가에서 하얀 입김이 피어올랐다. 현호는 문득 대학 시절을 떠올렸다.

추운 겨울 어느 날, 텅 빈 운동장을 바라보며 하얀 입김을 내쉬던 그때를.

인근의 사설 주차장으로 들어간 현호는 주차 직원에게 다가갔다.

"선생님, 혹시 대리기사 번호 좀 알 수 있을까요?"

"예, 여기."

직원이 명함을 건넸다. 현호는 명함에 적힌 휴대폰 번호를 누르며 자신의 차에 도착했다. 그런데 차 문을 열던 그가 멈칫했다.

현호는 차에 타지 않고 맞은편에 세워진 차로 향했다. 그리고 망설임 없이 조수석에 올라탔다.

"오랜만입니다."

"예, 오랜만입니다."

현호는 고개를 돌려 운전석을 바라봤다. 희끗희끗한 갈색 머리카락을 가진 백인.

"…한국에는 언제 왔습니까?"

"오늘 도착했습니다."

릭 카터는 현재 FBI 국장으로 재임 중이었다.

"카터… 많은 시간이 지났습니다."

"알고 있습니다. 그래서 미스터 차, 당신을 찾아온 겁니다."

"카터, 당신도 내가 움직이기를 바라는 겁니까?"

질문을 했지만 그다지 의미 없는 질문이었다.

카터는 현호보다 뒤이은 시기인 2025년에서 온 회귀자였다. 그리고 그 시기에 그는 현호를 봤다.

현호의 기준에서는 있을 수 없는 일이었지만, 카터의 말이 사실이라면 분명 일어난 일이며, 또 앞으로 일어나게 될 일이다.

"말했잖습니까. 신이 내 앞에 당신을 보낸 것은 내게 또 다른 임무를 주신 거라고."

"훗, 난 신을 믿지 않는다니까요."

"믿고 안 믿고는 중요한 것이 아니죠. 신은 그 모든 것을 예상하고 우리의 길을 준비해 뒀으니까."

예전의 현호는 카터의 이런 맹목적인 종교관에 지레 겁을 먹어 두려움을 느낀 적이 있었다. 그래서 론다 윤을 통해 카터를 살해하려고 했었다.

물론 그 계획은 중지되었고, 이후 카터는 현호의 충실한 조력자가 됐다.

"오늘 찾아온 이유는 당신에게 내가 본 것을 얘기해 주려고 왔습니다."

카터의 말에 현호는 눈을 부릅떴다. 천천히 고개를 돌려 카터의 옆모습을 보니, 설핏 미소를 띠고 있다.

"지금부터 내가 하는 얘기는 한 치의 거짓이 없는 진실이라는 점을 미스터 차가 알아줬으면 합니다."

당부의 말과 함께 얘기를 꺼낸 카터는 긴 시간을 들여 자신이 보았고, 경험한 미래를 이야기했다.

현호는 그 모든 이야기를 담담히 들었다.

차 안에 서리가 끼고, 이슬이 맺힐 쯤에 이야기는 끝이 났다.

"그것이 2025년의 릭 카터가 본… 내 마지막입니까?"

카터는 대답 없이 고개를 끄덕였다.

현호는 짧은 한숨 뒤로 차에서 내렸다. 문을 닫기 전 그는 카터를 향해 말했다.

"미래는 바뀌는 법입니다."

그러자 카터가 대답했다.

"만약 그렇다면 그 미래 역시 당신이 바꾸게 될 겁니다."

릭 카터의 차는 바로 떠났고, 현호의 차는 한 시간 남짓 후에 주차장을 떠났다.

*　　　　*　　　　*

"아휴, 일본 놈들은 맨날 지랄이야."

사무실 여직원이 라디오 뉴스를 들으며 얼굴을 찌푸렸다. 한일 관계가 과거사 문제로 악화 일로를 달리고 있다는 뉴스였다.

하지만 과거사 문제는 늘 끊임없이 이어지는 다툼이니 새삼스러울 것도 없었다.

"쟤들은 한번 밟아야 해요."

여직원이 젓가락을 나누며 분통을 터뜨렸다.

현호는 그녀의 거침없는 언사에 피식 웃었다.

"밟는 것도 체력이 있어야 하는 거야. 그러니까 맛있게 먹자고."

점심은 보통 밖에 나가서 먹지만 1월은 부가세 신고 기간이기 때문에 빨리 점심을 해치우고 업무를 보는 편이었다.

"근데 사장님."

"왜?"

올해로 삼십 대에 접어든 여직원은 현호와 작년부터 같이 일하는 중이었다. 성격이 싹싹하고, 눈치가 좋은 친구였다.

"사장님이 여기 관둔 직원들한테 냉장고 한 대씩 선물했다는 거 사실이에요?"

또 가끔은 이렇게 직설적이다.

"사준 거 아니고 선물. 그리고 결혼으로 관뒀을 때만."

"그러니까 저 결혼하고 관두면 냉장고 사주시는 거예요?"

"글쎄, 여태까지 이렇게 노골적인 직원은 없었거든?"

현호는 짬뽕을 저으며 그녀를 바라봤다.

"그럼 무조건 결혼하고 관둬야겠네."

"왜 짬뽕을 앞에 두고 김칫국을 찾아. 어서 먹어, 먹고 일합시다."

현호는 피식 웃으며 젓가락을 들었다. 얼큰한 짬뽕을 보니 왠지 술 한잔이 생각났다.

그런데 사무실 문이 열리고 예상치 못한 손님이 찾아왔다.

"여기가 그 유명한 세무사 차현호의 사무실입니까?"

장충도였다. 사무실 입구에서 그가 실없이 웃고 있었다.

"웬일이야?"

현호는 젓가락을 두고 일어났다. 여직원도 서둘러 입술을 닦고 일어나려 하자, 현호는 괜찮다는 손짓을 하고 장충도와 함께 사무실을 나왔다.

"그냥 먹고 나오지. 나 담배 한 대 피우고 있을게."

"괜찮아. 저 친구 대식가야."

건물 옥상으로 장소를 옮기자 장충도는 담배를 입에 물고 심각한 얼굴을 기울였다.

"형, 뭐 문제 있어?"

장충도는 지난 10년 사이 현호에게 도움을 청해온 적이 없었다. 그는 이제 특무부에 없어서는 안 되는 존재로 성장했고, FBI의 도움을 받는 것은 현호가 특무부를 떠나기 전 만든 '빅트리 징수법'으로 인해 큰 어려움은 없었다.

"다른 게 아니고 성형외과 하나를 검찰이 두드렸나 봐."

"검찰이?"

"응, 병원 과실로 환자가 사망했거든."

"그런데?"

현호 역시도 담배를 입에 물었다. 장충도가 라이터를 건넸다.

치익.

"그런데 문제는 검찰이 병원 컴퓨터를 압수했는데, 거기서 녹음 파일이 나온 거야."

"녹음 파일?"

"응, 병원 사무장이 머리를 쓴 거지. 세무서에 뇌물 갖다 바칠 때마다 증거랍시고 남긴 거야. 그게 재수 없게 이번에 걸린 거지."

"후⋯⋯. 그래서?"

"그래서 검찰에서 특무부에게 사건을 넘겼는데⋯ 뭔가 이상한 게 걸렸어."

얘기를 멈춘 장충도의 표정이 심상치가 않다.

담배 한 대를 다 태우고서야 그가 다시 입을 열었다.

"빅트리 징수법으로 최대한 뻗어봤는데, 아무리 찾아도 상대방의 정보가 안 나오는 녹음 파일이 있었어. 대화는 일본어였고."

"일본어? 병원 사무장은 뭐라는데?"

"입을 열지 않아. 10년이든, 20년이든 차라리 감옥에 있겠대."

"그래서 끝내 못 찾은 거야?"

"아니⋯⋯. 결국 단서는 찾았어."

특무부 서장 장충도다. 쉽게 자리를 지키고 있는 것은 아닐 터.

"누군데?"

"일본 쪽이야. 아직 명확한 것은 없는데⋯⋯. 나는⋯ 일본 총리 쪽인 것 같다는 생각을 하고 있어."

"총리?"

예상치 못한 인물의 등장에 현호는 눈을 찌푸렸다. 담배 연기만이 두 사람 사이에서 모락모락 피어오를 뿐이었다.

"후……. 재밌는 건 특무부에 있던 그 녹음 파일이 사라졌어."

"뭐?"

"현호야, 이거 장난 아닌 것 같다. 구멍가게나 들락거리는 좀 생이인 줄 알았는데, 알고 보니 거물이야. 훗……. 구멍가게는 껌 하나 사러 들렀나 보다."

꽁초를 쓰레기통에 버린 장충도는 실없이 웃고 있었다. 현호는 그 모습을 보다가 나직이 물었다.

"힘들어?"

"훗……. 그냥 너도 알고 있으라고. 조사는 계속할 거야. 정 막히면 그때 부탁할게. 자, 이거."

장충도는 주머니에서 USB 메모리 하나를 건넸다.

"녹음 파일 사본이야. 집에서 들으려고 따로 만들어뒀던 건데, 너도 하나 가지고 있어라."

"형……."

"알아, 이거 똥인 거 아는데, 너는 똥도 피할 놈이잖아."

"훗."

"그럼, 나 갈게. 따라오지 말고… 나중에 한잔하자."

현호는 옥상을 내려가는 장충도를 바라보며 새 담배를 꺼내 입에 물고 손에 쥔 USB 메모리를 바라봤다.

장충도가 여기까지 와서 무거운 얘기를 늘어놓고 갔다. 현호에게 부담이 될까 봐 좀처럼 특무부 관련해서는 얘기를 꺼내지 않던 그였는데.

'흠⋯⋯.'

일본 총리라.

장충도가 오버하는 걸까, 아니면 방향을 잘못 잡은 걸까.

그게 어찌 됐든 특무부 내에 있는 녹음 파일이 삭제됐다는 것은 분명 단순하게 넘어갈 문제가 아니다. 어쩌면 그것이 더 장충도의 의지를 불태웠는지도 모른다.

'아무래도⋯ 한번 알아봐야겠네.'

현호는 이 일이 장충도가 해결하기 어려울 것이라는 것을 직감했다.

"후⋯ 어찌 됐든 가만히 두질 않는구만."

강창석은 현호에게 복귀할 것을 재촉하고 있었고, 장충도는 이런 무거운 사건을 들고 왔다. 하필이면 지금, 마치 운명이 그에게 움직이라고 종용하고 있는 것처럼 말이다.

"후⋯⋯."

어쩌면, 한가로이 피우는 담배도 이게 마지막일지 모른다는 생각이 든다.

*　　　　*　　　　*

"빠가!"

어둡고 칙칙한 방.

조명 하나와 그 아래 놓인 책상, 떨고 있는 여자, 그리고 눈을 찌푸리고 있는 의문의 남자.

짝! 짝!

남자는 여자의 뺨을 계속해 때렸다. 급기야 여자의 입술이 터지고, 하얀 볼에 상처가 났지만 개의치 않았다.

"후……."

남자는 잠시 호흡을 가다듬은 데 이어 책상에 놓인 가방을 들어 그대로 뒤집었다. 탈탈 털자 그 안에서 소지품들이 쏟아졌다.

남자는 손을 뻗어 명찰로 보이는 물체를 손에 쥐었다. 파란 줄이 걸린 플라스틱 조각이 그의 손에 대롱 매달렸다.

"mbs 기자 윤아리."

남자의 중얼거림에 윤아리는 눈을 치켜떴다. 통증과 두려움으로 얼굴이 덜덜 떨렸지만 자존심까지 떠는 것은 아니었다.

"씨발… 너 나한테 무슨 짓을 하고 있는 건지 알아?"

"알지, 쥐새끼 한 놈 붙잡았지. 아니, 한 년인가?"

윤아리는 '환관'이라는 대한민국의 그림자를 취재하던 중이었다. 그녀는 가능한 모든 인맥을 동원해 그림자의 꼬리를 찾았고, 그 꼬리를 더듬어서 일본까지 왔다.

"나 안 풀어주면, 외교 문제로……."

짝!

풍성한 머리카락이 바람에 휘날리듯 크게 흐트러졌다.

남자는 그녀에게 바싹 고개를 들이밀었다. 그의 포악한 손이 그녀의 머리카락을 한 움큼 붙잡고 잡아당겼다.

"윽!"

강제로 고개를 치켜든 윤아리는 입술을 아득 깨물고 남자를 노려봤다.

"독한 년…… 너는 이제 끝났어. 평생 노예처럼, 개처럼, 핥으라면 핥고, 기라면 기는 삶을 살게 될 거야."

"미친 새끼… 내가 보험도 없이 여기까지 왔을 것 같아?"

"훗."

남자는 윤아리의 머리카락을 손에서 놓고 다시 물러났다. 피식 웃으며 그녀를 바라봤다.

"네가 누구에게 무슨 얘기를 했든 상관없어. 어차피 이 일본 제국에서 밤사이 사라진 한국 년에 불과할 뿐이야."

"날 찾을 거야."

"찾으라고 해. 못 찾을 테니, 훗."

"아니, 그들은… 그 사람은… 날 찾을 거야."

윤아리의 눈동자에 독이 스며들고 있었다.

남자는 범상치 않는 그 눈을 보며 되물었다.

"그 사람?"

"그래… 그 사람."

＊　　　＊　　　＊

다음 날, 현호는 평소보다 사무실에 일찍 출근을 했다. 아직

여직원은 출근하지 않아서 홀로 여유롭게 커피를 타서 책상에
앉았다.

'흠⋯⋯.'

밤사이 장충도에 대한 생각을 이어봤다. 그리고 현재 자신의
위치에 대해서도 다시 고민을 이어봤다.

딱히 결론은 나오지 않았다.

움직이는 것은 어려운 일이 아니다. 문제는 멈추는 것이다.

현호는 그것이 얼마나 어려운지 잘 알고 있었다. 그래서 망
설이고 있었다.

'사람이라는 게⋯ 참 간사하군.'

과거의 모든 것을 내려놓을 때, 현호는 다시 돌아갈 것이라
계획했다. 그날, 이호 의원에게 얘기한 것처럼 대한민국을 뿌리
째 바꾸리라 생각했다.

하지만 월요일부터 일요일까지의 세무사 차현호의 평범한 일
상이 그의 마음에 녹을 새기고 말았다.

누가 보면 비웃을지도 모른다.

대업을 앞둔 사람이 고작 월요일에 먹는 순댓국에, 토요일에
책을 보는 즐거움에, 그깟 별 볼 일 없는 것들 때문에 대업을
포기하겠다니.

현호는 이호 의원에게 더는 생각하는 것에 지쳤다는 말을
한 적이 있다. 그런데 이 지친 머리는 또 끊임없이 생각하고 있
었다.

'내가 정말⋯ 그래도 되는 걸까.'

이 일은 게임이 아니다. 셀 수 없는 수많은 사람, 그들의 삶이 바뀔지도 모른다.

그래도 해야 하는가. 그럴… 가치가 있는가.

희생인가, 만용인가.

띠리리, 띠리리, 띠리리……

현호는 아침부터 불길하게 울리는 휴대폰 벨 소리에 생각을 멈췄다. 그건 마치 강제로 생각을 정리하게 만드는 브레이크 같았다.

"차현호 세무사입니다."

전화를 받은 현호는 굳이 자신의 현재 위치를 말했다.

─현호야, 나 최 조사관이다.

현 국세청장 최영식.

"무슨… 일이세요?"

현호는 최 조사관의 목소리에 심장이 내려앉는 기분이었다. 얼굴이 절로 일그러진다.

─충도가… 죽었다.

"예?"

머리끝이 저리는 느낌이었다. 현호는 주먹을 꽉 쥐었다.

─어제… 트럭에 치였어.

최 조사관은 장례식장의 위치를 알려주고 전화를 끊었다. 충격 속에서 현호가 전화를 놓기 무섭게 또 다른 전화가 왔다.

"…여보세요."

─나 최복규 기자일세.

"무슨 일입니까?"

현호의 목소리는 더할 나위 없이 가라앉았다.

—윤아리가… 일본에서 사라졌어.

현호는 침묵했다.

—취재하던 게 있었는데, 일본 총리 쪽과 관련이 있을 거라고 했어. 현호야… 아니, 차 선생… 윤아리가 더 이상 찬대미는 아니지만, 그 아이에게는 한때 찬대미였다는 자부심이 있었네. 살려주게, 내… 아내를… 제발 살려주게.

끊어진 전화를 두고 현호는 눈을 감았다. 머릿속이 고요함으로 물들었다. 어둠이 내려온 밤, 별 하나도 뜨지 않은 밤, 그 밤처럼 암흑에 갇혀 버렸다.

"어? 사장님 벌써 출근하셨네요. 좋은 아침입니다."

사무실 문이 열리고, 들어온 여직원의 목소리에 현호는 그제야 눈을 떴다. 하지만 그의 눈빛은 더 이상 세무사 차현호가 아니었다.

"사… 장님?"

너무도 섬뜩하고, 너무도 침울해서 여직원은 놀라서 움직이지 못하고 그를 바라봤다.

"미스 김… 이제 그만 출근해도 돼."

"예? 왜, 왜요? 저, 잘리는 거예요?"

현호는 자리에서 일어났다. 휴대폰을 다시 챙기고 코트를 품에 안으며 말했다.

"사무실 그만 정리할 겁니다."

"관두시는 거예요? 물론 파리가 날리기는 하지만……."

여직원의 당황한 목소리.

현호는 어깨에 코트를 걸치고 그녀를 바라봤다.

"이제 끝내려고."

그는 그대로 그녀를 지나쳤다. 사무실을 나서기 전에야 걸음을 멈추고 말했다.

"물건들 정리하고, 고객들에게 사정 설명하고, 고객들 자료는 요 앞의 윤영훈 세무사한테 넘겨. 그 친구, 일 좀 하더라. 그리고……."

현호는 마지막이라는 듯이 여직원을 보며 미소를 보였다. 그녀의 어깨를 툭툭 두드리며 말했다.

"그리고… 결혼할 때 연락해요. 좋은 거 사줄게."

농담이라도 한마디하고 싶었지만 지금은 입을 여는 게 고작이었다. 분노가 현호의 심장을 짓누르고 있었다.

"사장님… 그동안 감사했습니다."

"그동안, 고마웠어요."

＊　　　　＊　　　　＊

2017년 2월 xx일. xx투자증권 시장 리스크 관리부서.

"아휴… 속이 너무 쓰리네."

의자를 붙잡고 자리에 앉은 윤 대리는 어젯밤 과음으로 인해 뱃속이 말이 아니었다. 화장실을 벌써 몇 번째 들락거렸는지 셀 수가 없을 정도였다.

치이!

편의점에서 사온 숙취 해소 음료와 알약 하나를 입에 문 그는 정신을 가다듬고 모니터를 바라봤다.

아침 9시면 대한민국의 주식시장이 열린다.

윤 대리의 주 업무는 매일 국내 주식시장의 변동 추이를 확인하고 이를 토대로 만에 하나 회사에 발생할 위험을 미연에 방지하고 관리하는 것이다.

물론 하루 종일 모니터만 쳐다보고 있는 것은 아니었다. 그 밑에도 사원은 있었고, 이것만 붙잡고 있기에는 몸이 열 개라도 부족한 판이었다.

순자본비율 산정(NCR), RAMS(위험평가제도) 평가 관리, 운용부서 리스크 관리, 리스크 기획, 전략 수립까지.

일일이 정리하고 위에 보고할 일이 태산이었다.

"아이고, 속이야."

그래도 매일 아침마다 장이 열리는 것은 꼭 봐야 한다. 대한민국이 기지개를 켜는 순간이기 때문이다.

"흠……."

윤 대리는 딸깍딸깍 마우스로 클릭하며 주변을 슬쩍 살폈다.

얼마 전 동생이 FU그룹 계열사의 주식을 샀다고 했다. 그때는 자신에게 묻지도 않고 주식을 하는 동생을 핀잔했지만, 사실 FU그룹은 건실한 편이니 손해는 없을 것이다.

다만 특별한 호재가 없는 한 FU그룹에서 드라마틱한 수익을 얻는 것은 기대할 수 없다.

띠딕, 띠딕.

오전 8시 50분으로 알람을 맞춰놓은 모니터 앞의 탁상시계가 울렸다.

그 소리에 윤 대리는 속이 울렁거리는 기분이었다. 서둘러 알람을 끄고 잠시 눈을 감았다.

"어?"

다시 눈을 뜨니 정확히 8시 59분. 깜빡 존 모양이다.

윤 대리는 게슴츠레 눈을 뜨고 모니터 화면을 바라봤다.

정각 9시.

"어?"

순간 윤 대리는 눈을 깜빡였다.

"응?"

뭔가 잘못 봤나 싶어서 책상에 놓아둔 안경을 집어 귓바퀴에 걸치고 모니터를 바라봤다.

FU유통의 어제 종가는 282,000원.

그런데 9시 1분에 주가가 변동이 생겼다.

지금은 342,000원.

"응?"

윤 대리가 눈을 크게 떴다.

"어?!"

9시 3분이 되자 363,000원.

9시 7분이 되자 421,000원.

가파르게 상승하고 있다.

"뭐야… 여기 호재가 있을 게 없는데."

동시호가가 터졌다고 해도 이렇게 수직 상승하는 주식은 처음 봤다. 윤 대리는 손을 뻗어 전화기를 붙잡아 친구인 증권사 딜러에게 전화를 걸었다.

"야, FU유통 무슨 일 있냐?"

─야, 말도 마. FU그룹 전 계열사 주가가 움직이고 있어.

"뭐?"

수화기를 귀에 붙인 채, 윤 대리는 서둘러 마우스를 쥐고 또 다른 모니터에 비친 화면을 연거푸 클릭했다. 물론 그 사이에도 FU유통의 주가는 계속 오르고 있었다.

─그뿐 아니라 소유그룹 주식도 오르고 있어. 아, 아니야… 주식시장 전체가 움직이고 있어. 곧 사이드카 발동이…….

"대체 무슨 일이야?"

윤 대리의 머릿속 사고가 정지한 순간.

갑자기 휴대폰이 울리기 시작했다. 여기저기서 이 상황에 놀라 그에게 문자를 보낸 것이다.

'꿀꺽.'

마른침을 삼킨 윤 대리는 어떻게든 생각을 해보려고 했다.

'미국이 금리를 내렸나?'

그런 얘기는 들어본 적도 없고, 따로 전달받은 사항도 없다. 설사 그런 일이 있다 하더라도 이렇게 하룻밤 사이에 시장이 급변하진 않는다.

"세상에……."

윤 대리는 결국 손에서 마우스를 놓았다. 모니터 화면의 주식 창이 전부 상한가를 나타내는 빨간색이다. 흡사 컴퓨터 오류처럼.

띠리리.

넋을 놓고 있던 윤대리는 책상에 놓인 전화기가 울리자 전화기를 향해 손을 뻗으려 했다. 그런데 그가 별안간 행동을 멈췄다.

띠리리.

동료의 전화기가 울렸다. 윤 대리가 동료의 책상을 바라보는데, 또 다른 책상에서 전화벨 소리가 울렸다.

띠리리, 띠리리.

소리는 사무실 전체로 퍼졌다.

띠리리, 띠리리, 띠리리.

아니… xx투자증권 건물 전체로 퍼지고 있었다.

*　　　　*　　　　*

한국에 이상기류가 발생한 이때, 미 백악관에서는 최근 한일 관계와 북핵 문제를 주제로 미중(美中) 정상 간의 전화 통화가 이어지고 있었다.

물론 이는 극비로 진행되는 사항이었다.

"일본의 도발이라고만 하기에는 무리가 있지 않습니까."

미 정상의 말은 통역을 거쳐 중 정상에게 넘어갔다. 중 정상이 즉각 반박했다.

"일본의 행동은 도를 넘어서고 있습니다. 미국 측이 계속 그렇게 묵인하고 방조하면 우리 중국은 마냥 묵인할 수가 없습니다."

"중국 측의 입장은 충분히 이해하고 있습니다. 하지만 우리는 이 일을 충분한 시일 내에 본래의 궤도로 돌릴 수 있다고 봅니다."

"우리도 미국의 입장은 이해하고 있습니다. 그렇지만 비단 일본이 야욕 그 이상의 태도를 보인 적이 한두 번이 아닙니다. 이미 우리 중국은 국제 정서와 평화를 고려해 과거 일본이 저지른 숱한 만행을 묵인하고 용인했습니다. 한국처럼 눈치만 살피고 있었던 게 아니란 뜻입니다."

"어차피 일본은 대중국에 영향을 미치지 못합니다."

미 정상의 대중국이라는 발언에 통역이 잠시 고민하다가 단어와 뜻 그대로 통역을 했다. 그러자 잠시 대화가 멈췄다.

단어 하나에도 숨은 의도를 고려해야 하는 이 복잡한 세계에서는 상대에게 하는 칭찬마저도 신중해야 한다. 그렇기 때문에 좀 전, 미 정상의 대중국이라는 발언은 굉장히 이례적인 단어 선택이었다. 만약 해당 발언이 언론에 노출되면 백악관은 곤혹스러운 상황에 빠질 수도 있었다.

"흠……. 하지만 일본의 헌법 9조 개정은 절대 안 됩니다."

중 정상의 목소리는 누그러들었지만 자신들의 입장을 굽히

지는 않았다.

"알겠습니다. 그 부분은 저희가 조율을 하죠."

"좋습니다. 그럼, 저희도 지난번 일은 그대로 묻겠습니다."

지루한 대화 끝에 서로가 하나씩 양보하고 하나씩 가졌다. 잃은 것이 클지, 얻은 것이 클지는 당장이 아닌 앞으로 가봐야 알 것이다

—연결 종료 하겠습…….

양국의 통역사가 전화 통화가 끝났다고 생각하는 찰나, 갑자기 미 정상이 다시금 입을 열었다.

"지금 새로운 소식을 받았는데 그쪽도 알고 있습니까?"

"새로운 소식? 뭘 말입니까?"

중 정상이 묻자 미 정상이 잠시 뜸을 들여 대답했다.

"…지금부터 하는 통화는 철저한 보안이 약속돼야 합니다."

미 정상의 말에 통역이 눈을 찌푸렸다.

대체 무슨 일일까.

여태 있었던 얘기도 최상의 보안을 필요로 하는 일이건만, 그럼에도 지금 철저한 보안을 얘기한다는 것은.

"알겠습니다. 얘기하시죠."

"미스터 차가 움직입니다."

그 말과 함께 양측의 소리가 멈췄다. 중국 측 통역은 하마터면 주석의 '흡!' 하고 놀란 숨소리까지 통역할 뻔했다.

잠시 뒤, 중 정상이 얘기를 이었다.

"우리 둘 다 그에게 빚이 있다는 걸 알고 있습니까?"

"알고 있습니다."

"어떻게 할 겁니까?"

"그가 원하는 대로 해줘야죠."

"…그것이 설사 전쟁이라 하더라도?"

미 정상이 잠시 대답을 망설인다. 그렇지만 답은 이미 나와 있다.

"그가… 원한다면."

*　　　*　　　*

소유그룹 분당 신사옥.

지하 1, 2층 주차장과 지상 3층까지의 주차 시설에 차들이 꽉 들어찼다. 하나같이 고급차들의 향연이었으며, 비서진과 보좌관을 대동한 이들도 있었다. 차에서 내린 이들은 얼굴이 잔뜩 상기돼 있었고, 어떤 이는 눈물을 글썽이는 이들도 있었다.

사람들은 신사옥과 조금 떨어진 곳에 위치한 대강당으로 향했다.

"대체 무슨 일이야?"

휴무일임에도 출근을 한 직원들은 까닭 모를 상황에 당황하고 있었고, J 보안 업체에서 나온 3백여 명의 보안 요원이 2미터 간격으로 로비와 강당 주변을 지키고 있었다.

대략 2천여 명의 사람이 대강당에 집결했다. 그들의 면모는 하나같이 놀라웠다.

국회의원, 경제인, 의사, 연구원 등 다양한 직종의 사람들이 고루 있었다. 심지어 연예 기획사 대표도 있었다.

강당에 사람들이 들어차고, 로비는 잠시 고요해졌지만, 이내 안에서 환호성이 들썩였다. 1시간 가까이 그 환호성이 끊이질 않았다.

대체 저들이 누구를 보러 온 것일까.

저들 앞에서 연설을 하고 있는 존재는 누구일까.

궁금할 법도 했지만 보안 요원들은 잔뜩 긴장한 채 자리를 지켰다.

한편 그들을 총괄하는 J 보안 업체 대표 강태강은 대강당 밖에서 담배를 태우며 흥분을 가라앉히고 있었다.

'대한민국이… 드디어 바뀐다.'

이 날을 얼마나 학수고대했단 말인가.

물론 내일 당장 달라지는 것은 아니다.

'아니야……. 달라진다.'

그래, 이미 달라지고 있다. 새로운 대한민국이 태동하고 있다. 그리고 저 안의 2천여 명이 강태강과 같은 생각을 하고 있을 것이다. 2017년이 오기를 손꼽아 기다렸을 것이고, 오늘을 기다리느라 흥분으로 밤을 지새웠을 것이다.

띠리리, 띠리리.

강태강은 가슴 속에서 울리는 휴대폰 벨 소리에 순간 눈을 질끈 감았다가 떴다. 예민해진 감정에 심장이 제멋대로 들썩이고 있었다.

"어, 말해."

—거의 다 왔습니다. 곧 도착할 겁니다.

"알겠다."

전화가 끊어지고, 강태강이 뒤를 돌아봤다. 그러자 대기하고 있던 그의 부하 직원들이 곧 도착할 상대를 맞이하러 분주히 움직였다.

"후……"

강태강은 피우던 담배를 털어내고 강당 앞 쓰레기통에 꽁초를 버린 후 로비로 들어갔다. 때마침 강당 안에서 귀에 익은 목소리가 넘어왔다.

"우리는 동등하다."

"우리는 함께한다."

"우리는 멈추지 않는다."

"우리가 대한민국의 힘이다."

"우리가 찬대미다!"

"우와와와!"

강당이 울린다. 땅이 진동한다. 세상이 덜덜 떨고 있다.

"하… 하하."

강태강은 들썩이는 웃음을 참을 수가 없었다. 지금의 감정 무어라고 표현을 할 수가 없었다.

아마 모두가 그럴 것이다.

아마 모두가.

　　　　　*　　　　*　　　　*

"안에서 기다리고 있습니다."

연설이 끝나고, 찬대미 회원들이 각자의 일상으로 흩어지고 나자 현호는 강태강의 안내를 받아 신사옥 건물로 이동했다.

3층 접견실에 도착하자 한 무리 경호원이 긴장한 채 서 있었다. 옷차림을 보니 J 보안 업체 직원들은 아니었다.

현호는 접견실 문 앞에서 잠시 멈췄다. 최대한 냉정을 유지하고 있지만 지금까지의 연설로 흥분한 상태였다. 이 상태로 안에 들어가면 전쟁이나 다름없었다.

그러니 잠시 호흡을 가다듬었다.

딸칵.

문을 열고 들어갔다. 그 안에 머리가 희끗희끗한 남자와 통역으로 보이는 젊은 여자가 앉아 있었다. 현호는 맞은편에 앉으며 바로 본론을 꺼냈다.

"윤아리를 풀어주는 데 몇 분이면 됩니까?"

통역이 눈을 끔뻑이다가 마른침을 삼키고 통역을 했다.

"それは(그건)……"

남자는 당황해하며 손수건으로 이마에 흐른 땀을 닦아내고 있었다. 현호는 다시 말했다.

"대사… 내가 당신들 일에 관심을 갖게 하지 말아요. 서로 곤란해지니까."

통역이 이어졌다.

현호는 계속해 말했다.

"오늘 밤 8시까지입니다. 그 안에 그녀의 자유가 보장되지 않으면 나는 나만의 방식으로 이 일을 처리하겠습니다. 그리고 그 방식이 시작되면 당신들은 나를 막지 못합니다."

미처 통역이 끝나지 않았지만 현호는 자리에서 일어났다. 밖으로 나가자 대기하고 있던 강태강이 서둘러 다가와 또 다른 보고를 이었다.

"청와대 라인에서 연락이 왔습니다. 대통령께서 저녁에 뵙자고……"

"아직 집행부 회의가 끝나지 않았습니다. 직접 오라고 하세요."

현호의 싸늘한 대답과 멀어지는 그의 등을 보면서 강태강은 기쁨의 미소를 여지없이 드러냈다.

"…진짜, 차현호가 돌아왔구나."

*   *   *

집행부는 여러 가지 사안을 논의했지만 가장 주된 사항은 현호의 보궐선거 출마였다. 이 때문에 지금 한누리당과 민정당의 원내 대표들이 줄기차게 연락해 오고 있었다.

그들은 단지 이번 보궐선거만을 보고 있는 것이 아니었다. 차현호가 움직인 순간부터 다음 대선은 결정이 난 것이다.

보궐선거 당선 후에 바로 대선 출마?

상대는 차현호다.

긴 시간을 웅크린 채로 승천할 날만을 기다려 온 용이다. 누가 감히 불가능하다고 말할 수 있단 말인가.

그렇다면 차현호를 누가 품느냐에 따라서 여야가 뒤바뀐다.

하지만 현호에게 있어 저들의 제안은 하등 고려 대상이 아니었다.

물론 보궐선거를 거쳐야지만 대선에 출마할 수 있는 것도 아니었다. 일반인도 대선에 출마할 수는 있다. 그럼에도 집행부는 현호에게 보궐선거 출마를 제안하고 있었다.

집행부 최강한은 이를 두고 파동이라고 정의했다.

고요한 강에 돌 하나가 떨어지면 파동이 일어난다. 하나 아무리 큰 돌을 던져도 파동은 한 번으로 끝이다.

그렇지만 돌이 하나가 아니라 두 개라면, 세 개, 네 개, 다섯 개라면… 그 여러 개의 파동이 부딪친다면. 그때는 부딪친 파동으로 인해 물살이 치솟아 오른다.

현호가 대한민국의 대통령이 되려면 그 힘찬 물살이 필요했다.

회의는 저녁까지 계속 이어졌다.

단순하게 보궐선거와 대선만을 논하는 자리가 아니었다. 현호가 바꿀 세상, 그 세상을 본격적으로 논의하고 있었다. 서로의 제안이 구체화되고, 현호의 비전이 그것과 합쳐지는 과정은 마치 우주의 탄생을 이룬 빅뱅의 순간과도 같았다.

그러는 도중에 책상에 놓아둔 현호의 휴대폰이 울렸다.

띠리리… 띠리리… 띠리리.

난상토론이 이어지고 있던 회의실의 모든 소음이 일순 멈췄다. 현호는 휴대폰을 향해 손을 뻗었다.

"엘린."

―대기 중이에요. 어떻게 할까요?

현호는 잠시 벽에 걸린 시계를 바라봤다. 그의 시선을 따라 집행부의 시선이 시계로 움직였다.

시침이 8, 분침이 12를 벗어나는 순간 현호는 대답했다.

"고."

*　　　　*　　　　*

2017년 2월 xx일 18시 01분. 일본 규슈 앞바다.

귀에 걸친 무선 장비에서 명령이 떨어지자 함장은 곧바로 잠망경에 눈을 가져갔다.

바다는 출렁였지만 그 속은 더할 나위 없이 고요했으며 거대한 잠수함은 어떠한 흔들림도 않았다.

미 방산 업체 PA의 첨단 기술이 집약된 잠수함이다. 일본의 전자 레이더 탐지 장비는 집 안에 손님이 오고가는 동안 잠잠히 있을 것이다.

함장은 이마를 찌푸린 채로 육지를 수놓은 불빛을 주시했다. 전자 망원경이 화면을 표시하고는 있지만 그는 이런 아날로그적인 방식을 선호하는 남자였다.

"현 시간 20시 01분. 익일 03시에 작전 시행한다. 목표는 미야자키 에비노 육상자위대 주둔지 내에 억류된 한국인 윤아리의 확보."

그의 속삭임에 곁에 있던 부함장이 바로 재창했다.

"현 시간 20시 01분. 익일 03시에 작전 시행한다. 목표는 미야자키 에비노 육상자위대 주둔지 내에 억류된 한국인 윤아리의 확보!"

함장은 잠망경에서 눈을 떼고 등을 휙 돌렸다. 부함장이 서둘러 뒤를 따라왔다.

좁은 함 내를 지나는 함장의 발걸음이 빠르다.

두 사람이 도착한 곳에는 선원들과 더불어 한 무리의 전투 용병이 대기하고 있었다. 그들의 시선은 함장의 얼굴을 바라봤고, 함장은 고개를 끄덕였다.

"고."

작전이 시작된다.

*   *   *

언젠가 장충도는 그런 말을 한 적이 있다.

"현호야, 나는 죽어도 널 따라간다. 그곳이 어디든, 설사 그 앞에 불구덩이가 있다 해도… 나는 너와 함께 가겠다."

현호는 그 말을 깊이 신뢰했다. 장충도라는 남자의 시작을 보았고, 그 삶의 발자취를 함께 걸어온 현호였다. 그 신뢰로 인해 현호는 한 가지를 분명히 할 수 있었다.

'어떤 순간, 어떤 장애물에도, 장충도는 나를 믿고 따라온다.'

이는 인간관계의 복잡한 계산이 만들어낸 답이 아니었다. 그저 직감으로 알 수 있었다.

장충도가 현호에게 무한한 신뢰를 보였듯 현호 역시도 그가 자신을 배신하지 않는다는 것을 믿었고, 그의 입이 거짓을 만든다 해도, 거짓의 이면에 숨은 진심을 믿었을 것이다.

그런데 이제는 장충도를 볼 수가 없다.

쏴아아…….

결국에는 장충도를 떠나보내야 하는 날이 찾아왔다.

하늘에서는 장대비가 쏟아지고 있었고, 전국에서 찾아온 수많은 이가 그를 보내주려 장지를 찾았다.

장충도의 아내 한유라는 다부진 여자였다. 그녀는 눈물을 꾹 참고, 남편의 가는 길을 미소로서 보내주려 노력하고 있었다.

현호는 장충도의 마지막 가는 길에 끝까지 함께했다. 그 역시도 눈물 한 방울 흘리지 않고 침묵으로 일관했다.

쏟아지는 비를 고스란히 맞았다. 그 비로 인해 그의 등에서는 안개처럼 열기가 피어올랐다. 마치 들끓는 용암이 뜨거운 수증기를 내뿜는 것처럼.

역린(逆鱗).

차현호라는 용이 역린을 찔린 건지도 모른다. 그래서 눈은 고통스러워하고 있는데, 그 얼굴은 고요하게 아픔을 견디고 있었다.

장지에 참석한 누구도 그에게 말을 붙이지 못했다. 그저 그가 홀로 있도록 자리를 비켜주었을 뿐이다.

그러는 사이 어제까지 평평했을 땅에는 봉분이 솟고, 그 앞에는 묘비가 세워졌다.

장충도의 어린 두 딸은 지금의 현실을 잘 알고 있었다.

장지를 찾은 누군가는 딸들은 이만 내려 보내자고 했지만 한유라는 단단한 눈으로 일언지하에 거절했다.

아이들이 아버지의 마지막 가는 길을 봐야 한다고 했다. 자랑스럽고, 대한민국 세부(稅務)의 역사를 바꾼, 앞으로 길이 이름을 남길, 자신들의 아버지를.

장지가 끝나자 사람들이 산을 내려갔지만 한유라는 모두가 내려갈 때까지 장충도의 앞을 지켰다.

현호는 그녀의 모습을 보면서 문득 그런 생각이 들었다.

어쩌면 그녀는 지금 장충도와 얘기를 나누는지도 모르겠다.

당신, 참 잘 살았다.

당신 보려고 이렇게 많은 사람이 왔다.

당신… 먼저 가서 기다리고 있어라.

"고생하셨어요."

모두가 내려가고 현호와 한유라만이 남았다.

그녀의 모습은 지쳐 보였다. 슬픔은 오롯이 그녀의 몫인 것 같았다.

"형수님, 고생 많으셨습니다."

현호는 그녀를 바라보다 끝내 눈시울을 붉혔다. 그 강인한 차현호가 눈물을 흘렸다.

그것이 방아쇠를 당긴 걸까.

한유라도 끝내 무너지고 말았다. 그녀는 입을 틀어막고 주저앉았다. 꾹꾹 신음을 삼키며 눈물을 흘리는 그녀의 모습에 현호는 어금니를 아득 깨물었다.

"형수님."

그는 무릎을 굽혔고, 주저앉은 그녀의 어깨에 손을 얹었다.

"갚아줄 겁니다. 이 일에 관련된 모두… 제가 처리합니다."

그 말에 한유라가 고개를 치켜들고 입술을 깨물었다. 그러고는 눈을 부릅뜨고 현호를 마주 봤다.

"부탁드려요… 꼭."

현호는 그녀를 추스르고 산을 내려왔다. 그가 내려오자 강창석이 곧바로 우산을 펼쳐서 다가왔다.

"창석아."

"예, 형님."

"담배 한 대만 줘라."

"예."

치익.

현호는 깊이 담배를 빨아들였다. 이 맛이 그리워서 피우는 게 아니었다.

장충도에게 담배 한 대 주고 싶었는데, 하필 비가 와서.

"후……."

"윤아리 기자, 깨어났다고 합니다."

사흘 전, 미 해군과 미 방산 업체 PA 소속 용병단이 공조해 윤아리의 탈출 작전을 시행했다.

소요 사태는 일어나지 않았다. 용병단은 깔끔하게 침투해 몇 명의 일본 자위대 군인을 잠재우고 윤아리를 빼왔다.

이후 PA의 첨단 기술이 집약된 잠수함은 규슈 앞바다를 벗어나 완도 앞바다에서 찬대미 측에 윤아리를 인계했다.

찬대미가 윤아리를 인계받았을 때, 그녀는 몸 상태가 말이 아니었다. 그래서 곧바로 병원으로 이송됐고, 병원은 J 보안 업체와 PA에서 파견한 용병들이 지켰다.

물론 일본은 침묵할 뿐이었다.

그들은 무슨 일이 벌어졌는지조차도 모르고 있었다. 그저 자신들이 붙잡은 여자 하나가 사라졌을 뿐이니까.

'하지만… 정말 모르고 있을까.'

알지만 모르는 척하는 걸까, 아니면 또 다른 역공을 준비 중인 걸까.

현호는 그 어느 쪽이라도 상관없었다. 이쪽에서는 공격을 멈출 생각이 없으니까.

"강 대표는?"

현호는 강태강을 언급했다.

"말씀하신 일, 처리하고 있을 겁니다."

현호는 반쯤 남은 담배를 우산 밖으로 내밀었다. 그 상태로 있으니 빗방울이 닿아 담배가 꺼졌다.

치익.

하얀 연기가 왠지 모르게 산을 향해 흘러간다.

"형님… 잘 가시게."

*　　　　*　　　　*

항구 앞 물류 창고는 전국으로 흩어질 화물이 가득 적재돼 있었다.

평소라면 트레일러 운전기사들이 속속 도착해야 할 시간이 었지만 이날은 물류 창고 앞이 조용했다. 그저 검은 차 몇 대 와 남자 몇 명이 창고 앞을 서성일 뿐이었다.

딸칵.

누군가 물류 창고에 불을 켜자 미소를 띠고 있는 강태강과 의자에 묶여 있는 남자의 모습이 나타났다.

"그러게, 왜 입을 다물고 있었어?"

강태강은 비에 젖은 코트를 벗었다. 부하 직원이 곁으로 다 가와 그의 코트를 건네받았다.

"당신, 지금 무슨 일이 벌어졌는지 알아?"

강태강은 계속해 말했고 남자는 대답을 할 수가 없었다. 입 에 재갈이 물려 있었기 때문이다. 소매를 걷으며, 강태강은 남 자를 노려보고 얘기를 계속했다.

"성형외과 병원 사무장이면… 성형수술 하는 덴 문제없겠네? 아, 잘린 건 성형이 아니고 접합이지?"

"으으으으!!!"

남자가 발버둥을 쳤다. 눈동자 속에서 깊은 두려움이 날뛰고 있었다.

"에이, 복잡하게 생각하지 마. 팔다리 없어도 살고, 눈 하나 없어도 살아. 그래도 다행인 줄 알아. 내가 통나무 장사하는 놈이었으면, 너 아주 제대로 분해해서 전국 팔도, 아니, 저 멀리 중국 대륙에 내가 도매 급으로 넘겼을 거야."

"으으으!!"

"뭐라는 거야."

강태강은 마지막으로 셔츠 단추 한 개를 풀고 손을 내밀었다. 그러자 직원이 그에게 도끼를 건넸다.

"잘 봐."

강태강은 묶여 있는 남자에게 다가가 도끼를 눈앞에 드리웠다.

"막 시끄럽게 하면, 이 도끼가 지 맘대로 날뛸 수도 있어, 알겠어?"

"으으!"

강태강은 남자가 고개를 끄덕이자 입에 물린 재갈을 풀었다.

"다, 말할게요."

남자는 지체 없이 얘기를 꺼냈다. 그러자 강태강이 헛웃음을 뱉었다.

"뭐라는 거야?"

"다, 다 말할게요. 모두 다."

"너… 내가 뭐 캐려고 널 데려온 줄 알아?"

"…예?"

"허……."

강태강은 고개를 휘휘 저으며 직원을 돌아봤다. 그러자 직원이 담배를 꺼내 그의 벌린 입에 가져왔다.

치익.

"후……. 어이, 아저씨."

"예, 예!"

"우리 이미 다 알아."

"그, 그게 무슨……."

"세상은 말이야, 공평하지가 않아. 신은 말이지, 공평하지가 않아. 뭔 말인지 알아?"

남자는 멍하니 강태강을 바라봤다. 그래서 강태강은 이마를 찌푸렸다.

"에잇, 나도 좀 멋있는 말 좀 해보려 했더니만."

그런다고 차현호처럼 될 리가 없겠지만.

"아무튼 말이야. 누구는 그저 전화 한 통만 하면 세상 모든 걸 다 가지거나, 다 알 수가 있는 법이야. 심지어 그런 사람들은 라면 하나 부셔 먹을 동안에도 세상을 움직이는 법이거든."

"그… 그게 무슨."

"무슨 뜻이겠어? 당신… 그런 '누구'를 건든 거야."

"사, 살려주십시오. 살려주십시오!!"

"왜? 10년이든, 20년이든 큰집에 있겠다며? 왜? 그 공무원은 좆나 우스워 보였는데, 나는, 그 누구는⋯ 무섭나 보지?"

비아냥거리는 말투와 달리 강태강의 얼굴 표정은 싸늘했다.

"후⋯⋯."

지금 남자는 강태강이 담배를 천천히 태우기를 간절히 바라고 있었다. 그런데 그가 담배를 끄더니 도끼를 움켜쥐었다.

"제, 제발!"

남자가 단말마의 비명을 지르자 강태강이 또 헛웃음을 보였다.

"오버한다."

잠시 행동을 멈추고 남자를 바라보던 강태강이 뭔가 생각난 듯 등 뒤의 직원을 돌아봤다. 어리지만 똑똑한 놈이라서 데리고 다니는 놈이다.

"진아."

"예, 대표님."

"난 말이야, 그 사람이 좋다."

현호는 이 일을 직접 지시했다. 녀석은 궂은일을 남에게 맡겨놓고 홀로 발을 뺄 생각 같은 것은 애초에 하질 않는 놈이다.

"난 녀석이 정말 좋아. 격식을 차리지 않거든."

현호는 생각을 굳히면 움직인다. 그 뒤로는 그냥 '고' 한다.

강태강이 그동안 봐온 더러운 인간들, 풍경이나 구경하며 남들 눈치 살피고, 제 먹을 것 두고 고민하는 늙은이들과는 차원이 달랐다.

넘어져서 바지에 흙이 묻든, 비로 인해 온몸이 젖든, 설사 누군가 그런 모습을 보고 비웃든… 차현호는 그런 것들에 상관하지 않고, 그냥 '고' 한다.

"진아."

도끼를 쥔 강태강의 팔뚝이 꿈틀거린다.

"예, 대표님."

"불 꺼라."

*　　　　*　　　　*

"이런… 요즘 시대에 밀실 정치도 아니고."

한누리당 대변인 이동명.

그는 지금 막 강남의 교경이라는 식당에 발을 들였다.

주차를 마친 그의 얼굴에 여러 가지로 불만이 가득했다.

장관 출신의 아버지를 둔 덕에 이동명은 지금까지 무난한 길을 걸어왔다. 남들에게는 어려웠을 정계 입문도 그에게는 어른 몇 분에게 문안 인사를 드리는 것으로 쉽게 해결했다.

하지만 그렇다고 그가 아무런 능력이 없는 것은 아니었다. 괜스레 당의 대변인 역을 하는 것은 아니다.

그만큼 눈치가 좋았고, 준비도 철저했으며, 머리도 남에게 지지 않을 자신이 있었다.

거기에다가 최근에는 한일 관계로 인한 당의 입장을 정리하기 위해서 기자들과 잦은 만남을 갖다 보니 방송 노출도 빈번한 편이었다. 영민한 그는 스타일리스트까지 뒀고, 그 덕에 지난달에는 '호감 가는 정계 인물'로 경제 잡지에 실리기까지 했다.

그런 그가 교경에 도착한 것이다.

그것도 이 새벽에.

'새벽 2시…… . 에이, 노인네들이 잠도 없어.'

한숨과 짜증은 차 안에서만 허용된다. 밖으로 나가면 적당히 근엄해야 하고, 적당히 미소 지어야 한다.

"후… 흡!"

숨을 크게 들이쉬고, 이동명이 차에서 내렸다. 입구에서 대기하고 있던 교경의 직원이 그를 안내했다.

안에 누가 왔냐고 물어보고 싶었지만 그다지 의미 없는 질문이다. 곧 보게 될 터이니 말이다.

드르륵.

미닫이문이 열리고 안으로 들어선 이동명은 하마터면 넋 놓고 입을 벌릴 뻔했다.

청와대 정무수석, 비서실장, 검찰청장, 경찰총장, 국방장관, 한누리당 박한원 의원, 민정당 민정욱 의원, 대한은행 총재까지.

'꿀꺽.'

이동명이 마른침을 겨우 삼키고 구석 자리에 조용히 앉았다. 그러자 바로 이어 드르륵, 하는 소리와 함께 다시 문이 열렸다.

누군가 싶어 고개를 돌린 이동명은 재빨리 자리에서 일어났다. 아니, 모두가 자리에서 일어났다.

"오셨습니까, 대통령님."

박한원 의원이 미소와 함께 말했지만 대통령은 굳은 얼굴이었다. 그를 상석에 앉히고 모두가 다시 자리에 착석했다.

"의원님, 지난번에 쓰러지셨다고?"

대통령이 박한원 의원을 보고 물었다.

"별것 아닙니다."

"몸 생각하셔야지."

"걱정해 주셔서 고맙습니다."

이동명은 둘의 대화를 들으면서 숨을 죽인 채 눈치를 살폈다.

지난번 박한원 의원이 쓰러졌을 때, 대통령은 찾아오지도, 연락하지도 않았다. 지금의 말투 역시 그냥 집에서 쉬지 여긴 뭐 하러 나왔냐는 투다.

"장관님."

대통령이 국방장관을 바라봤다. 그러자 국방장관이 잠시 심호흡을 하고 얘기를 꺼냈다.

"오늘 오전 7시, 쿠릴 열도에 러시아 전투기가 출력했습니다. 교전 직전까지 갔다는 얘기가 있습니다. 그리고 윤아리 기자… 그 일로 일본의 헌법 9조 개정 움직임이 가속화될 것 같습니다."

대통령은 잠시 생각하는 데 이어 대한은행 총재를 바라봤다.

"총재님."

"벌써 열흘째 일본 니케이 지수가 출렁이고 있습니다. 폭락과 폭등을 반복하고 있습니다. 정상이 아닙니다. 외인들은 떠나고 있고, 공매도 세력은 날뛰고 있습니다. 의도적인 개입이 분명합니다."

탁.

순간 테이블 위에 놓인 술잔들이 흔들렸다. 대통령이 그 작은 주먹으로 테이블을 내려친 것이다. 가라앉은 적막 속에서 박한원 의원이 입을 열었다.

"흠……. 어쩌시겠습니까. 그를 건든다는 것은 미국과 중국 같은 강대국의 심기를 건드는 것과 다름없는데."

"뭐라고요?"

대통령이 눈을 찌푸려 박한원 의원을 흘겨봤다. 당장에라도 호통을 내려칠 시선이었다.

그러자 박한원 의원이 입맛을 쩝 다시고, 술잔을 들어 입에 머금었다. 술에 번들거리는 입술로 그는 말했다.

"대통령님, 그자들 손, 이제 놓으십시오. 더 버티시면… 이 여행, 끝까지 완주 못 하실 수도 있습니다."

그 말에 대통령의 눈이 커졌다. 지켜보던 이동명 역시도 놀라서 절로 입을 벌렸다.

'의원님이 미쳤나?'

이동명이 그 같은 생각을 하는 사이에도 박한원 의원은 멈추지 않았다.

"그들이 청와대를 압박하고 있는 것 알고 있습니다. 하지만……."

박한원 의원이 고개를 가로저었다. 호흡을 가다듬더니 다시 애기했다.

"하지만… 그들 얘기는 병신들의 헛소리입니다."

"뭐… 라고?"

박한원 의원이 폭주하는 것일까.

이동명은 이 방 안의 공기에 압도돼 심장이 짓눌리는 듯한 통증을 느꼈다.

"대통령님, 상대는 '그 사람'입니다. 여태 조용히 있었다고 침묵했던 것이 아닙니다. 그의 손과 발이 부지런히 움직이고 있었습니다."

"차현호가 나랑 전쟁이라도 하겠다는 겁니까?"

대통령의 입에서 갑자기 등장한 이름에 모두의 얼굴이 굳었다.

'차현호?'

처음 듣는 이름이지만 이동명은 그 이름을 바로 머리에 새겼다.

"훗……. 대통령님, 정말 전쟁이 된다고 생각하십니까?"

대통령은 더 이상 입을 열지 않았다. 박한원 의원이 계속해 말했다.

"차현호를 상대할 수 없습니다. 차현호를 건들면, 차현호가 움직이는 게 아닙니다. 그 아래, 그 밑에 숨은, 그 뒤에 암묵하고 있던 이들이 움직입니다. 당장 지난 선거 문제부터 대통령님의 발목을 잡을 겁니다. 잊으셨습니까? 누가 대통령님을 그 자리에 모셨는지?"

침묵, 그리고 침묵.

"그래서 그때도 말씀드렸습니다. 그들의 손을 잡지 마시라고. 하⋯⋯."

"내가⋯ 나 홀로 여행을 중단할 거라 생각합니까?"

대통령이 박한원 의원을 노려봤다.

그러자 박한원이 잠시 사람들을 물렸다. 단둘이 방에 남자 박한원이 입을 열었다.

"제가 나서지 않았어도, 차현호는 언젠간 움직였을 겁니다. 이 세상이 바뀌기를 바라는 것은, 나 혼자만이 아닙니다."

"의원님, 왜 그렇게 변했습니까?"

"내 마음은 검은색이었습니다. 그런데 녀석의 마음은 색이 없더이다. 그래서 내 색이 녀석한테 물들 줄 알았는데, 어느 순간 보니까, 나도 그 무색의 마음이 가지고 싶더란 말입니다."

"당신은⋯ 그럴 수 없다는 거 아시잖아요? 지금도 보세요. 차현호를 수면에 끌어 올리려고 그 수하를 죽이고, 그와 관련한 여자를 함정에 빠뜨리고⋯ 차현호가 알게 되면⋯⋯."

"훗⋯⋯."

박한원 의원은 미소를 보였다. 정확히는 그가 저지른 것이 아닌, 그저 모르는 체했을 뿐이다. 그런 일이 벌어질 것을 그저 지켜만 봤을 뿐이다. 그리고 누군가는⋯ 그 짐을 짊어져야 했다.

박한원 의원은 흥분한 대통령의 얼굴을 보며 미소를 지우고 다시 얘기를 이어갔다.

"전, 곧 죽을 몸입니다. 설사… 차현호가 죽은 나를 부관참시(剖棺斬屍)한다 해도, 나는 후회하지 않습니다. 단지… 죽은 친구에게 미안할 뿐이죠."

그 말과 함께 박한원 의원은 자리에서 일어났다. 깊이 허리를 숙여 인사를 하고 뒤돌자, 대통령이 고개를 들어 물었다.

"어디 갑니까?"

"미안한 친구에게 술이나 한잔 따르러 갑니다."

드르륵.

박한원 의원이 밖으로 나와 이동명을 바라봤다.

"가지."

둘이 서둘러 식당을 빠져나왔다. 뒤를 따라 나온 이동명이 망설이다가 물었다.

"대체 차현호가 누구입니까?"

"내가 왜 자네를 이 자리에 오라고 했는지 아나?"

그를 향해 박한원이 미소를 보였다.

"저는 잘……"

"자네가 다음 세대를 이끌 인재이기 때문이야."

"그게 무슨……"

"보는 눈이 많아. 요 앞에서 다시 보지."

박한원 의원은 대기하던 보좌관의 부축을 받아 자신의 차에 올랐다.

'박승아.'

그녀는 이동명이 남모르게 짝사랑하는 여자였다.

박한원 의원을 태운 차가 교정을 빠져나갔다.

이동명은 다음 세대를 이끌 인재라는 박한원 의원의 말을 곱씹으며 그 뒤를 뒤따랐고, 박한원 의원의 차는 그리 멀리가지 않아 길가에서 멈췄다. 그 뒤에 차를 세운 이동명이 먼저 내리자, 박한원 의원이 박승아의 부축을 받아 차에서 내렸다.

"이보게."

"예, 의원님."

이동명이 가까이 다가가려 하자 박한원 의원이 고개를 가로저었다. 그래서 적당히 간격을 두고 멈추자, 그가 눈을 찌푸리고 갑자기 목소리를 높였다.

"사내새끼가, 마음에 둔 여자한테 고백 한 번도 제대로 못 해서 어디다 써먹어!"

"예?"

영문을 몰라하는 이동명을 보며 박한원 의원은 박승아의 부축에서 벗어났다. 그는 자신을 바라보는 딸을 마주 보다가 그 하얀 얼굴에 손을 얹었다. 늙은 손의 주름과 매끄러운 피부가 너무도 안 어울린다.

"승아야."

"예, 의원님."

"한 번 불러줄래?"

"예? 뭘……."

"불러봐라. 내가 늘 말하고 싶었던 대로… 나 한 번 불러봐."

박승아는 머뭇거렸다. 이동명의 눈치를 살폈다.

"어서."

그제야 입술을 꾹 깨물었다. 그녀의 눈시울이 붉어지고, 조심스럽게 입술이 벌어졌다.

"아버지."

"훗, 그래."

둘의 대화에 이동명은 여태까지보다 한층 경악했다. 저 둘이 부녀란 말인가. 그럴 리가 없는데.

"저놈하고 차 한잔 마시고 와. 나는 혼자 갈 테니까."

"의원님?"

"왜? 내가 운전도 못 하는 팔푼이야?"

"그게 아니라, 몸도 성치 않으신데."

"너도 날 무시하는 거냐?"

"아, 아닙니다."

"가, 너도 저 자식 마음에 들잖아. 오늘은 왠지⋯ 드라이브가 하고 싶어서 그래."

"의원님⋯⋯."

"이거 참, 자식새끼 시집보내기가 이렇게 어려워. 훗⋯ 승아야."

"예."

"내 딸⋯ 승아야."

"예."

눈물에 화장이 흘러내린 딸의 모습을 잠시 보던 박한원이 이동명을 쳐다봤다.

"너 진짜 멍청이처럼 있을 거야!"

불호령이 떨어지자 이동명이 정신을 차리고 서둘러 다가왔다. 그러더니 박승아를 향해 눈을 질끈 감고 말했다.

"가요. 차, 차, 한잔해요."

그 모습에 박한원 의원이 혀를 끌끌 찼다.

"지랄하네. 인마… 썸인지 뭐시기 탈 때는 그냥 확 잡아당기는 거야!"

박한원 의원은 그 말을 힘껏 내뱉고 홀로 차에 탔다.

박승아는 여전한 머뭇거리며 그의 차가 멀리 사라지는 것을 지켜봐야 했다.

다음 날.

박한원 의원은 자신의 차 안에서 싸늘하게 식은 주검으로 발견됐다. 장충도의 묘가 위치한 곳이었다.

*　　　　*　　　　*

누군가는 큰 별이 졌다고 했다.

또 누군가는 대한민국의 현대사가 마침표를 찍었다고 했다.

심지어 일부 의원들은 박한원 의원의 장례식을 국가장으로 치러야 한다는 주장을 펴기도 했다.

장충도에 이어 박한원 의원까지.

차례로 먼저 떠나는 이들의 모습을 보면서 현호는 착잡함을 금할 수 없었다.

"형님, 다 왔습니다."

장례식장 주차장에 현호를 태운 차가 멈췄다.

"그래."

현호는 대답을 하고 잠시 생각에 잠겼다.

'박한원 의원⋯⋯.'

20년이 넘는 시간을 서로가 공유해 왔다. 전 세계 수십억 인구 중 같은 시간을 공유한 이가 겨우 몇이나 될까.

현호는 장충도의 죽음에 마음 한편이 떨어져 나가는 기분이었다. 그리고 박한원 의원의 죽음은 지금까지 걸어온 시간이 지워지는 기분이었다.

"사인이 뭐라고 그랬지?"

"심근경색이라고 합니다."

"흠⋯⋯."

박한원 의원은 장충도를 찾아갔던 모양이다. 새벽에 떠오른 물빛 속에서 술 한잔 나눈 모양이다.

현호가 듣기로는 박한원 의원과 장충도가 왕래가 있던 사이는 아닌 듯했다. 오히려 잦은 갈등을 겪어 서로 반목한 부분이 없지 않아 있었다.

박한원은 정치인이다. 십수 년을 그 바닥에서 뼛속까지 정치인으로 살았다. 현호와 일정 부분 같은 시간을 공유하고, 같은 길을 걸었어도 그 근본적인 가치관과 생각은 박한원 고유의 것이었다.

청탁이 오면 받아줄 때도 있었고, 또 자신의 안위를 위해서 누군가에게 죄를 씌울 때도 있었다. 결코 깨끗하다고는 볼 수 없는 사람이었다.

그렇지만 박한원 의원은 남자였다.

맨몸으로 태어나 한번 크게 누려보고 크게 호령한 남자였다. 그의 한 부분이 비난 받을 필요가 있다면, 그의 한 부분은 고개를 끄덕여 줄 관용도 있었다.

하지만 장충도는 박한원 의원의 그 양면을 굳이 들여다보려 하지 않았다. 특무부 서장의 위치에서 박한원 의원의 청탁은 그의 기준에 받아들일 수 없는 것이었다.

'그래도… 정이라 이건가.'

생각과 함께 현호는 차에서 내렸다. 그러자 또 다른 차에서 찬대미 집행부와 보안 요원들이 내렸다.

장례식장으로 향하면서 그는 며칠 전 박한원 의원과 나눴던 마지막 전화 통화를 떠올렸다.

—현호야.

"예, 의원님."

—오늘은 정치인이 아니라, 인간 박한원으로 전화한 거다.

"약주하셨습니까?"

—미친놈.

"말씀하세요."

—여자, 남자 별것 없다. 그냥 나 좋다는 사람 곁에 두면 되는

거야.

"의원님… 아니, 어르신, 저는 진숙이 행복하게 해줄 자신 없습니다."

—미친놈, 누가 보면 꼭 결혼했다가 실패한 놈 같다니까.

"훗."

—진숙이, 하… 그렇게 된 것도 따지고 보면 네놈 탓이다. 네가 계속 밀어내니까……. 그래, 알아. 늙은 놈이 억지 부리는 거지. 그래도 곰곰이 생각해 봐라. 인간 박한원의… 마지막 욕심이니까.

그리고 전화가 끊어지기 전,

—현호야.

"예."

—미안하다.

그것이 박한원과 나눈 마지막 대화였다.

장례식장은 사람들로 붐볐다. 언론도 취재를 온 듯했다.

상주 자리는 박한원 의원의 자제들이 지키고 있었다. 물론 그들 사이에 박승아는 없었다.

현호와 찬대미 집행부 인원들이 장례식장에 들어서자 자연스레 모두의 시선이 움직였다.

박한원의 큰 아들은 현호도 전에 한번 본적이 있었다. 과거 박한원이 직접 큰 아들을 데려와 인사를 시켰기 때문이다.

"와줘서 고맙네."

큰 아들이 현호의 손을 덥석 잡았다.

"고인께서는 편히 가셨을 겁니다. 심려 많으시겠지만, 잘 이겨내시고… 어려운 거 있으면 연락 주세요."

"그래."

큰 아들이 꾹 다문 미소를 끄덕였다. 누가 보면 금방이라도 울음을 터뜨릴 것 같은 얼굴이다.

하지만 그 이면에는 박한원 의원의 재산에 흡족해하고 있을 모습이 감춰 있었다. 현호에게는 그것이 너무도 잘 보였다. 그래서 순간이나마 능력을 써 이 남자 대신 박승아를 상주로 세울까 했지만, 이런 자리에서는 못 할 짓이었다.

바로 떠날 수 없는 자리였기에 현호와 일행은 한편에서 자리를 잡고 식사를 했다. 붉은 육개장 국물을 바라보면서 현호는 플라스틱 수저를 손에 쥐었다.

강창석은 벌써 수저를 들고 입에 물고 있었다. 늘 그렇듯이 먹는 것 하나만은 기가 막히게 활달했다.

"아, 죄송합니다."

현호가 쳐다보고 있자 강창석이 입술을 닦았다.

"인마, 뭐가 죄송해. 맛있게 먹고 시끄럽게 노는 거지… 그래야 의원님도 기분 좋게 가실 거다."

일상적인 대화였다.

찬대미 집행부도 웃으며 고개를 끄덕였다. 현호는 수저를 손에 쥐고 잠시 그들을 바라봤다.

한국대 의대생 김춘삼(한국대학병원 중증외과 센터장), 고련대 법대생 윤태영(수원지방법원 제1민사부 판사), 고련대 경제학도 최강한(대한은행 강남본부 본부장), 센터대 정치국제학과 김구운(청와대 최연소 비서실장), 방호식(대검찰청 중앙수사부 검사), 그리고 이 자리에 없는 최혜담과… 민철식.

모두가 착실히 여기까지 왔다. 현호는 이들이 걸어온 길이 오로지 자신의 존재 때문이라고는 생각지 않았다. 각자의 의지가, 열정이, 노력이 없었다면 이들은 이곳에 오지 못했다.

그리고 수많은 찬대미 회원. 그들 모두가 지금 분주히 움직이고 있었다. 그 회장이자 수장인 차현호가 육개장을 앞에 두고 상념에 잠혀 있는 순간에도 그들 모두는 움직이고 있었다.

"꺄하하."

자리와 어울리지 않는 어린아이 웃음소리에 현호는 고개를 돌렸다. 그곳에서 한 여자아이가 뛰어놀고 있었다. 현호는 아이의 해맑은 미소가 마음에 들어 잠시 동안 아이를 지켜봤다.

"꺄하하!"

아이는 이리저리 뛰어다니고 있었다. 사람들과 부딪칠 듯 위태위태해 보였다.

결국 현호 일행이 있는 자리까지 오다가 누군가의 다리와 부딪쳤다.

"어이고."

다행히 현호가 덥석 붙잡았다.

"조심해야지."

"헤헤."

현호는 아이를 보며 미소와 함께 눈을 기울였다.

'누구 아이지?'

어디서 많이 본 듯한 얼굴이다. 박한원 의원에게 이런 손녀가 있었던가.

"너 이름이 뭐니?"

현호가 물었다. 아이가 대답하려는데,

"아영아!"

누군가 서둘러 다가왔다. 박진숙이었다.

"진숙아?"

"아… 미안해. 아영이, 너 이리와!"

박진숙은 아이를 품에 안고 엉덩이를 토닥였다.

"너 왜 이렇게 버릇없게 뛰어다녀?"

"치이… 할아버지 재밌게 해줘야 한다고 했단 말이야."

"누가 그래?"

"아까 어떤 이모가 그랬는데……. 막, 여러 사람들이랑 같이 왔었던 멋있는 이모."

"…그래도 뛰어다니면 안 돼."

둘의 모습을 현호는 말없이 지켜봤다. 비단 현호뿐 아니라 그 일행들도 지켜봤다. 단지 현호의 일행들은 박진숙과 아이만이 아닌, 현호를 함께 눈에 담았다.

"미안… 뭐 좀 더 가져다줄까?"

박진숙이 상기된 얼굴로 현호에게 물었다. 그러자 현호는 대답 없이 아이를 바라봤다.

"이름이… 아영이라고?"

"응."

운명인가, 아니면 우연인가.

"예쁘구나."

현호는 아이의 흘러내린 앞 머리카락을 귓바퀴 뒤로 살짝 넘겨줬다.

아이가, 해맑게 웃었다.

*　　　　*　　　　*

B747—47C, 에어포스 원. 목적지는 모스크바.

구름 사이로 거대한 항공기의 그림자가 드리워졌다.

그 안에는 차현호와 일부 인원이 탑승해 러시아 모스크바로 향하고 있었다. 목적은 러시아에서 열리는 안보정상회담에 참석하기 위해서였다.

60개국 이상 참석하는 이 회담에 러시아는 한국의 다른 누구도 아닌 차현호를 초청했다.

그는 정부 요직에 있는 인물도 아니었으며, 기업을 움직이는 재벌 총수도 아니었다. 그 신분은 정확히 말해서 일개 세무사일 뿐이었다.

대한민국 정부로서는 굴욕적 상황이지만 러시아로서는 당연한 선택이고 계산이었다.

이번 회담에는 이례적으로 미국 측도 참석을 하는데, 그들의 목적은 세계의 평화가 아닌 차현호와 한 테이블에 마주 앉는 것뿐이었다. 이미 중국 측은 그가 움직였다는 첩보를 확인한 다음 날, 중국의 실세라 불리는 국무원 상무 부총리가 직접 방한해 차현호와 만남을 가졌다. 오히려 미국이 늦은 편이었다.

이렇듯 중국과 미국이 차현호를 찾는 이유는 오직 하나였다.

차현호의 의향을 파악하는 것.

그들은 그와 협상을 시도하려는 것이 아니었다. 사전에 불가능함을 분명히 알고 있었고, 이를 고려조차 하지 않았다.

이것이 가능한 이유는 지극히 현실적인 힘의 논리가 바탕이 되었다.

현재 중국과 미국, 그 외 유럽 각국에 찬대미 회원들은 상당히 깊이, 그리고 널리 분포돼 있다. 차현호가 세계를 움직일 수는 없어도, 세계를 엉망으로 만들 수는 있다는 얘기였다.

그는 10년이란 시간을 달의 그림자 속에서 쉬고 있었지만, 해로서 존재한 과거에 이미 충분히 홀로 성장할 수 있는 자양분을 지닌 씨앗들을 심었다.

그 씨앗은 끝없이 뿌리를 내렸고, 해가 아닌 달의 그림자 속에서도 제한 없이 성장해 왔다. 오히려 해가 없었기에 자신들의 비대해진 몸을 보지 못하고 더욱 찌우고 더욱 키우는 데 여념이 없었다.

이는 하나의 물살이었으며, 과거 현호가 특무부에서 고안한 '빅트리 징수법'은 그 물살의 흐름을 가장 잘 드러낸 축약된 모델이기도 했다.

실제로 FBI가 백악관에 제출한 비밀 보고서에는 차현호와 찬대미를 대한민국과 별개의 국가, 아시아의 새로운 국가로 봐야 한다는 FBI 국장 릭 카터의 해석이 실려 있기도 했다.

최초의 이 보고서에는 찬대미 집행부 외의 지금까지 드러나지 않은 또 다른 집행부에 대한 언급이 있었는데, 릭 카터는 보고서 최종 제출 시한 30분을 남기고 해당 부분을 삭제했다. 그리고 보고서 마지막 문구에 릭 카터는 자신의 사설을 담았는데, 이 내용을 본 미 대통령은 경악을 금치 못하고 한동안 집무실에서 나오지 못했다.

이 모든 상황은 고요하게 흐르고 있었다.

같은 하늘, 같은 태양 아래서 일어나는 이 모든 일에도 불구하고 대다수의 사람은 이를 알 수 없었다. 사람들은 땅을 보며 걷고 뛰는 것만 알았지 하늘을 올려다볼 생각은 하지 못했다. 심지어 구름 위에 있으니 보고 싶어도 볼 수가 없었다.

―치익……

목적지 모스크바에 가까워지자 항공기 조종사는 관제탑과 교신을 시도했다.

"관제탑, 좋은 아침이다. 여기는 에어포스 원, 착륙까지 11마일 남았다."

―에어포스 원, 여기는 모스크바 공항 관제탑이다. 왼편 활주로가 준비됐다.

"알겠다. 다시 교신하겠다."

관제탑과의 교신은 이상 없이 진행됐다. 시계(視界)도 좋았고, 기체에 그 어떤 이상도 존재하지 않았다.

"선배."

부조종사의 손짓에 조종사는 고개를 돌려 좁은 창 너머로 보이는 물체를 바라봤다. 에어포스 원 양 옆으로 적당한 간격을 두고 러시아 전투기 T—50 편대가 비행을 하고 있었다.

이곳까지 오는 동안 한중러 전투기가 교대로 에어포스 원을 수행해 왔다.

목적지가 가까워 오자 항공기 조종사는 전투기 조종사와 교신을 시도했다.

"여기는 에어포스 원, 모스크바 공항에 곧 착륙합니다. 고맙습니다. 덕분에 안전한 여행을 할 수 있었습니다."

그 말이 끝나자 전투기 조정사가 엄지를 척 내밀었다.

이제 전투기가 속도를 늦추자 항공기 선미가 점점 앞서갔다. 그러자 전투기 조종사는 항공기 기체의 좁은 창을 통해 자신을 바라보는 한 남자의 시선을 볼 수 있었다.

그 시선은 따뜻했고, 매우 인상 깊은 시선이었다.

*   *   *

일본 도쿄 도청사 인근에 위치한 비밀 클럽.

자정이 지난 시간, 사람들이 모이고 있었다. 그곳은 일본 정부에서 자금을 지원해 우익 단체에서 운영하는 비밀 클럽이었다.

주차장에 멈춰선 차들.

차에서 내린 이들은 곧이어 계단을 밟고 올라갔다.

중간에 토리이(鳥居)라 불리는 신사의 문을 지나쳐 계단의 끝에 올라서자, 돌로 조각된 여우상이 그들을 맞이하고 있었다.

이제 계단 위의 길은 두 갈래로 나뉘었다. 한쪽은 신사로 향하는 길이고, 한쪽은 비밀 클럽으로 향하는 길이다. 물론 오늘 모인 이들은 비밀 클럽으로 움직이고 있었다.

찰칵, 찰칵.

계단과 멀리 떨어진 대나무 숲의 어둠 속에서 한 남자가 카메라를 손에 쥐고 있었다.

그는 턱 끝에 대롱 매달린 긴장을 삼키고, 계단을 올라온 이들이 잠시 묵념을 위해 여우상 앞에 멈출 때마다 카메라 셔터를 눌렀다.

찰칵, 찰칵.

"젠장, 대체 무슨 일이 벌어지고 있는 거야."

남자가 속삭였다. 찌푸린 눈으로 앵글을 조정하며 카메라에 담긴 피사체를 보고 놀라움을 감추지 못했다. 과거와 현재를 아우르는 정치인부터 시작해 군인, 언론인, 기업인, 스포츠 스타, 연예인, 일본 최대 폭력 조직인 야마구치 8대 보스까지.

"이게 대체 무슨 조화… 어?"

순간 남자의 눈이 한층 커졌다. 저자는……!

"초, 총리……."

놀라서 입이 절로 벌어졌지만 남자는 서둘러 입을 틀어막았다. 이 자리에서 잡히면 목숨이 열 개라도 모자랄 것이다.

다행인 점은 오늘은 달님께서 제대로 구름에 숨어 있다.

찰칵, 찰칵.

적외선 광학렌즈가 달린 카메라는 밤 손님들의 행차를 세상에 알릴 준비가 돼 있었다.

찰칵, 찰칵.

이제 올 사람들이 다 온 것일까.

더 이상 계단을 올라오는 사람이 없었다. 그저 여우상만이 찬바람 속에서 쓸쓸히 있을 뿐이었다.

─치이…….

남자는 카메라를 내려놓았다.

그런 다음에 가방에서 무선 장비를 꺼내고 귀에 이어폰을 꽂았다. 작은 움직임에 바스락거리는 소리가 울릴 때마다 심장이 조여드는 기분이다.

─치익…….

남자는 열흘 전 요코하마에서 열린 국제 컨퍼런스에서 옛 친구를 만났다. 한국에서의 유학 시절 그에게 적잖은 도움을 줬던 한국인이었다. 그리고 그녀 역시도 기자였는데, 그에게 놀라운 얘기를 했다.

그녀가 일본에 온 이유는 일본의 막후 세력과 한국의 그림자 '환관'이라는 존재의 연관성을 취재하기 위해서라고 했다.

그래, 그날의 만남으로 인해 모든 것은 달라졌다.

이제 남자는 별 볼 일 없는 찌라시 기자에서 단숨에 일본 열도를 뒤흔든 기자로 이름을 남기게 될지도 모르는 일이었다.

—치익…….

비밀 클럽에 설치해 놓은 도청 장비에서 웅성거리는 소리가 전해졌다. 누군가 연설을 하고 있었다.

'총리?'

그럴지도 모르겠다. 아니, 목소리가 조금 다른가?

이어서 노래 소리가 울려 퍼졌다.

'군가?'

아마, '천황 폐하의 영광'이라는 제목의 노래일 것이다.

남자가 이 노래를 알고 있는 이유는 그의 할아버지가 과거에 참전 군인이었고, 전쟁으로 인해 팔다리를 잃었음에도 그때의 시절을 그리워했던 미치광이 군인이었기 때문이다. 술만 마시면 그 노래를 부르며 울부짖었던 악마였다.

그 때문인지, 아니면 학대로 인해서인지, 남자의 아버지는 별시답잖은 걸로 자살을 했다. 그래서 남자는 할아버지를 증오했다.

—대일본 제국 만세! 천황 폐하 만세!

'미친놈들… 지금 세상이 어떤 세상인데.'

아직도 전쟁에 미친 망령들이 존재한단 말인가.

남자는 경악을 하면서도 이어폰에서 들리는 소리에 최대한 집중했다. 물론 주변을 살피는 것도 게을리 하지 않았다.

달이 구름에 가려진 밤.

저들의 시선을 피해 몸을 숨길 수 있다는 것은, 반대로 이 어둠 속에서 아무도 모르게 죽을 수도 있다는 얘기다.

쉬이이.

불어온 찬바람이 나뭇잎을 흔들어댔다. 그 기분 나쁜 소리에 남자는 슬슬 여길 벗어나야겠다는 생각을 떠올렸다.

하지만 아직 저 안에서 벌어진 일이 끝나지 않았다.

'타이틀은 뭐로 할까. 전쟁 망령에 사로잡힌 총리? 일본의 근간에 뿌리내린 침략 본능? 흠…….'

문득 남자는 왠지 이 기사가 약하다는 생각이 들었다.

사진이니, 녹음 파일이니, 이런 증거가 소용이 있을까, 하는 회의감이 밀려든다.

지금 세상은 미친 세상이다. 증거가 있어도 시간이 지나면 증거가 아니게 된다. 사람들은 증거에 놀랐다가도 증거에 시시해진다.

어쩌면 남자는 느끼고 있는 건지도 모른다. 이 기사, 일본에서는 터뜨릴 수가 없을지도 모른다.

'차라리 폭발 사고라도 있으면 좋겠군, 훗.'

남자의 입에서 피식 웃음이 새나왔다. 목이 날아갈까 두려워 온 신경을 곤두세우고 있는 이 와중에 웃음이라니.

바스락.

일순 남자는 모든 행동을 멈췄다. 누군가 클럽에서 빠져나왔다.

의문의 존재는 여우상 앞에서 잠시 멈췄다. 이어서 계단에서 누군가 올라왔다. 꽤 많은 인원이다.

남자는 조심스럽게 카메라를 들어 렌즈를 통해 저들을 바라 봤다.

'군복?'

자위대 군복은 아니다. 저건 처음 보는 건데.

남자가 기억을 헤집는 그 순간.

콰콰콰쾅!

남자는 고개를 획 돌렸다. 비밀 클럽에서 엄청난 굉음과 불길이 치솟았다.

"이… 이럴 수가!"

폭발이다.

테러인가?

콰콰쾅! 콰콰쾅!

굉음과 불길이 계속 이어졌다.

"이, 이럴……."

남자가 정신을 차리고 다시 카메라를 손에 쥐었다. 카메라에 눈을 바싹 붙여 의문의 존재를 찾았을 때, 뜻밖에도 카메라 앵글에 비친 것은 의문의 존재가 아니었다.

'총?'

탕!

남자의 목이 꺾였다. 미처 눈도 감지 못했다. 카메라는 풀숲에 떨어졌다. 의문의 존재는 바람에 흔들리는 대나무 숲을 바라보면서 혀를 끌끌 찼다.

"쯧쯧, 미안하이. 이번 판은 어중이떠중이가 끼면 골치 아파. 이해해주게."

의문의 존재는 죽은 이를 향해 넋두리를 했다. 그리고 불타오르는 비밀 클럽을 돌아봤다. 저 멀리서 활활 타오르는 불길이 그의 얼굴을 비췄다.

박거성.

"크크크……."

웃음을 터뜨린 그에게 하늘이 바람을 쏟아부었다.

헬기의 로터가 일으킨 바람은 박거성의 하얀 머리카락을 흩날렸다. 그 모습은 흡사 귀신의 춤사위 같았다.

"내가 말했잖아……. 이건 차현호와 나와의 싸움이라고. 너희같이 개 같은 망령 새끼들이 끼어들 판이 아니라고."

환관들은 차현호와 전쟁을 치르겠다고 선언했다. 이는 물리적 충돌을 뜻했다.

일본의 헌법이 어떻든 한반도에 자위대를 올리겠다고 선언했다. 오늘의 자리는 이를 선언하기 위한 자리였고, 자아도취에 빠져든 자리였다.

미친놈들, 아직도 상황 파악을 못 하고 있다니. 그러려면 10년 전에 진즉 끝냈어야지.

그리고 그 정도로 실컷 떠들었으면 이제는 좀 조용해질 때 아닌가.

"어떤가?"

박거성이 불길을 바라보며 물었다. 그러자 계단에서 올라온 남자들 중 한 사람이 박거성의 곁으로 다가와 미소를 보였다.

신전그룹 강성환 회장.

"10년이었어……. 나보고 개라고? 개? 감히 나 보고!"

불길을 향해서 목청껏 외쳤다. 불에 활활 타고 있을 그들에게 외쳤다. 자신에게 굴욕을 선사했던 늙은 육체를 가진 그림자들에게 외쳤다. 아니, 이제 육체는 없겠지.

"하하하!"

"거 보게……. 기회는 온다니까."

                    *   *   *

일본 열도가 혼란에 빠졌다.

대한민국도 휘청거렸다.

일본 총리를 포함한 각계각층의 유력 인사들이 지난 밤 발생한 테러로 인해 한 줌의 재가 됐다.

사상 초유의 사태가 벌어진 것이다.

중국과 미국, 유럽 각국은 곧바로 자신들의 정보기관과 외교 채널을 풀가동해 사건의 진상을 파악했다. 그들이 최우선으로 확보하려 시도한 정보는 이 일에 찬대미가 관련이 돼 있느냐의 사실 여부였다.

물론 미국은 제일 먼저 그 가능성을 일축했다. FBI 국장 릭 카터의 보고서가 올라간 직후였다. 중국과 유럽 역시도 발 빠르게 움직여 찬대미를 이 일에서 제외, 더 이상 거론하지 않왔다.

오히려 중동 지역 테러 집단의 가능성이 대두됐고, 유엔 안전보장이사회(안보리)는 긴급회의를 소집해 중동 테러 집단에 강력한 제제를 취할 것을 결의했다.

한편 러시아에서 이 소식을 전해들은 차현호는 러시아 대통령과의 짧은 만남을 끝으로 한국으로 급거 귀국했다. 안보정상회담은 불참이었다.

귀국 항공기에서 차현호는 일본에서 테러로 죽은 이들의 신상을 보고 받았다. 10년 전 그는 찬대미를 떠나면서 찬대미의 일부 회원에게 몇 가지 지시를 내렸는데, 그중 하나가 대한민국 정부와 닿는 모든 라인을 피악하고 지켜보라는 지시였다.

그리고 이번에 죽은 이들 상당수는 그 리스트에 실린 위험 인물로서 지난 시간 그 일부 회원들이 지켜봐 왔던 인물들이었다. 또한 이번에 특무부 장충도의 사건에 밀접한 연관이 있는 것으로 파악된 만큼 현호의 단호하고 분명한 응징이 기다리는 중이었다.

그런데 누가, 왜, 차현호보다 앞서 그들을 몰아 죽인 것일까.

*　　　*　　　*

한국에 도착한 현호는 지금 순간 눈앞에 마주한 현실을 믿을 수가 없었다.

"오랜만일세."

공항에서 그를 기다리고 있는 이가 있었다. 바로 박거성이었다.

현호가 이 상황을 이해하기 위해서 눈을 찌푸리자 박거성이 주름 가득한 입꼬리를 씨익 올리고 물었다.

"왜? 여기서 날 죽이려고?"

바삐 지나가는 수많은 사람의 눈에 비친 두 사람의 모습은 그저 나와 다른 타인일 뿐이었다.

"오랜만이네요."

현호는 천천히 입을 열었다.

강태강을 비롯한 현호의 일행은 이어질 명령을 기다렸지만, 현호는 그들을 모두 물러나게 했다.

여기까지 찾아온 박거성의 용기를 가상히 여기듯 박거성과 단둘이 남았다.

박거성이 쩔뚝거리며 벤치로 향했다. 힘겹게 벤치에 앉은 그 옆모습을 보니 관자놀이가 움푹 패여 있었다. 박거성은 그 깊이 파인 곳을 굽은 손가락으로 긁적거렸다.

"비가 오면… 여기가 지끈거려."

"지끈거림이라도 느끼는 게 어디입니까?"

"훗, 살았으면 됐다?"

"업보라고 생각하지 그러셨습니까."

"아니, 아니야."

박거성이 고개를 가로저었다. 코끝을 찌푸려 가득 모으더니 피식 웃었다.

"어찌 나만 탓해? 불알을 달고 태어났으면 출렁거릴 만큼 뛰어 봐야지. 그게 사내 아닌가."

현호는 픽 웃었다. 실없는 농담은 여기까지.

"…이번 일, 어르신이 한 겁니까?"

"그만큼 단물 뽑았으면 뱉어야지. 크크⋯⋯. 근데 너무 끈적거려서 말이야, 떼느라고 고생 좀 했어."

어차피 박거성이 나서지 않았어도 그들은 현호의 심판을 받을 운명이었다. 아직도 과거의 영광에 취해 세상이 제 발아래서 굽실거리는 이들 천지라고 믿는, 살아 있는 화석들이니 말이다.

'물론 굽실거리는 놈들이 있기는 하지.'

딱 그 정도밖에 보지 못하는 어중이떠중이들이 그렇지. 자신들이 마치 밤길을 호령하는 왕의 무사라도 된 것처럼. 걷는 길 앞에 올무가 걸렸는지도, 똥 웅덩이가 있는지도, 촌부의 손바닥 안에 있는지도 모르는 놈들.

"무슨 생각을 그렇게 하십니까?"

현호는 침묵하고 있는 박거성의 옆모습을 눈에 담고 물었다.

"10년⋯ 꽤 긴 시간이었어."

그만큼 박거성의 얼굴에도 주름이 가득 내려앉았다.

좀 전에 마주쳤을 때, 현호는 하마터면 그를 알아보지 못할 뻔했다. 흘러내린 주름에 눈이 파묻혀서, 예전 그 누런 눈동자가 뿜어내던 짙은 눈빛도 잘 보이지 않았다.

"…그냥 잊으시면 안 됩니까?"

현호는 다시 물었다. 아니, 제안하고 있었다.

박거성은 그런 일을 저지르고 이곳을 찾아왔다. 이제는 현호가 아니어도 그를 죽일 이들이 넘쳐 날 것이다. 그러니 박거성이 여기에 온 이유야 길게 생각지 않아도 짐작할 수 있었다.

"현호야."

"예."

"그때, 참 좋았지?"

현호는 대답을 바로 잇지 않았다. 박거성이 고개를 돌려 그를 바라봤다.

"넌… 여전하구나."

박거성이라는 남자가 가지지 못한 것을 가진 놈이었다.

권력? 힘? 카리스마? 녀석을 따르는 찬대미?

그런 게 부러운 것이 아니다.

이 녀석이 가진 젊음이, 이 녀석의 가슴에 담긴 그 무언가가, 박거성 자신은 도저히 가질 수 없는 그것이 부러웠다.

'네놈과… 다시 함께할 수는 없겠지.'

한때는 가질 수 없다면 같은 길이라도 가고 싶었건만.

'이런, 내가 아직도 미련을 가지고 있구만.'

박거성이 자신의 감춰진 마음을 다시금 들춰냈을 때, 현호가 입을 열었다.

"예전에… 이호 의원이 그런 말을 한 적이 있습니다."

"…그런 말?"

"아주 오래전, 우리가 함께 임진강에 놀러갔던 그때… 그때가 그립다고."

현호의 말에 박거성은 미간을 찌푸렸다.

'이호……'

자신과 이호의 다른 점이 무엇이었단 말인가.

차현호, 이놈은 분명히 이호와도 생각이 다른 놈이었다. 그런데 이호와는 끝까지 손을 잡았고 자신의 손은 놓았다.

'왜.'

그 질문을 다시 떠올리니 가슴에서 식어가던 불덩어리가 다시금 활활 타올랐다. 박거성의 턱이 씰룩거렸고, 눈빛이 다시 변했다.

"현호야."

"예."

"나는 너를 잘 알아. 어느 때는 미련할 정도로 명분을 찾는 답답한 놈이지만, 어느 순간에는 살이 에일 것처럼 살기를 뿜지. 잔인하고… 또 차갑지."

박거성이 자리에서 일어났다. 그리고 현호를 바라봤다.

"이제 끝내자."

"저는 어르신과의 인연을 끝냈습니다."

이미 오래전에 끝냈다. 그런 줄 알았다.

"크크……. 역시 네놈의 말은 한 번에 알아듣기가 힘들어."

박거성이 얼굴을 찌푸린다. 웃는 건지 우는 건지 모를 표정이었다.

"현호야, 내가 왜 여태껏 혼자 살았는지 잘 알지?"

"예."

박거성은 가족이란 자신의 발목을 잡는 존재라고 여겼다. 그 어떤 상황에서도 가족은 도움이 되지 못한다고 했다.

그 말을, 현호가 부모님에게서 분가를 하던 날 두부 김치와 막걸리 한 잔을 앞에 두고 말했던 적이 있다. 아주 오래전에 말이다.

"너한테는 미안하지 않다. 이 몸이 할 수 있는 게 없지 않냐?"

박거성의 차가운 시선에 현호는 자리에서 일어났다. 그리고 물었다.

"미숙이입니까… 부모님입니까."

"입이 참 걸걸한 아줌마로 컸어."

박거성이 이마를 찌푸리고 뒤돌았다. 몇 발자국 걸은 뒤에야 멈춰서 말했다.

"쇠뿔도 단김에 빼라고 했다. 오늘 밤, 거기서 보자. 너도 알지? 내가 내 몸 묻을 자리, 미리 봐놨었잖아. 그리로 와."

*　　　*　　　*

모두가 이 일을 말렸다.

현호가 박거성의 도발을 받아들일 이유가 없었다. 굳이 그가 아니더라도 박거성을 처리할 존재는 세상 가득 넘쳐 났다.

경찰이든, 검찰이든, 현호의 한마디면 언제든 움직일 것이다. 아니면 차라리 일본 정부에 알려라. 그러면 박거성은 죽은 목숨이다.

아니, 그도 귀찮으면 그냥 한마디만 해라. 박거성을 처리하라
는 한마디만 하면 해결된다.

경찰특공대가, 아니면 특수부대원들이, 그도 아니면 용병들
을 움직이겠다.

그들이 오늘 밤 안에 쥐도 새도 모르게 박거성을 처리하고
현호의 동생을 구출할 수 있다.

일본 열도에서 윤아리 기자도 탈출시켰으니 불가능한 일이
아니다.

그래, 찬대미 집행부의 말은 하나도 틀리지 않았다.

현호는 그들의 말을 모두 귀담아들었다. 하지만 이미 공항에
서 박거성을 만났을 때 결정된 일이었다.

이렇듯 모두가 현호를 말릴 때, 강태강은 입을 다물었다. 정
작 현호의 안전을 최우선으로 고려해야 할 J 보안 업체 대표임
에도 침묵했다. 그는 명확히 이해하고 있었기 때문이다.

집행부라는 존재는 현호가 독단적인 판단으로 일을 그르칠
가능성, 그 하나의 가능성을 고려했기에 유지되는 존재들이다.
그렇기에 현호의 결정이 맞다 하더라도 무조건적인 반대 입장
을 취할 자격이, 그리고 책임이 있었다.

하지만 강태강은 다르다. 그는 차현호라는 순수한 본질을 믿
고 따랐다. 그에게 있어 차현호의 결정은 항상 옳으며, 반대할
이유가 없었다.

보다 정확하게 정의하자면, 누구도 현호를 막아설 수 없는

것이다.

"강 대표님."

회의실에 둘만 남게 되자 현호가 커피 잔을 만지며 나직이 속삭였다.

"예, 말씀하세요."

"누구도 따라와서는 안 됩니다."

"알겠습니다."

현호는 자리에서 일어났다. 박거성과의 약속 시간이 다가왔다. 과거와 달리 찬대미 집행부의 반대를 무릅쓰고 움직이는 만큼, 마음이 가볍지 않았다.

'어쩌면 실수인지도 모르지.'

잘못된 판단일 수도 있다. 박거성이라는 존재 하나 때문에 십수 년을 공들인 탑이 무너질 수도 있는 일이었다. 지금까지 차현호를 기다린 수많은 이의 꿈이 이 밤에 무너질 수 있었다.

하지만 그게 뭐.

'상관없지 않나.'

여기서 멈추면 여기까지인 것이다.

"강 대표님."

현호는 강태강에게 다가가 손을 내밀었다. 그러자 강태강은 주머니에서 차 키를 꺼내 그에게 건넸다.

"훗."

짧은 미소와 함께 뒤돌아선 현호가 회의실 문손잡이를 붙잡았다.

철컥.

회의실을 나온 현호는 밖에서 자신을 기다리고 있는 이들을 바라봤다. 그들은 복도에 길게 늘어서 있었다.

현호는 그 사이를 가로질러 갔다. 발걸음에 떨림 하나 없었고, 어깨에 흔들림도 없었다.

그저 걸음을 내디뎌 엘리베이터 앞에 섰다.

줄의 맨 끝에 서 있던 강창석이 엘리베이터 버튼을 눌렀다. 도착한 엘리베이터에 현호와 함께 탑승했다. 문이 닫히자 강창석이 물었다.

"형님, 한 번 더 생각해 보시면……."

"창석아."

"예."

"박거성도… 내가 뿌린 씨앗이다."

그랬다.

현호가 박거성을 만들었다.

물론 박거성은 혼자 힘으로 어느 정도 위치까지는 올라올 수 있었을 것이다. 하지만 그 혼자서는 결코 벽을 넘지 못했을 것이다.

벽 너머의 존재들에게 굽실거리고 이용당할 수는 있었겠지만, 그들 존재와 어깨를 나란히 견줄 수는 없었을 것이다. 누군가의 표현대로 졸부의 아들이, 차현호라는 존재로 인해 꿈을 가지게 된 것이다.

엘리베이터가 지하 주차장에 도착했다. 현호는 코트 단추를 어미고, 내리기 전 강창석에게 말했다.

"창석아."

"예."

"나 혼자 간다."

"알겠습니다."

"기다리고 있어."

"예."

강창석은 허리를 깊이 숙였다. 엘리베이터 문이 닫히고 나서도 한참을 허리를 숙였다.

슬픈 일은 아니었는데, 눈물 한 방울이 엘리베이터 바닥에 떨어졌다.

*   *   *

탁.

차에서 내리니 주변이 어두웠다.

이 밤에 현호는 서울에서 울산까지 내려왔다.

과거 박거성은 자신의 묫자리를 미리 준비해 놓았었다. 이름 난 풍수가들을 고용해 전국 팔도를 뒤졌다. 그래서 선택한 명당자리가 이 근방에 있는 산이었다.

황금 닭이 알을 품고 있는 형국이라는 뜻의 금계포란형 명당이라고 했다. 삼대(三代)가 덕을 쌓아야 들어갈 수 있는 자리이며, 이 자리에 잠들면 후대가 부자로서 떵떵거리며 살아갈 수 있다는 그 명당이었다.

재밌는 것은 박거성에게는 자식이 없다는 사실이다. 그럼에도 불구하고 박거성은 이 자리를 마치 콘서트 표를 선점하듯 매입했다.

언젠가 박거성을 따라 이곳에 왔을 때, 그가 현호에게 이런 말을 했었다.

"네가 내 자식 해라. 그럼 대대손손 부자 된다잖아? 크하하!"

그랬었는데.

치익.

현호는 담배를 입에 물었다. 마지막 남은 담배였다.

산 아래는 폐교가 있었는데, 박거성은 이 폐교도 미리 매입해 뒀었다. 물론 세금 문제는 현호가 직접 처리했다.

"후⋯⋯."

현호는 담배 연기를 바람에 흘리며 폐교를 바라봤다. 텅 빈 어둠 속에서 박거성의 체취가 전해져 오는 것 같았다. 늙고 주름진 살이 만들어낸 땀방울이 어딘가에서 흘러내리고 있었다.

"후⋯⋯."

현호는 사실 궁금했던 적이 있었다.

박거성이 명당을 매입한 이유는 정말 자신 때문이었을까. 자식도 없는 그가 명당을 살 이유가 없었으니까. 그 정도로 차현호라는 존재가 박거성에게 의미가 된 것일까. 그랬다면 박거성을 품었어야 했나.

"후……."

현호는 담뱃재를 털었다. 바람이 불어와 산으로 연기를 흘려 보냈다.

후회하는 것은 아니었다. 단지, 과거의 선택에 따라 지금과 다른 현재를 만들었을 수도 있으니까. 그것을 한번 떠올려 봤을 뿐이었다.

"후……."

반쯤 남은 담배를 껐다. 빈 담뱃갑에 꽁초를 밀어 넣고, 주머니에 쑤셔 넣은 다음, 폐교로 향했다.

저벅저벅.

이제는 아무도 오르지 않는 계단을 밟았다.

운동장의 스탠드.

한때는 저곳에서 수많은 아이가 운동회 응원을 했을지도 모른다. 아마 점심시간에는 여학생들이 모여 수다를 떨기도 했을 것이다.

계단을 오르자 여기저기 유리창이 깨진 3층짜리 건물이 하나 보였다. 현호가 을씨년스러운 건물을 바라보며 잠시 숨을 고르자, 어둠 속에서 달빛이 새겨진 그림자가 튀어나왔다.

"고맙다, 혼자 와줘서."

박거성이 말했다.

"미숙이는 어디 있습니까?"

"집에 있겠지."

박거성은 이미 차미숙을 집으로 돌려보냈다.

오늘 밤은 단둘이서 담판을 짓는 날이다. 그가 긴 세월 환관들의 밑에서 숨죽인 채 아등바등 키워온 이들은 이 자리에 필요치 않았다.

오로지 차현호와 인간 박거성 단둘이서 끝을 본다.

"이제 어떻게 하실 생각입니까?"

현호는 박거성을 바라봤다.

사실 그저 미간 한번 찌푸리면 그만이었다. 박거성이 홀로 자해하게 할 수도 있었고, 이 건물 옥상에서 스스로 투신하게 만들 수도 있었다.

"여기서… 네 너석이 죽으면 딜라지는 게 있을까?"

"있겠습니까?"

현호의 반문에 박거성이 피식 웃었다.

"그래. 어차피 내일도 세상은 돌아가지. 자, 이제 끝내자."

박거성이 오른팔을 내밀었다. 손에는 총이 쥐어져 있었다.

"현호야!"

박거성의 얼굴이 일그러졌다.

"나는… 네놈이 좋다!"

탕!

*   *   *

'병신!'

신전그룹 강성환.

그는 지금 눈으로 본 장면을 믿을 수가 없었다.

박거성이 스스로 제 머리통을 날려 버렸다.

"어떻게 할까요?"

예상치 못한 상황에 넋이 나간 강성환을 향해 나직한 목소리가 들려왔다.

강성환은 그제야 정신을 차리고 교실 창틀에서 저격용 소총을 손에 쥐고 있는 용병을 돌아봤다. 용병은 10배율 스코프를 통해 차현호를 보고 있었다.

'젠장……'

강성환은 아랫입술을 잘근 씹었다. 지금 막 계획에 변동이 생겼다.

'차현호를… 구하려고 했는데.'

박거성이 차현호를 죽이려 총구를 내밀면 바로 그때 박거성을 제거할 계획이었다.

이미 강성환에게 있어 차현호에 대한 감정은 옅어진 지 오래였다.

한때는 자식을 죽인 원수로 여겼지만, 차현호와는 비교할 수 없는 증오의 대상들에게 지난 10년을 고통 받았고 유린당했다.

그랬기에 강성환은 갈증을 느끼고 있었다. 신전그룹 회장 강성환을 넘어선 힘을 손에 넣고 싶었다. 그리고 그 힘을 손에 넣는 가장 손쉬운 방법을 이미 알고 있었다.

차현호.

그 이름 석 자에 대한 목마름으로 인해 강성환이라는 존재가 변질됐다.

'어떻게 여기까지 왔는데……'

차현호에게 가까이 다가갈 수 있는 이 기회를 어떻게 잡았는데.

'박거성, 이 머저리 같은!'

고작 차현호 앞에서 스스로 목숨을 끊으려고 지난 10년을 그 환관새끼들한테 조아렸단 말인가.

철컥.

용병이 스코프에서 눈을 떼고 강성환을 돌아봤다.

"계약은 유효하나 대상은 더 이상 존재하지 않습니다. 새로운 대상을 제시하거나, 아니면 철수하겠습니다."

용병의 눈이 번뜩인다. 아시아인의 용모이며 눈빛이 얼음장처럼 차다. 박거성이 어디서 물어온 놈들인데, 오로지 돈에 움직일 뿐이다.

강성환은 선택을 해야 했다.

물러나느냐, 아니면 차현호 앞에 서느냐.

그도 아니면… 차현호를 죽이느냐.

＊　　　　＊　　　　＊

현호는 쓰러진 박거성에게 다가갔다. 그의 손이 총을 내밀기 이전에, 아니, 공항에서부터 이미 예상하고 있었다.

박거성에게서 분노가 아닌 두려움과 슬픔, 그리고 고요함이 전해져 왔기 때문이다.

"홋… 어르신답습니다."

현호는 씁쓸한 미소와 함께 코트를 벗어 박거성 위에 덮었다. 보기 흉해진 얼굴이니까. 필시 박거성이라면 뭘 쳐다보냐고 핀잔했을 테니 말이다.

현호는 잠시 그대로 지난날을 되돌아봤다. 박거성을 처음 만난 그날부터, 지난날 서로가 갈등할 수밖에 없었던 그 시간들을 되짚어 봤다.

선명한 기억으로 인해 그는 과거의 어린 차현호로, 겁 없는 청년 차현호로 되새겨졌다. 현호가 기억 속에서 본 것은 박거성과의 인연이나 대화 따위가 아니었다. 그저 박거성의 웃는 얼굴들이었다.

"…잘 가십시오."

현호는 다시 무릎을 펴고 일어났다. 뒤돌아서는 대신에 어둠 속을 응시했다.

바스락.

발자국 소리와 함께 신전그룹 강성환 회장이 모습을 나타냈다.

"오랜만입니다."

현호는 그에게 나직이 밤 인사를 건넸다. 강성환은 박거성의 시신을 내려 보며 입을 열었다.

"내가 막으려고 했어."

그 사실을 현호가 알아주길 바라는 것은 무리일 것이다.

"자네는 알지 못해. 우리가 얼마나 긴 시간을 그들의 밑에서 억압당했는지."

"선택은 당신들이 했습니다."

현호는 지금도, 그때도, 신전그룹을 무너뜨릴 수 있었다. 그런 일은 그에게 식은 죽 먹기였다.

하지만 그렇게 하지 않았다.

과거 20년 전에는 전지우의 죽음으로 인해 이들에 대한 애증을 지워 버렸다. 과거 10년 전에는 이들 스스로가 제 무덤을 팠기에 그냥 내버려 뒀다. 그리고 지금의 신선그룹은 그가 돌아볼 가치도 없는 존재가 돼 버렸다.

"자네가 우리를 그렇게 만든 거야. 그 선택밖에는 하지 않을 수 없게 만들었어. 그런 생각은 안 해봤나?"

강성환이 제 가슴을 두드리며 물었다.

자신들에게는 그럴 수밖에 없는 이유가 있었다.

그것은 두려움이었다. 차현호라는 그림자에게 쫓기는 두려움. 뭐라도 하지 않으면 미칠 것 같은 두려움.

"왜지? 왜 우리가 그래야 했지?"

강성환은 흥분해 있었다. 현호는 말없이 그를 바라보다가 지그시 눈을 감았다.

'강진우…….'

문득 녀석이 떠올랐다. 이전 삶의 강진우가 아닌 마지막 순간에 그에게 살려 달라고 외치던 어린 강진우의 목소리가 귓가에서 맴돌았다.

현호의 안일한 대처로 인해 사태가 걷잡을 수 없이 커졌던 지난날의 기억이었다.

"돌아가세요. 당신은 이제 신전그룹 강성환 회장으로 돌아가는 겁니다. 정확히 그 자리, 그 이상을 욕심내지 마시라는 얘기입니다."

"그럴 수 없어! 내가 어떻게 여기까지 왔는지 알고 있는 건가?"

"여기까지 당신이 어떻게 올라왔는지 전 관심 없습니다."

"뭐라고?"

강성환이 눈을 찌푸린다. 현호는 멈추지 않았다.

"여기 누워 있는 박태환, 아니, 박거성이 혼자서 모두 한 일입니다. 알겠습니까?"

"그게 무슨……."

"당신은 일본에 간적도 없고, 이 자리에 있지도 않은 겁니다. 그러니 이제 당신의 삶으로 돌아가세요."

"그럴 수 없다니까!"

강성환은 절규했다. 그 목소리가 메아리가 되어 산으로 울려 퍼졌다.

지난 시간, 강성환은 늘 신전그룹 강성환이었다. 얼마나 많은 시간을 돌고 돌아서 여기까지 왔는데, 다시 돌아간다니… 말도 안 되는 일이다.

"차현호, 너는 나를 데리고 가야 할 책임이 있어. 나는… 너의 찬대미에 들어갈 표가 있단 말이야!"

"강진우는!"

순간 현호가 목소리를 높였다. 거칠게 숨을 몰아쉬었다. 찌푸려진 얼굴이 어금니를 힘껏 깨물었다.

"강진우는… 내가, 그리고 당신, 그래, 우리가 같이 죽인 거야."

"그래! 그러니까 우리가, 우리가 함께 해야 한다는……."

탕!

순간 총성이 울렸다.

"어?"

강성환의 상체가 크게 흔들렸다. 그는 가슴에 손을 가져갔다. 손바닥에 따뜻한 무언가가 묻어났다. 붉은 피였다.

탕! 탕!

총성이 연거푸 울려 퍼졌다.

"커억!"

강성환이 바닥에 주저앉았다. 그는 영문을 몰라서, 피를 쏟으며 간신히 고개를 돌렸다. 그곳에는 양 비서가 서 있었다.

"…왜?"

질문에 대한 답을 들을 수는 없었다. 그러기에는 강성환에게 허락된 시간은 턱없이 부족했다.

철퍽.

고꾸라져 죽은 강성환의 모습에 현호는 눈을 찌푸렸다. 양 비서가 말했다.

"이 모든 일은 네가 원흉이다. 너만 없으면 진우 도련님이 죽을 일도 없었고, 신전그룹 강성환 회장이 죽지도 않았다."

"지랄하네."

현호가 양 비서를 바라봤다. 그 눈은 여태와 달리 분노가 넘쳐흘렀고 입가에는 냉소가 피었다.

"양 비서, 당신은 그때나 지금이나 변한 게 없군."

"그래, 변한 게 없지. 오직 너에 대한 분노로 살아왔으니까."

"왜 그렇게 강진우한테 집착하지?"

"그 아이는! 그 아이는……."

양 비서는 입술을 바르르 떨었다. 이유가 생각이 안 나는 건 아니었다. 이유를 되새기는 중이었다.

처음 그 어린아이가 신전가에 왔을 때, 모두가 그 아이를 무시하고 배척했을 때, 오로지 양 비서만이 그 아이의 곁을 지켰다.

지금도 기억난다. 그 아이가 그에게 처음으로 했던 말.

'아저씨는… 내 편이지?'

지금 순간 양 비서의 눈가에 맺힌 눈물이 또르르 흘러내렸다. 그러고는 총을 내밀었다. 현호를 향해서.

"하……."

현호는 자신에게 드리워진 총구를 보며 옅은 한숨을 내쉬었다. 바람 한 줌이 불어와 두 사람과 죽은 이들을 스쳐갔다.

"잘 가라."

방아쇠를 쥔 양 비서의 손가락이 움직이자 현호는 미간을 찌푸렸다. 그러자 양 비서의 총구는 현호가 아닌 그의 관자놀이에 달라붙었다. 양 비서는 자신의 이 행동을 납득할 수가 없었다.

"왜? 왜!"

양 비서의 손가락은 점점 스스로에게 방아쇠를 당기고 있었다. 거부할 수 없는 힘이 그를 강제로, 그 자세로 고정시키고 짓누르고 있었다.

오직 보이는 것은 현호의 눈동자뿐.

이대로 죽는 건가 싶은 찰나였다.

"허헉!"

양 비서의 다리가 주저앉았다. 총은 바닥에 떨어졌고, 온몸에서 힘이 빠져나갔다.

간신히 고개를 치켜든 양 비서를 보며 현호는 말했다.

"당신에게도 선택할 기회를 주지."

"어, 어떻게? 어떻게 한 거지? 어떻게!"

눈을 바르르 떨었다.

"다 잊고 살아. 양 비서, 당신 인생의 마지막 기회니까."

현호는 뒤돌아섰다. 거친 산바람마저도 떠나는 그의 발걸음을 막을 수는 없었다.

"허… 허……."

양 비서는 머뭇거렸다. 여기서 돌아가야 하나.

아니.

'꿀꺽.'

바닥에 떨어진 권총.

양 비서는 엉금엉금 기어가 총을 손에 집었다. 이어서 현호의 등을 향해 내민 순간.

탕!

양 비서는 고꾸라졌다.

그의 머리를 날려 버린 총알은 폐교에서 날아왔다.

용병은 타깃이 죽은 것을 확인하고 곧바로 총기를 분해했다. 스코프를 떼고, 총열을 나눠 전용 케이스에 담았다. 흔적을 말끔히 지운 뒤에 그는 휴대폰을 손에 쥐고 누군가와 통화를 했다.

그 사이 차현호는 현장을 떠났고, 20분 뒤 폐교에 헬기가 도착했다.

그 안에서 내린 이들은 현장을 말끔히 정리했다.

마치 아무 일도 일어나지 않았던 것처럼.

*　　　*　　　*

현호는 고속도로를 달리는 중에 갓길에 차를 세웠다.

조수석에 놓아둔 휴대폰이 반짝였다. 엘린이었다. 그는 손을 뻗어 휴대폰을 쥐었다.

"엘린."

―현장은 정리했어요.

"수고했습니다."

―지친 목소리네요.

"조금."

─이로서 모든 일이 끝이 났어요.

"끝난 것은 아무것도 없습니다. 그저 새로운 것이 있을 뿐이지."

─당신은 여전하군요.

"엘린……."

─예.

"그들을… 잘 처리해 줘요."

─알았어요.

전화가 끊어지자 현호는 휴대폰을 다시 조수석에 내려놓았다. 이제 그는 완연한 혼자였다.

오늘 하루 중 가장 고요한 시간이 찾아왔다.

"크흑……."

감정의 홍수가 그에게 쏟아졌다. 무겁고, 또 답답하고, 아쉽고, 잊혀질, 그런 것들이었다.

그리고 이 밤을 끝으로 작별해야 할 감정들이었다.

*   *   *

2017년 12월 20일, 제19대 대통령 선거일.

어느덧 해가 지고 있었다.

현호는 벌써 십수 해를 맞는 이 겨울이 아무리 해도 적응이 되질 않았다.

추위 때문이 아니었다. 이맘때면 가슴 한편이 늘 허전해서 그 무엇으로도 채울 수가 없기 때문이었다.

탁.

현호는 차에서 내렸다. 그는 차갑게 얼어붙은 돌길을 걸었다.

얼마 걷지 않아 그 앞에 강이 보였다. 찬바람이 불고, 흐린 어둠이 깔렸지만 현호의 눈에는 이호 의원과 청년 차현호, 박거성, 주종일보 조정기, 이주헌, 그리고 교경의 식구들이 보였다.

웃고 즐겼던 그날이 보였다.

잠시 그때를 떠올리고 있자 강창석이 차에서 내려 현호에게 다가왔다.

"의원님, 6시입니다. 투표 마감 시간입니다."

"결과는?"

"여론 조사 결과… 의원님이 6퍼센트 차이로 지고 있습니다."

"그래."

보궐선거에 당선 후 무소속으로 대선 출마까지.

현호의 행보는 거침없었다. 사람들에게 차현호라는 존재는 예고 없이 등장한 혜성이나 다름없었다. 언론은 그를 집중 조명했고, 사람들은 그라는 존재를 인식하기 시작했다.

"아직 개표가 시작된 건 아니니까……"

강창석이 반전의 가능성을 언급했지만 현호는 고개를 가로저었다.

"창석아."

"예, 의원님."

"지금 우리 둘밖에 없다."

"예… 형님."

"아쉽냐?"

"솔직히……. 예, 그렇습니다."

"훗."

현호는 강창석에게서 시선을 돌려 강을 바라봤다. 잠시 뒤 강창석이 휴대폰을 건넸다. 현재 당선이 확실시되고 있는 대선 후보였다.

"축하드립니다."

—감사합니다.

"대통령님."

—예, 말씀하시지요.

"당신은 이제 대한민국의 대통령입니다. 그리고 나는 당신의 결정에 관여하지 않을 겁니다. 하지만 우리가 목표했던, 그리고 그렸던 그 미래를 잊지 말아주시기 바랍니다."

—제가… 미리 길을 닦아놓겠습니다.

"훗. 그럼, 서울에서 뵙겠습니다."

—예.

끊어진 전화를 강창석에게 건네며 현호는 말했다.

"창석아."

"예."

"우리는… 동등하다. 대통령도, 그리고 나도, 그리고… 너도."

우리는 찬대미니까.

"가자… 집으로."

현호가 걸음을 뗐다.

차에 다시 올라타며 그는 평소와 달리 홀가분한 미소를 보였다.

"하……. 춥네."

조금은 요란하게 행동하며 어깨를 움츠리는 그의 모습에 강창석이 피식 웃으며 물었다.

"히터 틀까요?"

"아니다."

"그럼 출발하겠……."

그때 전화가 다시 울렸다.

하긴, 당선 유력 후보자가 선거 캠프를 벗어나 있으니 전화가 정상일리가 없었다.

하지만 지금 온 전화는 현호의 개인 휴대폰이었다.

강창석이 상대방을 확인하더니 미소와 함께 현호에게 전화를 건넸다.

"아영이입니다."

"그래?"

현호는 서둘러 전화를 받았다. 강창석은 그가 통화하기 편하게끔 차에서 내려 조금 멀리 떨어졌다. 그리고 담배를 입에 물었다.

"후……."

별이 보였다.

서울에서는 보이지 않는 별이다. 아니, 서울에서는 고개를 들어 밤하늘을 본 적이 언제인지 모르겠다. 아주 오래전, 강남에서는 저 별이 보였던 것 같은데.

강창석은 그 영롱한 별에 매료돼 입에 머금은 담배 연기조차 제대로 뱉지 못했다. 그러는 사이 차에서는 현호의 웃음소리가 들려왔다.

"하하하."

대체 저 두 사람이 무슨 얘기를 하는 걸까.

강창석은 얼마 전에 미국에 있는 송만호와 통화를 한 적이 있다. 그는 한때 박거성의 오른팔로서 살았지만 지금은 미국에서 현호가 맡긴 일을 하고 있었다.

그런 그가 그런 말을 했었다.

'창석아, 아영이한테 잘해라. 혹시 아냐? 그 아이가 커서 담임선생님을 소개시켜 줄지. 푸하하.'

시답잖은 농담이었지만, 한바탕 웃음 뒤에 그는 말했다.

"창석아… 너는 오토바이로 세상을 달렸을 때가 좋냐, 아니면 지금이 좋냐."

강창석은 둘 다라고 했다. 그러자 송만호는 다시 물었다.

'그럼, 그때의 너와 지금의 너는 여전히 같으냐.'

강창석은 아니라고 대답했다. 지금 그는 그때와는 비교도 안 되는 것들을 보고 있기 때문이다.

바로 세상을.

'그래, 차현호와 함께하면 세상을 볼 수가 있다. 그래서 나는

앞으로도 그 뒤를 따라갈 거다.'

강창석은 송만호를 이해할 수 있었다. 그 역시도 같은 마음이기 때문이다. 아니, 찬대미 모두가 같은 마음일 것이다.

"창석아, 가자!"

강창석은 서둘러 차에 올라탔다.

아영이와 통화를 끝낸 현호는 미소와 함께 잠시 눈을 붙였다.

마치 꿈을 꾸기 위한 준비 자세 같았다.

그렇다면 그건 무슨 꿈일까.

*   *   *

2018년 2월 25일, 0시 타종을 기점으로 새 대통령의 임기가 시작된다.

임기 즉시 새 대통령은 군 통수권을 넘겨받으며, 오전 10시 자택을 출발해 국립 현충원의 방문을 시작으로 공식 일정이 진행된다.

제19대 대통령 취임식에는 초청 인사와 시민을 포함한 7만여 명이 취임식을 찾을 예정이며, 취임식에는 각국 정상급 사절단이 참석, 취임식이 끝난 후 광화문 광장까지 새 대통령의 카퍼레이드가 이어질 예정이다.

이후 새 대통령은 청와대에 입성해 비서실장, 국가 안보실장, 경호실장 등 청와대 3실장과 수석 비서관에게 임명장을 수여한다.

윤아리 기자는 은은한 모니터 화면에 집중했다.

곧 있을 제19대 대통령 취임식에 앞서 미리 작성한 기자를 읽어 내려갔다. 그런 뒤 식은 커피가 담긴 머그잔을 손에 쥐었다.

그녀는 의자를 밀어내고 일어나 등 뒤의 창가를 바라보고 섰다.

어두운 밤, 세상이 너무도 고요하다.

그 텅 빈 고요함 속에서 그녀는 식은 커피를 입에 머금으며 아직 마무리 짓지 못한 기사 원고에 대한 생각을 떠올렸다. 지난주에 있었던, 제19대 대통령인수위원회 언론 브리핑 관련 기사였다.

그녀는 다시 책상 앞에 앉았다. 남은 커피를 단숨에 들이켜고 원고 파일을 열었다.

몇 가지 오타와 핵심 문구를 수정한 뒤에 마지막 부분을 두고 그녀의 고민이 이어졌다.

브리핑 자료를 구어체로 넣을지, 혹은 문어체로 넣을지를 두고 며칠째 고민 중이다. 결국에 그녀는 구어체로 기사를 채우기 시작했다.

"지금까지 대한민국에는 세 부류의 사람들이 있었습니다. 세금을 내는 자, 세금을 뺏는 자, 세금을 줄이는 자……. 하지만 이제부터 대한민국에는 더 이상 이를 나누거나 구분 지을 필요가 없습니다. 새 정부는 '특무청'을 발족, 앞으로 나라에서 쓰이는 세수의 흐름을 국민 여러분들께 투명하게 공개할 것입니다. 더 이상 세금을 내는 자가 억울하지 않도록, 뺏는 자가 없도록, 줄일 필요 없이 알아서 줄여주는 나라. 그로 인해 종국에는 세수(稅收)의 투명성을 확보할 것입니다. 근본적인 문제점을 찾고, 비리를 근절할 것을 약속드립니다. 국민 여러분, 여러분이 있기에 대한민국이 존재할 수 있습니다. 이상으로 인수위원회 대변인 차현호 세무사였습니다."

윤아리 기자는 엔터를 한 번 딱 두드렸다.

외전 1

임진강

"자! 자! 비키세요."

강태강이 손수 끓인 라면 냄비를 들고 오자 박거성이 나무 상자를 뒤집었다. 그 위에 냄비가 올라왔다. 자그마치 15인분이 었다.

"자! 먼저 먹는 사람이 장땡이야!"

박거성이 웃으며 젓가락을 손에 집었다. 그러자 교경의 여자 들이 재잘대며 모여들었고 너도나도 젓가락을 손에 쥐었다.

"현호야, 너도 가서 먹고 와라."

이주헌의 말에 현호는 피식 웃으며 고개를 가로저었다. 그저 강에 드리워진 낚싯대를 바라보며 말했다.

"차관님이나 가서 드세요. 저는 배부릅니다."

"나도 싫다. 밀가루 음식을 먹으면 속이 부대껴."

이주헌이 손사래를 쳤다.

그런데 이때.

"어?"

이주헌의 낚시찌가 꿈틀거렸다. 놀란 이주헌이 엉덩이를 뗐다. 손을 내밀어 낚싯대를 들어 올릴 준비를 했다.

"그래, 물어라, 물어."

아이처럼 들뜬 이주헌의 모습에 현호도 기대를 갖고 낚싯대를 바라봤다. 하지만 물고기는 찌를 툭툭 건들더니 그냥 물러나 버렸다.

"에잇."

끝내 찌가 내려가지 않자 이주헌이 낚싯대를 거둬들였다. 지렁이는 사라진 지 오래였다.

"이런… 임진강 물고기들 배만 채워주고 가게 생겼네."

이주헌이 투덜대며 다시금 낚싯바늘에 지렁이를 꽂고 던지자 현호가 미소와 함께 자리에서 일어났다.

"어디 가려고?"

"저기 구경 좀 가려고요."

현호는 강 옆 수풀에서 맨손 낚시를 하고 있는 강창석과 이호 의원을 가리켰다.

둘이 의외로 합이 맞아서 맨손 낚시에 재미를 붙이고 있었다. 물론 아직까지 소득은 없는 듯했다.

현호는 담배를 하나 물고 터벅터벅 걸어갔다. 불붙지 않은 담배를 다시 입에서 떼고 그들에게 물었다.

"의원님, 뭐 좀 잡히세요?"

"야, 말 걸지 마!"

"훗."

그때였다.

"어? 어? 어!"

이호 의원이 탄성을 비치더니 뭔가를 번쩍 들었다.

커다란 붕어였다. 월척이다.

"이야!!"

이호 의원이 붕어를 들고 들썩거렸다. 창석이가 서둘러 뭍으로 나와 플라스틱 통을 챙겨 이호 의원에게 갔다. 통 안에 강물을 약간 채우고 붕어를 텀벙 집어넣었다.

"아자!"

이호 의원과 강창석은 서로 손바닥까지 찰싹 부딪쳤다.

"얘들아, 나 붕어 잡았다!"

강에서 나온 이호 의원은 플라스틱 통을 들고 라면을 먹고 있는 여자들에게 다가갔다. 그러자 진보라가 빽 소리를 질렀다.

"저리 가세요! 나, 붕어 징그러워!"

"야! 내가 얼마나 고생해서 잡았는데!"

이호 의원이 펄쩍 뛰었지만 그녀는 막무가내였다. 그러자 이호 의원이 그녀를 놀리려고 붕어를 꺼내 손에 들고 달려갔다.

"엄마야!"

진보라가 라면 그릇을 두고 도망치다가 현호의 등 뒤에 달라붙었다.

"현호야, 나와라!"

"아, 의원님."

"현호 씨, 비키면 죽는다!"

"야!"

현호는 졸지에 두 사람 사이에서 장애물이 돼야 했다.

그 모습을 사람들이 웃으며 바라보고 있었다. 그중에서도 박거성의 웃음이 가장 크고 듣기가 좋았다.

그 웃음은 석양이 찾아올 때까지 사라지지 않았다.

외전 2

신

터키 최대의 도시 이스탄불, 아야소피아 박물관.

박물관 2층 테라스에서는 FBI 국장 릭 카터가 예배석을 바라보고 있었다.

그 주위를 한 무리 관광객이 지나갔다. 사람들이 지나갈 때마다 발걸음 소리가 메아리치듯 들려왔다.

또각, 또각, 또각.

잠시 뒤 카터의 곁에는 정장 차림의 남자가 걸음을 멈췄다.

"오랜만입니다, 미스터 송."

"반갑습니다."

둘은 서로를 보지 않은 채 인사를 나누고 1층의 전경을 바라보며 얘기를 이었다.

"미스터 차의 일은 유감입니다."

"어쩔 수 없는 일이죠. 이미 벌어진 일이니."

그 말에 카터가 고개를 끄덕였다. 입가에는 미소인지 묵념인지 모를 표정이 드러나 있었다.

"그럼, 한국으로 돌아갈 겁니까?"

카터가 묻자 송만호는 잠시 뜸을 들여 대답했다.

"내 일은 아직 끝나지 않았습니다."

"끝나지 않았다?"

"어쩌면 차현호는 이런 날이 올 것을 알고 있었는지도 모르겠습니다. 그래서… 또 다른 집행부를 만든 것일지도."

"그럴 수도 있겠군요."

카터는 고개를 끄덕여 그 생각에 동의한 듯한 뉘앙스를 보였지만 여전히 송만호의 표정은 좋지 않았다. 카터가 다시 입을 열었다.

"자신이 없는 겁니까?"

"…내가 할 수 있을지 모르겠습니다."

"글쎄요. 하지만 한 가지는 확실하죠."

"한 가지?"

"…차현호가 자신에게 벌어질 일을 미리 예상해 당신 같은 존재를 만들었다면, 그는 그 일이 성공적으로 마무리될 것을 예상했을 거라는 걸……."

송만호는 카터의 말을 듣고 잠시 생각에 잠겼다.

그 모습을 뒤로하고 카터가 걸음을 돌리자 송만호가 그 등을 향해서 물었다.

"카터."

메아리치던 발걸음 소리가 멈췄다.

"카터 당신은… 어떻게 할 겁니까?"

그러자 카터가 뒤돌아봤다. 그는 옅은 미소와 함께 말했다.

"나는 계속 걸을 겁니다. 신은… 그 모든 것을 예상하고 우리의 길을 준비해 뒀으니까."

신.

떠나는 카터의 모습을 보면서 송만호는 그가 언급한 신이 누구일까를 떠올렸다.

외전 3

꿈, 그리고 열쇠

"아영아, 멀리 가지마."

"알았어!"

제주도에는 오랜만에 내려오는 것이었다. 생각해 보니 아영이까지 함께 온 것은 처음이었다.

바람이 선선하게 불어왔다. 코끝에 닿는 바람이 짜다.

현호는 주변을 살폈다. 펜션 주변뿐 아니라 사방에 안개가 짙었다.

"아영아!"

그는 딸을 찾아 주변을 기웃거렸다.

"여보!"

아내를 불러봤다.

"여보!"

"우리 여기 있어!"

안개 속에서 아내가 외쳤다.

"놀랐잖아!"

괜스레 놀란 가슴을 달래며 소리가 들려온 방향으로 이동했다.

얼굴에 닿는 안개가 축축했다. 하지만 걸어도 걸어도 아내와 딸은 보이지 않고 안개만 짙어갔다. 그러다가 현호는 걸음을 멈췄다.

"내가… 여기서 뭐 하는 거지? 여기 어디야?"

현호는 주변을 돌아봤다.

어떻게 된 걸까. 여기가 어디일까. 자신이 여기까지 어떻게 왔는지 알 수가 없었다.

혼자 온 걸까.

누구와 같이 왔나.

"뭐야……."

덜컥 겁이 났다. 당황해서 입술만 핥고 있는 그의 귀로 어디선가 소리가 들려왔다.

현호는 걸음을 옮겼다. 그러자 얼마 안 있어 안개가 조금씩 걷히기 시작했다.

소나무가 여러 그루 심어져 있는 산책로였다. 마치 언젠가 와봤던 장소인 듯 익숙하게 발길이 닿는 곳이었다.

하하하!

소리는 계속 들려왔다. 산책로 끝에서 들려오는 것 같았다.

현호는 무의식적으로 계속 그곳으로 향했다.

앞으로 걸음을 내디딜수록 축축했던 안개가 점점 가시고 있었다.

한참 걷다 보니 이제는 어느 정도 앞이 식별될 만큼 안개가 걷혔다.

"별장?"

산책로의 끝에 거대하고 근사한 별장이 나타났다. 수영장도 있었고, 사람들도 있었다.

별장에서 일하는 사람들일까, 아니면 이곳에 사는 사람들일까.

그런 궁금증을 잠깐 떠올리고 있는데, 어린 친구 하나가 그에게 다가왔다.

"여기서 뭐 해?"

그 친구는 다짜고짜 말을 놓고 현호의 손을 붙잡아 사람들에게 이끌었다.

"현호 도련님, 어서 오세요!"

어떤 여자가 현호를 향해 손을 흔들었다. 미소가 맑은 여자였다.

어린 친구에게 이끌려서, 그녀의 미소에 이끌려서, 현호는 사람들이 모여 있는 곳으로 향했다.

그들은 붉은빛이 서린 그릴 위에 고기를 구워 먹고 있었다. 왁자지껄 소란스럽고, 다들 얼굴엔 미소를 띠고 있었다.

"도련님, 이거 드세요, 잘 익었습니다."

어떤 남자가 어린 친구에게 쌈을 건넸다. 그러자 어린 친구가 피식 웃으며 물었다.

"양 비서 아저씨, 손 씻으셨어요?"

"어이구, 제가 진우 도련님 드릴 건데 손을 안 씻었겠습니까? 하하."

둘 사이가 무척 살가워 보였다.

"현호 도련님도 드세요."

이번에는 여자가 그에게 쌈을 건넸다. 현호는 얼떨결에 입을 벌려 쌈을 받아먹었다.

"어? 맛이… 있네."

고기가 입안에서 사르르 녹았다. 그러자 사람들이 또 웃음을 터뜨렸다.

하하하!

현호는 그들을 바라봤다. 그들의 웃음소리와 함께 파티는 계속됐다.

실컷 놀고, 실컷 먹으며, 실컷 웃은 시간이었다.

하지만 시간은 마치 물에 닿은 솜사탕 같아서 눈을 한 번 깜빡일 때마다 금세 지나갔다.

이제 하늘에는 달이 떴지만 유난히 밝은 밤이었다.

현호는 여자를 찾았다.

"지우 씨."

별장 안을 기웃거렸다. 거실도 가보고, 식당도 가보고, 다용

도실도 가봤다.

"여기 있었네?"

그녀는 자신의 방 안에서 입술 화장을 고치고 있었다.

현호는 그녀를 발견해서 기뻤지만, 방해하지 않기 위해 침대에 엉덩이를 걸치고 그녀의 뒷모습을 가만히 바라봤다.

"여자 화장하는데 그렇게 보는 법이 어디 있어요?"

그녀가 볼멘소리를 뱉었다.

"예뻐서요."

진심이었다. 오히려 그 말밖에 해주지 못해서 미안할 정도였다.

그런데 왜 이렇게 피곤한 건지.

너무 즐겁게 보냈던 걸까.

현호는 그녀의 뒷모습을 한참 바라보다가 잠시 눈을 감았다.

그리고 다시 눈을 떴을 때, 그는 또 혼자였다.

주위에는 아무도 없었다. 그저 텅 빈 별장이었으며, 사람은 아무도 없었다.

"여기가 어디지?"

현호는 별장에서 나와 마당을 걸었다.

수영장의 물결이 잔잔히 흔들렸다. 고개를 들어 달빛을 보고 있으니 이유 없이 가슴이 저민다.

그러던 중, 현호의 눈에는 마당에 있는 차 한 대가 보였다.

그는 차에 다가갔다. 그러고는 잠시 바라보다가 차에 탔다.

왠지 그래야만 할 것 같았다.

차에는 키가 꽂혀 있었다. 왠지 이 키를 돌리면 집으로 돌아갈 수 있을 것 같았다.

차 키를 돌리면.

『세무사 차현호』완결

초대형 24시 만화방

신간 100%, 샤워실, 흡연실, 수면실(침대석), 커플석, 세탁기 완비

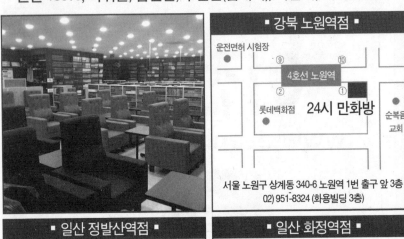

■ 강북 노원역점 ■

운전면허 시험장
⑨　⑩
4호선 노원역
롯데백화점
24시 만화방
순복음 교회

서울 노원구 상계동 340-6 노원역 1번 출구 앞 3층
02) 951-8324 (화용빌딩 3층)

■ 일산 정발산역점 ■

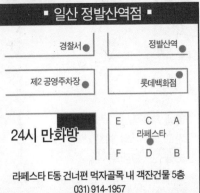

경찰서
정발산역
제2 공영주차장
롯데백화점
24시 만화방
E　C　A
라페스타
F　D　B

라페스타 E동 건너편 먹자골목 내 객잔건물 5층
031) 914-1957

■ 일산 화정역점 ■

덕양구청
③　④
화정역
②　①
세이브존
롯데마트
이마트
24시 만화방　화정중앙공원　화정동 성당

경기도 고양시 덕양구 화정동 984번지 서일빌딩 7층
031) 979-4874 (서일사우나 건물 7층)

■ 부천 역곡역점 ■

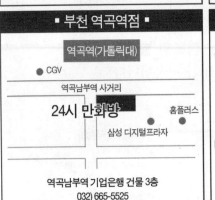

역곡역(가톨릭대)
CGV
역곡남부역 사거리
24시 만화방
홈플러스
삼성 디지털프라자

역곡남부역 기업은행 건물 3층
032) 665-5525

■ 부평역점 ■

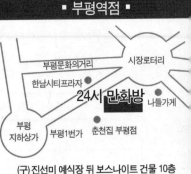

시장로터리
부평문화의거리
한남시티프라자
24시 만화방
나들가게
부평 지하상가
부평1번가　춘천집 부평점

(구) 진선미 예식장 뒤 보스나이트 건물 10층
032) 522-2871

이계진입 리로디드

임경배 퓨전 판타지 소설

FUSION FANTASTIC STORY

『권왕전생』임경배의 2015년 신작!

『이계진입 리로디드』

왕의 심장이 불타 사라질 때,
현세의 운명을 초월한 존재가 이 땅에 강림하리라!

폭군으로부터 이세계를 구원한 지구인 소년 성시한.
부와 명예, 아름다운 연인…
해피엔딩으로 이야기는 끝인 줄 알았건만
그 대가는 지구로의 무참한 추방이었다.
그리고 10년 후……:

"내가 돌아왔다! 이 개자식들아!"

한 번 세상을 구한 영웅의 이계 '재'진입 이야기!

Book Publishing CHUNGEORAM

유행이 아닌 자유추구 -
WWW.chungeoram.com

메이저리거

FUSION FANTASTIC STORY

강성곤 장편 소설

꿈꾸는 자에게 불가능은 없다!

『메이저리거』

불의의 사고로 접어야만 했던 야구 선수의 꿈.
모든 걸 포기한 채 평범한 삶을 살던
민우에게 일어난 기적!

"갑자기 이게 무슨 일이지?"

그의 눈앞에 나타난 의미 모를 기호와 수치들.
그리고 눈에 띈 한 단어.
'타자(Batter)'

**특별한 능력을 얻게 된 민우의
메이저리그 진출기가 시작된다!**

Book Publishing CHUNGEORAM

유행이 아닌 자유추구
WWW.chungeoram.com

박선우 장편소설
FUSION FANTASTIC STORY

멋진 인생

Wonderful Life

태어나며 손에 쥔 것이라고는 가난뿐.

그러나 내게는 온몸을 불사를 열정과
목숨처럼 소중한 사랑이 있었다.

『멋진 인생』

모두가 우러러보는 최고의 직장이자 가장 치열한 전쟁터,
천하그룹!

승진에 삶을 바친 야수들의 세계에서 우뚝 서게 되는
박강호의 치열하지만 낭만적인 이야기!

Book Publishing CHUNGEORAM

유행이 아닌 자유추구
WWW.chungeoram.com

강준현 장편소설
FUSION FANTASTIC STORY

인생을 바꿔라

『복수의 길』, 『개척자』 강준현 작가의
2016년 신작!

자신이 무엇인지 알지 못하는 정신체, 염.
세상을 떠돌며 사람의 몸속으로 들어가
에너지를 얻고 나오길 반복하던 어느 날.

사고로 인한 하반신 마비, 애인의 이별 선언.
삶에 지쳐 자살하려는 김철의 몸에 들어가게 되는데……

"뭐, 뭐야! 아직도 못 벗어났단 말이야?"

새로운 삶을 살리라,
정처 없이 떠돌던 그의 인생 개척이 시작된다!

"어떤 삶인지 궁금하다고? 그럼 한번 따라와 봐."

Book Publishing CHUNGEORAM

유행이 아닌 자유추구
WWW.chungeoram.com